Stephan Goetz

Der Mantel

Roman

FRANKFURTER VERLAGSANSTALT

In dieser Mainacht fällt der Regen wie ein Vorhang. Unablässig, dicht und so heftig, dass man die Tropfen kaum mehr unterscheiden kann. Auch die Geräusche der Stadt hat er erstickt mit seinem leisen monotonen Rauschen wie im Winter der Schnee.
Ein mittelgroßer Mann geht schweren Schrittes auf den menschenleeren Straßen zur Isar. Er hat sich gut vorbereitet. Auch wenn sein bayerischer Filzhut schon durchweicht ist, leitet er das Regenwasser, das sich in der Krempe sammelt, in einem kleinen Bach auf das leichte Nyloncape über seinen Schultern ab. Von dort läuft es in dünnen Rinnsalen in die Falten des Überwurfs hinunter. Sein grüner Mantel, wie der Hut ein Erbstück seines Vaters und darum etwas zu groß, saugt das Wasser auf. Nicht ein Tropfen läuft in die Gummistiefel, die kaum unter dem knöchellangen Mantel hervorschauen.
Die Insassen der wenigen Autos, die die Fahrbahn entlangzugleiten scheinen, bemerken den Mann nicht, er löst sich schemenhaft im Wasserbild auf. Dabei wäre er am Tag aufgefallen. Denn über seiner linken Schulter trägt er einen grünen Seesack aus alten Armeebeständen und in der rechten Hand einen Spaten. Der Inhalt des Seesacks zieht die Schulter mit Macht nach unten. Einmal bleibt der Mann schwer atmend stehen, ohne seine Last jedoch abzustellen. Er hält nur inne und lässt das Blatt des Spatens auf dem Gehweg knirschend hart auf-

setzen. Er dehnt den Rücken und zerrt an dem Gurt des Sacks, der in seine Schultermuskulatur schneidet. Er blinzelt unter der Hutkrempe hervor, um anhand der Anzahl der Laternen abzuschätzen, wie weit er es noch hat, nimmt dann mit einem leisen Stöhnen den Spaten wieder auf und läuft weiter. Noch zwei Straßen sind zu überqueren. Er blickt nicht nach links, nicht nach rechts, sondern marschiert weiter, unbeirrt, flusswärts.

Die Isar ist an dieser Stelle gespalten in den Hauptstrom und zwei Kanäle. Überall zieht das Wasser rasend schnell vorüber, führt mitgerissene Äste. Die Kiesbänke mit ihren Weidenbüschen sind vollständig überflutet. Der Mann hat keine Augen für die kaum gezähmten Naturgewalten, nimmt keine Notiz von den violetten Aquarelltupfern, die von den bunten Neonröhren am Deutschen Museum in Schlieren herüberwabern. Sein Blick ist nun fest auf die Brücke gerichtet. Sein Schritt wird entschlossener. Über die tobenden Wassermassen hinweg geht es auf die steile Böschung des Hochufers zu. Ein letztes Mal bleibt er stehen, lässt den Spaten auf den Boden gleiten und beugt sich in einer langsamen Dehnung weit vor. Seine Augen suchen den schmalen Rasenstreifen ab, der den Fluss nach dieser Seite säumt, dort, wo vereinzelt große Ahorn- und Kastanienbäume stehen. Die steil ansteigenden Gehwege sind menschenleer. Die wenigen Laternen werfen zitterndes Licht auf die unwirtliche Szenerie.

Der Mann strafft den Rücken, fasst den Spaten und läuft auf eine mächtige Kastanie zu. Sie gehörte zu Shivas Lieblingsbäumen. Trotzdem ist seine Entscheidung für den majestätischen Riesen erst in diesem Moment gefallen. Sein Abstand zum Gehweg ist groß und er ist im Stamm dick genug, um ihm bei der Arbeit Schutz vor neugierigen Blicken zu bieten. Er zieht den Seesack mit schmerzverzerrtem Gesicht von der Schulter und setzt ihn behutsam zwischen zwei starken Wurzeln ab. Er massiert vorsichtig seine verspannte Muskulatur und wartet, bis sein stoßweise gehender Atem sich wieder beruhigt hat. Er war nie Sportler gewesen, übermäßige körperliche Betätigung hatte er stets gemieden. Nun, mit gut fünfzig Jahren, trifft ihn eine solche Anstrengung völlig unvorbereitet.

Vorsichtig öffnet er den Karabiner am Seesack und schaut unsicher hinein. Im Halbdunkel sieht er das sandfarbene kurze Rückenfell des Hundes und ein kleines Stück der hellen schwach behaarten Haut seines aufgeworfenen Bauches. Langsam lässt der Mann das Sackleinen aus seinen Händen gleiten. Mit einem leisen Kopfschütteln richtet er sich wieder auf. Unter dem ausladenden Blätterdach des Baumes ist der Regen deutlich schwächer. Er wischt kurz mit der Linken über seinen Nacken, über den ein wenig Regenwasser aus dem Schweißband des Hutes gelaufen ist.

***

Fast genau zehn Jahre ist es her, dass Shiva in Schmidts Leben geplatzt ist. Es hatte mit dem überraschenden Anruf eines früheren Kommilitonen begonnen: »Hallo Uli, hier ist Ali.« Er hatte geschwiegen, nachgedacht. Albrecht, der Querdenker Albrecht Berker aus dem Jurastudium? Der Kommunist, in München der Letzte seiner Art? Woher hat er seine Nummer? Vor allem, warum hat er sie gewählt, nach fünfzehn Jahren, in denen sie keinen Kontakt mehr miteinander hatten?

Der andere schien amüsiert: »Hat es dir die Sprache verschlagen? Weißt du nicht mehr? Die Diskussionen über den Eigentumsbegriff und die politischen und juristischen Begründungen für eine weitreichende Enteignung aller Schlüsselindustrien?«

Schmidt musste etwas antworten. Die Gründe dieses Telefonats ließen sich herausfinden. Aber Gutes konnte der Anruf kaum bedeuten: »Ali, klar, hab dich erst nicht recht verstanden. Mann, was macht der Klassenkampf?« Er versuchte es mit einem halbherzigen Scherz.

Dem Anrufer ging es aber um etwas anderes: »Schon lange ausgekämpft. Ich war jetzt ein paar Jahre in Goa. Bewusstseinserweiterung am Strand. Egal, erzähl ich dir später. Wir müssen uns sehen.« Was wie ein Nachsatz klang, fühlte sich an wie der Kernsatz des Anrufs.

»Oh, im Moment bin ich so zu mit Arbeit. Sagen wir in ein, zwei Wochen, da könnte es gut passen«, versuchte er auszuweichen. Vergeblich. Sie trafen sich schon am folgenden Tag in einem bayerischen Lokal im Lehel, dem alten Bürgerviertel von München, eine seiner Stammkneipen. Schmidt kam sich mit seinem Gast reichlich seltsam vor. Es war zum Glück am Frühnachmittag und keiner seiner Bekannten war zugegen. Sein früherer Kommilitone trug ausgewaschene Leinenklamotten, die unförmig an ihm herunterhingen. Das dünne schulterlange Haar schaute unter einer roten, offenbar selbstgestrickten Mütze hervor. Das Gesicht war sonnengebräunt und schmal mit tiefen Falten um den angespannten Mund.

Schmidt fragte sich, ob sein eigenes Erscheinungsbild, unauffälliger hellbrauner Anzug, Krawatte, dieselbe Überraschung für den Studienfreund bereithielt. Der ließ sich jedenfalls nichts anmerken, war sofort auf seinen Tisch zugesteuert. Nicht so schwer in einer fast leeren Kneipe. Erst da fiel sein Blick auf den kleinen Hund, den Albrecht an einer Leine mitführte. »Shiva«, stellte Albrecht ihn vor und setzte sich.

Albrechts Geschichte war schnell erzählt. Abbruch des Jurastudiums – da hatten sich ihre Wege getrennt. Danach Arbeit für eine linke Zeitung. Der erste Besuch in Indien hatte ihn nach Kalkutta, Kapitale des linken Journalismus in Indien, geführt. Dann Richtungswechsel, Beschäftigung mit Hinduismus und indischer Mythologie. Schließlich war er nach Goa gezogen und hatte sich nach einigen Episoden von Strandboheme, westlichen Frauen und östlichen Drogen einem Guru angeschlossen. Zuletzt war er einer Deutschen zurück in die Heimat gefolgt. Erleuchtung konnte man schließlich überall finden. Aber nicht so eine perfekte Partnerin, hatte er gedacht.

Shiva war ihnen am Strand zugelaufen. Ein winziger Welpe, Herkunft und Rasse unbekannt. Sie hatten ihn nach dem am stärksten verehrten Gott des Hinduismus benannt. Später sollte sich Schmidt oft fragen, ob damit auch seine besondere Rolle als Schöpfer und Zerstörer gemeint war. Albrechts Freundin hatte darauf bestanden, dass der quirlige Findling mit nach Deutschland kommen sollte. Nach einem verbissenen Papierkrieg in Indien und Deutschland war Shiva nun da. Nur hatte sich seine Herrin, kaum zurück in Deutschland, von Albrecht und ihrem kleinen Schützling getrennt. Von der gemeinsamen Erleuchtung hatte sie nichts mehr wissen wollen. Klick. Eine sehr deutsche Entscheidung. Zurück auf der Erde, Ende der indischen Daseinsvielfalt, Albrecht lachte schief.

»Und ich muss zurück nach Indien, hier halte ich es nicht aus«, schloss er den Bericht.

Schmidt wollte den Wunsch verständnisvoll befördern: »Das sehe ich ein. Ist eine andere Welt.« Er überlegte, ob er etwaiges Bitten um Geld mit einem Wortschwall über seine letzten fünfzehn Jahre unterdrücken sollte. Da war nur nicht so viel zu berichten, dachte er für sich.

Rechtsanwalt aus Ratlosigkeit, erlebnisfreie Ehe, kinderlos und mit Katze.
Albrecht enthob ihn der schwierigen Aufgabe: »Ja, und ein Hund gehört nicht zu meinem Weg.« Er schaute herunter, wo sich das propere kleine Bündel auf einem seiner ausgelatschten Stiefel niedergelassen hatte. Der nächste Augenaufschlag traf Ulrich nackt und unverblümt: »Da habe ich an dich gedacht.«
»An mich?«, rief Schmidt bestürzt. »Wie kommst du gerade auf mich? Wir haben uns Ewigkeiten nicht gesehen, und bin ich etwa als Hundehalter in der Uni aufgefallen? Wieso hast du an mich gedacht?« Er ahnte, dass das von Albrecht schlecht gepflegte deutsche Umfeld einschließlich seiner eigenen Familie bereits abgelehnt haben musste, ehe er ausgerechnet auf ihn gekommen war.
Albrecht blieb seelenruhig, wohl eine neu gewonnene Eigenschaft aus seiner indischen Phase: »Du bist zuverlässig. Du kannst es. Und karmisch gehört ihr zusammen, ist mir klar geworden ...«
Bodenlos. Ulrich versuchte es mit Empörung: »Mal ehrlich, so einen Blödsinn habe ich noch nie gehört.« Er war etwas laut geworden vor Panik. Die beiden Alten am Nachbartisch drehten neugierig die Köpfe. Schmidt fuhr mit gepresster Stimme fort: »Da waren deine Visionen der rechtlichen Neuordnung im Kommunismus noch genießbarer als dieser Schmarrn von meinem Karma mit einem Hund, der dir lästig geworden ist!«

Albrecht blieb souverän. Das war wirklich neu an ihm. »Ich kann Shiva nicht mit zurück nach Indien nehmen. Too much. Der Papierkram. Und von karmischen Zusammenhängen verstehst du nichts, aber vielleicht mehr von jungen Hunden.«

Da war sie wieder, dachte Schmidt, seine ungeheuere Arroganz. Jetzt zumachen, beschloss er mit einem raschen Blick auf das eingerollte beige Häufchen auf dem Boden: »Ali, es langt. Das erinnert mich verdächtig an früher. Du, war super, dich wiedergesehen zu haben. Und mit dem Hund wünsche ich dir eine gute Zukunft. Wie immer du dich entscheidest.«

Er winkte dem Kellner zum Zeichen seiner Entschlossenheit, an dieser Stelle abzubrechen. Bis heute wusste er nicht recht, warum er kaum eine Stunde später mit dem kleinen Hund auf dem Arm auf der Straße stand. Albrecht hatte sie beide zum Abschied umarmt, ihn mit Hund. Das passte ihm gar nicht nach der vollkommenen Niederlage. Aber er sollte auch nie wieder von ihm hören. Albrecht Berker war nach Indien zurückgegangen, nachdem er den Gott des Werdens und Vergehens in Schmidts Armen zurückgelassen hatte.

Schon bald darauf erkannte Schmidt, dass der Halberleuchtete einen ziemlich weltlichen Trick benutzt hatte, um das kleine Ungetüm für die entscheidende Übergabebegegnung ruhigzustellen: Baldrian oder Valium, was immer es war, die Wirkung jedenfalls hatte nach wenigen Momenten nachgelassen.

***

Ein leichtes Frösteln, das dem frühlingswarmen Dauerregen geschuldet ist, reißt ihn aus seinen Gedanken. Er prüft den nassen Boden zwischen dem Baumstamm und der nahen Böschung zum Hochufer auf starke Wurzeln. Wo er mit seinen Probestichen mit dem Spaten am wenigsten Widerstand findet, will er beginnen. Die Fläche soll knapp einen Meter lang und halb so breit sein. So würde Shiva ausgestreckt liegen können. Er hat ihm die Tierkörperbeseitigungsanstalt erspart. So heißt das, hat er gelernt. Schmidt musste das dicke blaue Kompendium bayerischer Gesetze nicht bemühen, um herauszufinden, welches Gesetz den Vorgang regelt. Sicher verstößt er gegen gleich mehrere Vorschriften des *Ziegler/Treml*. Aber es kümmert ihn nicht. Shiva soll in seiner Wahlheimat unter einem seiner Lieblingsbäume, den er so oft markiert hatte, bestattet werden. Das stand für Schmidt schon vor dem sich seit längerem ankündigenden Tod des Hundes fest. Er hatte diese Operation gut vorbereitet, den alten Seesack seiner Militärzeit von den Requisiten jener Phase, Uniform und Helm, entleert, einen Spaten gekauft. Wie tief das Loch werden sollte? Er konnte dem Verkäufer schlecht sagen, so tief halt, dass mein

Hund von keinem anderen mehr ausgebuddelt werden kann.
Warum er aber den Hut und Mantel seines Vaters zu diesem Anlass angezogen hat, weiß er selbst nicht. Er will auch nicht darüber nachdenken.
Er muss endlich anfangen. Mit genügend Abstand zum Stamm sticht er eine Fläche des schwach mit Unkraut und Gras bewachsenen Bodens unter dem Blätterdach aus. So hofft er, den Wurzeln aus dem Weg zu gehen. Nachdem er die Umrisse einen halben Finger tief ausgestochen hat, hebt er behutsam die oberste Schicht mit Spatenstichen in spitzem Winkel ab. Er will am Ende die zusammenhängenden Lappen der Grasnarbe wieder auflegen und festtreten, um Spuren so gut wie möglich zu verwischen. Es gelingt ihm nur eingeschränkt. Einige Stücke kann er in tellergroßen Placken ablösen, an anderen Stellen fällt die Erde schlicht auseinander.
Er streckt sich noch einmal, schiebt den Filzhut etwas in den Nacken und beginnt. Der erste Versuch, das Spatenblatt mit einem Druck des rechten Fußes in die Erde zu treiben, missglückt kläglich. Der nasse Gummistiefel rutscht seitlich ab, Schmidt fällt seinem plump im nassen Erdreich aufsetzenden rechten Fuß hinterher nach vorn. Der Spaten kippt in die gleiche Richtung und verfehlt knapp seinen Kopf.
»Verflucht!«, stößt er hervor, richtet sich wieder auf

und inspiziert die Einstichstelle. Nach einigen wuchtigen Stößen, mit denen er das Gerät weit ausholend in die Erde rammt, hat er die daumenstarke Wurzel durchtrennt. Er weiß nun, dass es langwierig und anstrengend werden würde. Schon leicht erhitzt durch die ungewohnte körperliche Arbeit, öffnet er das Regencape und den fest gewirkten grünen Jägermantel.

***

Immer hatte Shiva von ihm das Äußerste verlangt. Schon damals, vor zehn Jahren, als er unschlüssig mit dem kleinen Hund auf der Straße vor der Wirtschaft stand, hatte er es geahnt. Shiva schien aus seiner Benommenheit aufzuwachen und sprang auf dem Gehweg herum wie aufgezogen, begann an Schmidts Jeans zu kauen. Der riss nach mehreren fruchtlosen Schreien sein Bein heftig los. Auf der Straße stehen und einen Hund anbrüllen, das war die letzte Vorstellung, die er von sich hatte. Ihm waren die missbilligenden Blicke des alten bayerischen Paares nicht entgangen, das das unglückliche Gespann passierte. Ein Hund. Ein Haustier, das er seit jeher als laut und grob und potenziell gefährlich eingestuft hatte. Ein Hund aus Indien. Warum bringt man einen Hund aus Indien mit, warum nicht gleich einen Feuerschlucker oder einen Pfau? Die größte Zuchtanstalt für diese Straßenverunreiniger war doch in Berlin, und das lag quasi vor der Haustür! Zu allem Überfluss der Name, Shiva! Wie der vielarmige, starke, schöne Herrscher über den indischen Pantheon sah dieses zu groß geratene Meerschweinchen nicht aus! Und in der bayerischen Hauptstadt wäre der Name sogar ein richtiges Problem. Die Leute würden sich wundern, fragen. Und Schmidt hasste es aufzufallen.

Die Eingebung, Albrecht Berker aufzusuchen und ihm das Mandat zurückzugeben, verwarf er gleich wieder. Wo wollte er den intellektuellen Geisterfahrer auftreiben?

Ins Tierheim? Konnte er das verwaiste Tier, das da kläffend um ihn herumsprang, so einfach in einen vollen Zwinger mit irgendwelchen großen Hunden sperren? Schmidt war kein Held, aber er war auch nicht feige im Angesicht von Verantwortung. Etwas, das sein Vater ihm unauslöschlich eingetrichtert hatte.

Sollte sich Albrechts Hausfrauenesoterik bestätigen und tatsächlich eine karmische Verbindung bestehen? Er entschloss sich, nicht nach Hause, sondern erst einmal zur nahegelegenen Isar zu laufen, um nachzudenken. Er musste eine andere Möglichkeit finden, eine elegante Weitergabe, ein Geschenk an tierliebe Freunde. Ein Leben mit Shiva kam nicht in Frage. Die Reaktion von Bettina wollte er sich nicht ausmalen.

Missmutig dachte er an seine Verhandlungsniederlage. So chancenlos, wie betäubt, hatte er sich überrumpeln lassen, dass er sich wieder einmal fragte, ob er den richtigen Beruf gewählt hatte. Verhandeln und sich durchsetzen gehörte auch dazu. Ob Albrecht bei dem Versuch, die kleine beige Scheidungsmasse seiner Goa-Beziehung loszuwerden, wirklich gleich an ihn gedacht hatte? Und sich gezielt mit dem Branchenverzeichnis Münchner Anwälte auf seine Spur begeben haben sollte, weil er schon im Studium so durchsetzungsschwach war?

***

Grimmig rammt er den Spaten in den schwach modrig und nach Pilzen riechenden Boden, um eine neue Wurzel zu durchtrennen. Wie langsam das geht. Aber er hat Zeit. In dieser Nacht muss er fertig werden, nicht eher.

***

Vor fast zehn Jahren war das, der erste Spaziergang an der Isar mit dem Hund. Die Strecke sollte ihnen ein vertrautes Ritual werden. An diesem Spätsommernachmittag war die ganze Stadt am Fluss. Menschen lagen auf den Kiesbänken, die der sommerlich träge Fluss freigegeben hatte. Sie pilgerten über die Brücken, flanierten beiderseits des mehrfach geteilten Flusses, saßen auf der Wiese vor der Böschung des Hochufers. Schmidts kleiner Begleiter führte Veitstänze auf und versuchte, sich auf jeden anderen Hund zu stürzen. Da die alle deutlich größer und erwachsener waren, blieben seine waghalsigen Provokationen ungeahndet. Keiner der anderen Hunde nahm ihn ernst. Dafür löste der kleine Neuzugang auf dem Hundeparcours Begeisterungsrufe bei älteren Damen aus: »Der ist ja süß. Woher kommt der? Was für eine Rasse ist das?«

Schmidt war diese Hundehalterkommunikation fremd und eher unangenehm. Er suchte keinen Kontakt und war in leichter Konversation unbeholfen. Umso mehr, wenn er die Fragen nicht beantworten konnte. Indien war sicherlich eine unpassende Antwort, sie hätte mehr Fragen nach sich gezogen. Er entschloss sich für ein schwaches Lächeln mit »Tierheim, Mischling«. An weiteren Spekulationen über die mitenthaltenen Rassen im Genom seines Kuckucksjungen beteiligte er sich nicht. Es fehlte ihm dafür die Kenntnis der einschlägigen Hunderassen.

Nein, nachdem er alle Optionen geprüft hatte, war das Ergebnis niederschlagend eindeutig. Er kannte keinen Abnehmer für Shiva. Weder seinen Eltern noch seinem Bruder konnte er das Tier zumuten. Bei den Freunden sah er keinen, der sich qualifiziert hätte. Aber Bettina – wie sollte er ihr das erklären? Seine Ehe war mal wieder an einem Tiefpunkt. Genau genommen durchlief sie eine ausgedehnte Tiefphase. Es fehlte jegliche Begeisterung füreinander, wie auch ein gemeinsames Projekt. Ein Kind hätte es vielleicht sein können, das hatte sich jedoch nie eingestellt. Sicher lag es auch an ihm, dass ihr Sexualleben eintönig und vor allem sehr sporadisch war. Also hatte es auch weniger Gelegenheiten gegeben, die zum Erfolg hätten führen können. Was dann noch im Wege stand, hatten sie nie herausgefunden. Trotz verzweifelter medizinisch gestützter Versuche. Eine ganze Branche in der Ärzteschaft lebte von diesem Geschäft. Die Sache wurde zu einem der unausgesprochenen Vorwürfe, die ihre Beziehung überschatteten.

Die ungewöhnlich zierliche Perserkatze, die seine Frau wie einen Beweis ihrer Fruchtbarkeit plötzlich aus dem Hut gezaubert hatte, entlastete sie ein wenig. Elfi, so hatte Bettina ihre verhinderte Tochter getauft, wurde zum Lebensmittelpunkt. Sie dürfte aber ebenso ein tödliches Argument gegen einen Hund werden, dachte er. Hund und Katze! Und woher er das Tier hatte? Er würde ihr das kaum erklären können, ohne sich vernichtender Kritik auszusetzen.

Ein roter Faden, schon seit dem gemeinsamen Jurastudium, seine unklaren Positionen und die daraus resultierenden Rückschläge. Damals hatte seine Grundeigenschaft, über eine unsichtbare Entscheidungsschwelle hinaus weiter abzuwägen, noch einen gewissen Charme gehabt. Ein feiner Humor, die lockigen dunklen Haare, die das runde Gesicht umrahmten wie bei einem Rubens-Engel – alles fügte sich in ein liebenswertes Gesamtbild. Sein immenses geschichtliches Wissen und seine Bildung hatten Bettina imponiert. Noch eindrucksvoller waren natürlich die anderen Überflieger, die Jura mit Bedacht und Begeisterung als Studium gewählt hatten. Ulrich gehörte dagegen wie Bettina zu den Verlegenheitsjuristen, die das riesige Heer der Mittelmäßigkeit ausmachten. Man diffundierte in alle erdenklichen Berufe, arbeitete als Taxifahrer, als Restaurantchef oder, wie Bettina, als Versicherungssachbearbeiterin in der Schadensabteilung. Fast die Höchststrafe für einen Akademiker. Ulrich selbst rettete sich in eine kleine Anwaltskanzlei.

Bettina hatte es beeindruckt, dass er trotz schwacher Examensergebnisse gleich in eine recht renommierte Kanzlei eintreten konnte. Das hatte Schmidts Vater ermöglicht. Vielleicht gerade darum vergaß er nie den vernichtenden Satz seines Repetitors unter einer Übungsklausur: »Mal ganz ehrlich, wenn ich der Vater wäre, hätte ich von dem Studium abgeraten.« Richtig, dachte Schmidt, aber nicht besonders hilfreich.

Die sieben Jahre in der Kanzlei blieben nur eine Etappe. Man war mit ihm, insbesondere mit seiner Mandatsbeschaffungsfähigkeit, nicht zufrieden und Schmidt wurde dort nie heimisch. Eine freudlose Beutegemeinschaft. Immerhin hatte er den Sinnspruch eines Seniors mitnehmen können: »In jedem Menschen steckt ein Prozess. Man muss ihn nur identifizieren und freisetzen können.«

Die Verlegung seiner Arbeit in die Wohnung im Lehel hatte eine Ehekrise mit Bettina ausgelöst. Der Kampf um die zwei Zimmer, die er zur Eröffnung seiner eigenen Kanzlei in der großbürgerlichen Altbauwohnung benötigte, war zäh. Ihre Niederlage im Streit um die Einstellung einer meist halbtägig dort anwesenden Rechtsanwaltsgehilfin und Sekretärin war bitter für sie. Er hatte nur keine Alternative. Immerhin revanchierte sie sich für die aus ihrer Sicht falsche Besetzung und ekelte die gute Bürokraft schon nach zwei Jahren hinaus. Es kam Frau Graseder, keine dreißig Jahre alt, alleinerziehende Mutter eines Kindes und Bettina gegenüber wunderbar anpassungsfähig. Dadurch hatte sich dieser Konfliktherd wieder beruhigt. Ohnehin ging es mehr um das Prinzip ihrer häuslichen Herrschaft, denn Bettina war tagsüber in der Versicherung.

Shiva dagegen würde Tag und Nacht regieren. Inakzeptabel. Und Elfi, die ohne ihre langen weißen Haare kaum mehr war als ein Eichhörnchen? Der hyperaktive Gott der Zerstörung würde sie mit einem Biss erledigen – wenn nicht heute, er war ja erst wenige Monate alt, dann später.

Wie groß er wohl werden würde? Er sah nicht nach einem Riesen aus, aber wer wusste das schon. Konnte man die beiden getrennt halten? Die Wohnung, mit Balkon, versteht sich, gehörte bis dahin als Revier gänzlich Elfi. Wie sollte es teilbar sein? Wie würde die völlig verzogene Diva auf den Neuankömmling reagieren? Er drängte diese mehr als berechtigten Fragen zurück und beschloss, das Problem erst einmal entstehen zu lassen. Das war die Stärke des Ohnmächtigen: eine Problemlage beharrlich auszusitzen, auch dann wenn man sie selbst erzeugt hatte. Er würde Bettina unter Zugzwang setzen. Wie Albrecht es mit ihm gemacht hatte. Bei dem Gedanken musste er grinsen.

***

Ein nachtschwarzer Schatten flattert so dicht an Schmidt vorbei, dass er aus seinen Gedanken aufschreckt und hochblickt. Spurlos ist der Vogel in der regennassen Nacht verschwunden. Schmidt blickt mit Entsetzen auf das kleine Häufchen aus brauner Erde, grauen Steinen, Wurzelstücken und Bauschutt, die er vor sich aufgehäuft hat. Er war nur eine Handbreit tief in das Erdreich eingedrungen. Viel liegt noch vor ihm. Er wischt sich den Schweiß von der Stirn, behält den Hut aber wegen des Regens auf. Aus seinen grauen Locken lösen sich Tropfen, die über seine Schläfe in den Hemdkragen fließen. Er will den Mantel nicht ausziehen, da er ihn nirgendwo geschützt aufhängen kann. Also öffnet er zwei weitere Hemdknöpfe. Jetzt rutscht er nicht mehr vom Spaten ab. Er ist geschickter geworden. Aber nun beginnen die Hände zu schmerzen. Seine untere Wirbelsäule lässt sich kaum mehr bewegen. Hoffentlich geht das gut. Er seufzt und sticht erneut in den widerspenstigen Boden.

***

Am Ende jenes ersten Spaziergangs mit Shiva hatte er seinen Entschluss gefasst, Bettina zu ihrem Glück zu zwingen. Er beschleunigte seinen Schritt und ging Richtung Isartor, würdigte das friedliche Parkidyll mit dem hohen Baumbestand, der pittoresken Silhouette des Deutschen Museums und dem Jugendstildenkmal des Müller'schen Volksbads mit keinem Blick mehr.

Er nahm die erste Straßenbahn zum Stachus, wo er auch am Wochenende Blumen kaufen konnte. Shiva gab eine erste Kostprobe seiner Unberechenbarkeit. Er pinkelte ihm auf die leichten Sommerschuhe. Schmidt hatte aus dem Fenster geschaut und das geschäftige Treiben in der Innenstadt beobachtet. Die warme Nässe riss ihn aus den Gedanken über seine schwierige Lage mit Bettina. Er fluchte leise und blickte um sich. Hatte jemand die sich auf dem Gummiboden ausbreitende Nässe bemerkt? Die wenigen Mitfahrenden waren mit sich beschäftigt. Er gab dem kleinen Hund einen Klaps auf den rundlichen Körper. Der quiekte hell. Nun hatte Schmidt die unerwünschte Aufmerksamkeit. Er sprang auf und hastete zum nächsten Ausgang, den verwirrten Hund hinter sich her schleifend.

Er musste ihn auf den Arm nehmen, um an der nächsten Haltestelle nicht noch mehr aufzufallen. Shiva ließ es geschehen, ohne ihn zu beißen. Schmidt war ihm zum ersten Mal dankbar. Shiva schaute ihn nur aus großen braunen Augen ängstlich an. Er hatte sich in seinen Arm geschmiegt. Der im Verhältnis zum Körper mächtige breite Kopf war erwartungsvoll aufgerichtet. Schmidt hatte ihn bisher nicht so genau angesehen. Jetzt fiel ihm die rundliche Figur des Hundes mit den kurzen Beinen auf. Der Kopf mit dem schönen Gesicht, den lustig nach vorn geklappten hellbraunen Ohren, dominierte seine Erscheinung. Die Maske war kraftvoll und aufrichtig, die Nase schwarz und die Augen dunkel, bernsteinfarben und warm. Es lag nicht an dem dichten Verkehr in der Fußgängerzone, dass Schmidt ihn weiter auf dem Arm trug. Er prüfte nicht einmal, ob der Hund untenherum noch nass war. Er sah der Auseinandersetzung mit Bettina entschlossen entgegen.

Das Gesuchte war bald gefunden, ein bunter Sommerstrauß. Aber Bettina war erwartungsgemäß aufgebracht, als er mit dem Hund die Wohnung betrat: »Und du glaubst, dass du mit einem Blumenstrauß Stimmung machen kannst?«

Das hatte gar nicht funktioniert. Blöde Idee, dachte er. Wieder einmal bewies er keine Verhandlungstaktik.

»Ich wollte dir eine Freude machen.«

»Das ist dir gelungen. Gott, wie genial. Ein Hund in unserer kleinen Wohnung. Von diesem Versager. Ein Hund in einem Katzenhaushalt. Ein hässlicher obendrein.«

Zur Wohnungsgröße und zum Katzenhaushalt fiel Schmidt viel ein. Aber er sagte nur schlicht: »Ich wüsste nicht, wohin wir ihn geben könnten. Ich nehme ihn in mein Büro.«

»Das geht doch nicht. Wir bringen ihn heute noch ins Tierheim. Elfi würde einen Hund nicht ertragen.«

In dem Moment war die zierliche Katze lautlos in das Zimmer gekommen. Shiva, der etwas eingeschüchtert zu Schmidts Füßen saß, beobachtete sie neugierig. Bevor Bettina eingreifen konnte, hatte die Katze zwei kleine Sprünge auf den jungen Hund zu gemacht und blieb mit auf ihn fixierten blauen Augen stehen. Sie beobachteten einander, Schmidt war ebenso gespannt wie seine Frau. Die zerbrechliche schlohweiße Katze stellte sich auf, ihr langes weißes Haar ging nur im Nacken hoch. So konnte man ihren Körper von vorn für weit robuster halten. Ihr Schwanz war aufgestellt und sie entblößte ihre kleinen messerscharfen Zähne. Der dralle Hund, ebenso groß, aber weit kompakter, schien das Zeichen zu übersehen. Mit heftig wedelndem Schwanz kam er auf Körperlänge heran. Die angespannt wartende Katze schlug einmal mit der Tatze drohend in die Luft. Ihre Krallen waren in voller Kampfbereitschaft ausgefahren.

Der unerschrockene Strandhund ignorierte die Drohgebärde und kam nah an sie heran. Er schnüffelte an ihrem Kopf, ihren Ohren. Sie schien verblüfft und entwaffnet. Mit leicht zurückgelehntem Kopf ließ sie es geschehen. Er inspizierte aus nächster Nähe mit seinen weit offenen Bernsteinaugen ihr breites Gesicht mit der platten Nase und den strahlend blauen Augen. Die fehlende Nasenpartie gab Elfi immer etwas Postkartenkitschiges, aber auch leicht Missmutiges, fand Schmidt. Shiva schien das nicht zu stören. Er hatte seine Hyperaktivität abgelegt. Er nahm nur wahr. Er roch an ihr und strich mit seinem kräftigen Schädel an ihren schmalen Schultern entlang. Die Vordertatzen der Katze gerieten in Bewegung. Erst dehnte sie die Krallen, dann setzte sie die Tatzen abwechselnd ab und hob sie an. Das war ein Zeichen der Zustimmung, dachte Schmidt begeistert.

Er schielte mit noch gesenktem Kopf zu seiner Frau hinüber. Sie schien zwischen Rührung über Elfis vornehme Reaktion und Ablehnung des Hundes und der Situation zu schwanken. Nun war es aber die Katze, die an Shivas Hals roch und ihren Kopf an seinen lehnte. Schmidt nutzte das Überraschungsmoment der Situation: »Ich denke, sie werden miteinander auskommen. Trotzdem bleibt Shiva sicherheitshalber bis auf weiteres in meinem Büro. »Danke, Shiva«, dachte er, als er den kleinen Hund schließlich von den Dielen aufhob und den Flur hinunter zu seinem Büro trug.

***

Ein glücklicher Beginn, denkt Schmidt, als er seine mühselige Grabarbeit unterbricht. Er stößt den Spaten in den unnachgiebigen Waldboden und richtet sich mit einem Stöhnen langsam auf. Er nimmt den Hut ab, unter dem es ihm zu warm geworden war, und hängt ihn über den Spatengriff. Die wenigen dicken Tropfen, die aus dem dichten Blätterdach auf seinen Kopf mit dem zurückweichenden lockigen Haar fallen, begrüßt er jetzt als willkommene Abkühlung. Er nestelt in der Innentasche des Mantels herum. Dort hat er die Zigarillos und das Feuerzeug verstaut. Sein Arbeitsergebnis überzeugt ihn noch nicht. Eine Spatentiefe ist es noch nicht, circa drei, schätzt er, wird er brauchen. Der scharfe Rauch des Zigarillos, den er dosiert einatmet, schärft seine Sinne wie ein kleiner Schock. Ausgerechnet er, der exzentrisches Verhalten stets vermied, vergräbt hier nachts gegen Gesetz und soziale Spielregeln einen Hund in einer städtischen Parkanlage. Begräbnisse sind ihm ein Gräuel. Er fürchtet sie ebenso wie den Weg dorthin. Begräbnisse sind immer auch eine Würdigung des Todes. Wird nicht eigentlich der Tod gefeiert? Den Toten kann man nicht mehr feiern. Wo auch immer der nun ist, anwesend bei diesen Feiern ist nur der Tod. Ihm erweist man in einem ausgedehnten, teilweise abstoßenden Ritual die Ehre. Die Bestattung seines Vaters vor fünf Jahren hat ihn in seiner Haltung endgültig bestärkt.

***

Es war auch noch im November gewesen, Totenmonat. Nass und kalt, unwirtlich. Sein Vater war an einem Schlaganfall gestorben. Es war nicht der erste gewesen. Die Familie hatte Zeit gehabt, sich auf seinen Tod vorzubereiten. Seine Mutter war eine sehr lebendige Frau. Voller Phantasien und Ideen, aber genauso zu Depressionen neigend. Nur ihr sehr aktives gesellschaftliches Leben hatte die zierliche Frau vor dem Verlust ihres Lebenswillens bewahrt. Ihre zwei Söhne und die vielen Bekannten und Freundinnen, die sie sich durch das Bridgespiel, die Theaterkreise und andere Kulturzirkel in Zeiten der relativen Untätigkeit erworben hatte, hatten unmerklich den Verlust des Ehemanns zu Lebzeiten abgefedert. Dreh- und Angelpunkt ihres Lebens seit vielen Jahren aber war die Gemeinschaft der Freunde der Staatsoper. Hier war sie sehr aktiv durch die Veranstaltung von Benefizkonzerten, Gesprächskreisen, Reisen. Ihre Passion machte sie unersetzbar, fast schon war sie zu einem Mitglied des Ensembles geworden.
Sein Vater dagegen hatte nach einer erfolgreichen Laufbahn als hochrangiger Staatsbeamter in der bayerischen Landesentwicklungsplanung keinen neuen Lebensinhalt mehr gefunden. Groß und hager, mit seinem ernsten Gesicht fast an Karl Valentin erinnernd, hatte er Spaziergänge und ständige Nachrichtenaufnahme zu seinen Hauptbeschäftigungen gemacht. Er wirkte getragen und streng. Je älter er wurde, umso mehr. Schmidt

sah ihn allzu oft in einem halbdunklen Zimmer sitzen, die Augen wie festgekrallt an einer Zeitungsseite. Unwillig, die Welt noch anders als in politischen Berichten und Kommentaren des *Münchner Merkur* oder des *Bayernkurier* wahrzunehmen. Allenfalls Stammtische mit seinen früheren Kollegen oder Rotariern, den Gesinnungsgenossen im Herrenclub, boten ihm Gelegenheit, sich auszutauschen. Seine Frau wurde aus seiner Welt Jahr für Jahr entschiedener ausgeschlossen.

Aber auch Schmidt hatte keinen Platz in den Kreisen, die sein Vater um sich gebildet hatte. Sein vier Jahre jüngerer Bruder Franz dagegen hatte seine Position gefunden.

Noch hier, Jahre später und durch das leise Rauschen des Regens kann er seinen Vater hören: »Franz hat recht, Ulrich. Ich sehe es schon seit Jahr und Tag wie er.« Diese sonntäglichen Mittagsgespräche waren Schmidt zuwider mit ihren tagespolitischen Plattitüden und der Lebendigkeit des bayerischen Amtsblatts.

»Wir stehen erschüttert am Grab meines Vaters, eines großen Staatsdieners …« Schmidt hörte ein Rauschen in seinen Ohren. Als hätte sein Blutdruck zugenommen. Er hörte es besser als die Rede seines Bruders. Immer wieder zwang er sich, ihr zu folgen. Aber seine Gedanken führten immer weiter weg. Warum nur hatte er Jura studiert?

»Ein Geschichtsstudium reicht vielleicht für einen

Lehrberuf. Du musst etwas Lebendiges lernen. Du musst dich in der Welt durchsetzen lernen. Jura ist die beste Voraussetzung dafür.« Wie oft hatte sein Vater das wiederholt. Irgendwann hatte er klein beigegeben. Sein Vater hatte ihm aber auch düstere Ahnungen mit auf den Weg gegeben, ausgerechnet in ihrem letzten längeren Gespräch. »Ich mache mir Sorgen um dich. Du hast noch große Herausforderungen vor dir. Und beruflich ist es nicht leichter für dich geworden, seit du dich mit der Sozietät, die ich dir eröffnet habe, überworfen hast. Nun praktizierst du allein. Als Einzelanwalt wirst du es schwer haben.«

Eine böse Stimme in Schmidt wollte antworten: Darüber musst du dir schon keine Sorgen mehr machen. Er verfolgte mit den Augen den Infusionsschlauch von dem halbvollen kleinen Kunststoffsack herunter bis zu der Stelle, wo er in der fast durchsichtigen Hand endete. »Mach dir keine Sorgen. Die Kanzlei läuft bestens. Ich denke über einen weiteren Anwalt nach.« Er hasste es zu lügen. Und es war ein Verstoß gegen die Prinzipien seines Vaters. Er versuchte, in den wässrigen, trüben Augen des erschöpften alten Mannes zu lesen: War er zu müde oder glaubte er diese Erfolgsmeldung ohnehin nicht?

»Das wäre mir eine Erleichterung. Ich sehe die Laufbahn deines Bruders vor mir. Aber für dich ...« Er beendete den Satz nicht. Ob aus Kraftlosigkeit oder weil er den Zweifel an seinem älteren Sohn nicht weiter ausführen wollte, blieb offen.

Schmidt erwiderte ausweichend: »Schone dich lieber, damit du wieder zu Kräften kommst.«

Ein sanftes Lächeln glitt über das Gesicht seines Vaters: »An klaren Tagen kann ich den Tod gut sehen.«

Schmidt versuchte abzuwiegeln: »Deine Prognose ist nicht so hoffnungslos. Und wenn sie es wäre, erinnerst du dich an den Predigtsatz, den wir an Weihnachten gehört haben, ›Wer nicht an Wunder glaubt, ist kein Realist‹?«

Wieder lächelte der alte Mann matt: »Das ist gut. Ich hatte es vergessen.« Und mit einer absurden Wendung: »Ist der Hund noch bei dir?« Er wusste, dass es mit Bettina vorbei war, seit bald drei Jahren. Machte er sich Sorgen, dass Schmidt vereinsamen oder verwahrlosen könnte?

»Natürlich, Shiva ist ständig um mich. Hierher konnte ich ihn nicht bringen. Warum die Frage?«

»Er ist ein guter Hund«, schien er die Annahme zu bestätigen.

»Du solltest nicht so lange reden, Papa. Es strengt dich an. Und ich grüße Shiva von dir!«

»In der indischen Mythologie ist er der Herr über die Schöpfung und die Zerstörung, habe ich recht?«

»Ja, du hast recht«, räumte Schmidt unsicher ein.

»So werden wir sehen, ob es ein gutes Zeichen ist, dass er nicht mit dir hier war. Leb wohl, Ulrich!«

Vorsichtig hob er die große und doch leichte, wie ein Flussdelta blaugeäderte Hand des Vaters an und drückte sie: »Bis ganz bald, Papa.«

»... ein Leben der Pflichterfüllung für seine Familie und für den bayerischen Staat.« Sein Bruder sah dem Vater so ähnlich. Nun, mit der getragenen Mimik des Trauerredners war er dem alten Mann noch ähnlicher geworden. Die Augen standen weit auseinander über den östlich breiten Wangenknochen. Hinter den starken Brillengläsern konnte man die hellblauen Augen kaum erkennen. Den Text las er in der nasskalten Aussegnungshalle vor etwa hundert Trauergästen vom Blatt ab. Ein kalter, offizieller Nachruf. Aber Franz musste ihm doch viel näher gestanden haben als er selbst. Konnte er nicht mit einigen Sätzen auf die Leidenschaft seines Vaters für ausgedehnte Waldspaziergänge eingehen, seine Faszination für seine ihm so wesensfremde Frau?

***

Bei der bloßen Erinnerung an die starren, höfischen Wendungen des Nachrufs auf seinen Vater zieht er fröstelnd den Mantel um sich zu. Er schnippt den Zigarillostummel auf den Aushub und saugt die Nachtluft tief ein. Sie schmeckt weich und nach Pilzen. Der strenge Zigarillorauch hat die quellende Modrigkeit des aufgebrochenen Waldbodens überlagert. Während er den

Spaten erneut zur Hand nimmt, schüttelt Schmidt leise den Kopf. Hier steht er mit schmerzenden Händen nachts im Wald, um einen Hund zu beerdigen. Der Tod seines Vaters hatte ihn als Veranstaltung verstört. Aber der Verlust hatte ihn in dem Moment nicht erschüttert. Er hatte bei der Trauerfeierlichkeit immer wieder versucht, sich in seinen Erinnerungen mit dem Vater zu verbinden. Vergebens.

***

Spaziergänge in der Kindheit. Franz und er hatten beide einen Stock im Kreuz, mit den zurückgebogenen Ellbogen eingeklemmt. Das fördert eine aufrechte Haltung, hatte sein Vater verfügt. Nur kann man damit keine Mäuse jagen, Pilze sammeln oder auch nur schnell durch den Wald rennen.
Die Gerechtigkeit mit den Geschenken bei allen Festen, am Sonntagstisch mit Fleisch oder Fisch, war unbestechlich. Sie ließ keinen Raum für einen kleinen Handel, für raffiniertes Betteln. Je länger er während der leichenstarren Zeremonie in seiner Erinnerung suchte, desto erfolgloser erschien ihm sein Bemühen, seinen Vater zu finden und dabei schmerzlichen Verlust zu spüren. Immer mehr erschien er ihm wie ein Prinzip. Ein Prinzip mit vielen Untertiteln und Regeln. Unveränderlich und darum wahrscheinlich auch unsterblich. Das Prinzip Vater konnte man nicht beerdigen, dachte

er verwirrt. Der da beerdigt wurde, hatte sich in ein alles überlebendes Prinzip transformiert. Und als solches machte er sich der Trauer unzugänglich. Denn die Trauer knüpfte an am Verschwinden, am Verlust. An allem, was lebendig war, fühlbar und zerstörbar.

Die Rede seines Bruders schien dem Ende zuzugehen. »Für seine großen Verdienste um den Freistaat Bayern hat er den Bayerischen Verdienstorden erhalten. Sein unermüdliches Engagement in der Schlesischen Landsmannschaft um ...« Sein rascher Blick auf das blasse, abgespannte Gesicht seiner Mutter verriet ihm nicht, wie sie die Rede aufnahm. Ihre Augen waren auf den pompösen Eichensarg und die Blumenkränze gerichtet, die ihn säumten. Mozarts Begräbniskonzert beruhigte Schmidt wieder. Die kraftvolle Musik, die Hoffnung und Niederlage verband, löste die Bitternis, die die Rede seines Bruders hatte aufsteigen lassen.

Schmidt hatte erklärt, dass er nicht bei dem Anlass sprechen wollte. Franz hatte fast erleichtert zugestimmt. Er hatte all die Honoratioren eingeladen, die die kalte Halle neben den wenigen Verwandten füllten. Überwiegend ältere Männer, deren schwarze Mäntel und Hüte ihre meist bayerisch halslose, massige Gestalt noch unterstrich. Sie hatten Franz herzlich Beileid gewünscht. Auch seine Mutter war von sehr vielen mit Anteilnahme begrüßt worden, während man ihn eher selten wahrnahm. Das hatte ihn nicht getroffen. Er war dankbar,

nicht nach Floskeln oder gar nach dem Namen dieser bedeutenden Leute suchen zu müssen.
Bei der Rede des Vertreters des bayerischen Staates begriff Schmidt plötzlich. »Und der große Verstorbene hat durch seinen Sohn sichergestellt, dass die Tradition des hochgestellten Staatsdienstes in der Familie fortgesetzt wird ...« Für Franz war diese Veranstaltung so etwas wie eine Inthronisierung. Er war als Leiter der Wasserwirtschaftsbehörde nun in die verwaisten Schuhe des Vaters geschlüpft, die ihm so gut passten. Er war sein Ebenbild. Und in seinem Schmerz über den Tod des großen Vorbilds lag auch schon der leise Triumph. Althirsch und Junghirsch. Wie archaisch. Schmidt durchschaute in diesem Moment den Bruder etwas mehr.
Nachdem die Ärzte den Tod als innerhalb weniger Wochen bevorstehend erklärt hatten, entfaltete sein Bruder große Aktivität. »Also wenn du nicht redest, nun, dann übernehme ich das. Bestattungsinstitut und Trauerfeierlichkeiten habe ich geregelt.« Er hatte ihn kurz über die Brillengläser angeschaut: »Dein Einverständnis vorausgesetzt, natürlich.«
Schmidt hatte genickt. »Natürlich.«
»Den Platz habe ich ja schon lange auf dem Ostfriedhof bestellt. Ich nehme an, du hast ihn dir schon mit Mama angeschaut?«
»Nein, das habe ich ehrlich gestanden noch nicht getan.«

»Hm, dann solltest du zumindest das bald nachholen.« Dabei fischte er einen Plan aus dem Papierkonvolut, das er gründlich vor sich aufgestapelt hatte. Als Gesprächsgrundlage, wie ihr Vater gesagt hätte. Er schob ihm das Papier herüber. »B24. Ich dachte nämlich, du könntest ein Konzept für die Grabbepflanzung entwickeln. Das möchte ich nicht der Friedhofsgärtnerei überlassen.«

Nach einer kurzen Pause, die wohl Raum für Widerspruch bieten sollte, fuhr er fort: »Damit hast du deinen Beitrag geleistet. Um alles andere kümmere ich mich. Ein wichtiger Beitrag, es ist Papas letzte Ruhestätte«, setzte er nach. »Ach, und wenn du noch Adressen hast, an die du die Traueranzeige schicken möchtest, gib sie mir bitte.«

Höflich, gut sortiert und bestimmt, dachte Schmidt.

»Der Text?«, fragte er. Ein weiteres Papier lag sogleich vor ihm. Der Kopfsatz war schön:

Die größte Offenbarung ist die Stille.

Er las ihn laut, schaute dann überrascht hoch.

»Mama hat das eingefügt. Ich habe noch eine Alternative. Der Rest ist von mir«, sagte Franz.

Ja, eindeutig. Wuchtig und mit katholischem Pathos.

»Nein, lass es so, Mama soll sich doch auch in der Anzeige wiederfinden.«

Franz hatte nur kurz gebrummt. Sicher war er sich nicht über die Bedeutung dieses Satzes.

»Hast du denn auch eine Vorstellung von der Grabbepflanzung?«
»Nein, das habe ich bewusst dir überlassen. Nicht zu bunt. Leicht zu pflegen. Und passend zum Grabstein.«
»Dem Grabstein?«
»Den habe ich schon ausgesucht, Mama ist einverstanden.«
Ein weiterer Griff der großen, knochigen Hände mit dem Siegelring: »Da.«
Das Foto zeigte einen schwarzen Stein mit goldenem Kreuz, breit genug und hoch für mehrere Namensinschriften.
»Du machst es mir aber wirklich leicht, Franz.«
Wieder der rasche Blick über die Brille. Sein Bruder benutzte das Stilmittel der Ironie selten. Darum misstraute er jedem Anflug davon.
»Wenn du noch etwas brauchst, ruf mich an. Tipps bekommt man von der Gärtnerei, aber es gibt auch Bücher zum Thema Grabbepflanzung.«
»Danke dir«, hatte er verblüfft erwidert. Wirklich generalstabsmäßig. Die Operation »letzter Akt« konnte beginnen. Ihr Vater wäre erneut sehr stolz auf Franz gewesen. Der stand auf vom elterlichen Esstisch, wo die Besprechung stattgefunden hatte. Schmidt war verblüfft. Er blickte auf die polierte Tischplatte, das Beistelltischchen, auf dem auf einer kleinen Häkeldecke eine klobige Brille seines Vaters lag. Die Gläser blind

von Fettfingerspuren. Bestimmt vom empörten Absetzen der Brille beim Lesen des *Münchner Merkur*, bevor er ins Krankenhaus kam, dachte Schmidt.
Der Anblick machte ihn beklommen: »Sollen wir noch einen Kaffee trinken irgendwo?«, fragte er den Bruder.
»Gute Idee. Aber ich habe einen Termin. Ein andermal, Uli. Warum machst du das nicht mit Mama?«
»Schon gut. Sie ist länger bei einer Freundin. Wir hören sicher sehr bald voneinander.«
Er beschloss, den Ostfriedhof zu besuchen. Vom Lehel war es nur ein Katzensprung mit der Straßenbahn. Er wusste schon, dass sein Bruder dort eine Familiengrabstätte beantragt hatte. Er hatte nachgelesen, was es zu wissen gab über den Platz. Etwas war damit, meinte er sich zu erinnern. Er hatte es schnell gefunden. Der Friedhof war auch ein Unfriedhof der deutschen Geschichte. Wie sein Heimatviertel Lehel um 1900 wesentlich ausgebaut, aber 1929 um das Krematorium erweitert. Das erregte die der Erdbestattung verpflichtete katholische Kirche. Später, 1933, wurde der 1919 ermordete Revolutionär Kurt Eisner von dort auf den israelitischen Friedhof verbracht, sein Denkmal zerstört. Der Stolz des Friedhofs, das Krematorium, diente schließlich zur Verbrennung Tausender Regimegegner und Juden sowie anderer Verfolgter aus den Gefängnissen der Stadt und den KZs in Buchenwald, Dachau und Auschwitz.

Aber der Friedhof sollte seine grausige geschichtliche Bedeutung auch noch als Sühneplatz bekommen. Im Oktober 1946 fuhren die Amerikaner zwölf Särge, zwei zur Tarnung des Vorhabens leer, auf den Friedhof. Die zehn Leichen waren nicht, wie behauptet wurde, amerikanische Soldaten, sondern die neun Hauptkriegsverbrecher der Nürnberger Prozesse sowie der seiner Hinrichtung durch Selbstmord entgangene Reichsmarschall Hermann Göring. Wie ihre zahllosen Opfer zuvor, wurden die Täter an eben diesem Ort eingeäschert und ihre Asche dann in die Isar gestreut.

Nun sollte ihr Vater dort beerdigt werden. Als Erster der Familie, der Platz aber sollte für sie alle sein in der neuen bayerischen Heimat. Schmidt konnte keinen Zusammenhang herstellen, die düstere Geschichte des Friedhofs passte nicht zu der seiner Familie.

Er beobachtete den breit angelegten Bau mit seinen zentralen und jeweils links und rechts flankierenden Nutzgebäuden, wie eine Schranke von der Außenwelt zur inneren Welt der Toten. Das Ochsenblutrot der Mauer erinnerte an die vitalen Lebenskräfte, aber auch an Vergänglichkeit, es waren die Farben von Pompeji. Für Schmidt das Symbol für die ewige Bedrohung durch plötzliche Schicksalsschläge, die unsere Existenz so atemlos und zerbrechlich machten. Das Blutrot war geblieben, über die Verwüstungen der Asche hinaus – als könnte es jederzeit aus den Tiefen austreten, dick, dunkel und lebendig. Wie durch einen Schlitz in der blutenden Wand trat er ein in das Reich der Toten. Und die mächtige rote Mauer? Schützte sie die Toten vor den Störungen durch das Leben oder die Lebenden vor den Übergriffen aus dem Schattenreich? Die Geister, die auf diesem Friedhof zur Ruhe kommen sollten, konnten für eine Ewigkeit den Lebenden den Schlaf rauben.

Pax lautete die Inschrift auf dem Zentralgebäude. Jener Friede, der so vielen hier Eingeäscherten nur nach ihrem Tode zuteil werden konnte. Ihr Leben hatte so wenig Friedliches bereitgehalten. Friede, das war die Verheißung. Einige Meter weiter eine andere Inschrift am Gebäudegiebel: *Die Stätte kennt nicht Arm und Reich. Tod und Verwesung macht sie gleich.* Die Kälte des Novembertages bemächtigte sich plötzlich seines fülligen Körpers. Warum mussten sie immer im November sterben, dem persischen Monat des Todesengels? Warum fielen alle Blätter zu dieser Zeit? Als wiche das Leben zurück, systematisch. Als öffneten sich die Adern des Lebens, blutrot wie die letzten Blätter, die von den schwarzen Bäumen fielen. Tod und Verwesung machen sie alle gleich, die Täter und die Opfer. Das musste die Versöhnung, *Pax*, sein, von der die pathetischen Inschriften kündeten. Wie lange würde es dauern, bis Vater Karl sich hier in die Befriedeten einreihte?

Schmidt war weitergegangen. Auf der Suche nach B24

trieb es ihn planlos herum. Mal führte Shiva, mal er. Er hatte ihn vor Betreten der Anlage an die Leine genommen. Er wusste, dass Hunde hier keinen Zutritt hatten. Aber an Wochenenden hatte er ihn ständig bei sich. Und hier gab ihm das kraftvolle Tier Zuversicht. Wie im Englischen Garten beherrschte er auch hier den Gehweg. Links und rechts markierte er die Randsteine, mit denen die Gräber gegen den Kiesweg abgegrenzt waren, nahm die herbstlichen Gerüche des Verfalls auf, konzentriert wechselte er die Seiten, gründlich wie ein Landvermesser. Konnte Shiva durch die nasskalte Erde riechen, den Geruch der Verstorbenen in ihren eingestürzten Holzkisten? Er widmete sich seiner Erkundung ohne einen Moment der Ablenkung. Es war auch kein anderer Hund zugegen. Kein potenzieller Herausforderer.

Schmidt und Shiva, zwei, die durch die parkähnliche Anlage irrten, wie die toten Blätter, die der Novemberwind durch die Wege trieb. Über ihnen die dürren Arme von Kastanien, Rotbuchen, Ahorn, Platanen. Schmidt meinte zu stehen, reglos im böigen Wind, während die Grabsteine an ihm vorüberzogen. Unvergessen, unvergesslich rief es ihm von allen Seiten zu. In Stein gehauene Botschaften, die das Vergessen leugnen wollten. Hilflos, jede eine Kapitulation vor der Zeit. Ihm war, als läge sein Vater schon hier und er käme dem Unvergessenen zuliebe. Schmidt suchte seinen Platz, seinen Stein. Als wäre es nicht genug, stand auf einigen Grabmälern eine gelbe Aufschrift »Unfallgefahr – Grabstein ist lose – bitte sofort wieder sachgemäß befestigen!« Wer ordnete hier an? Mahnung für niemanden, Unfallgefahr. Befestigen, sachgemäß – Deutschland ist so abstrakt, dachte Schmidt.

»Du zeigtest mir das Leben«, stand da plötzlich auf dem Grabkreuz, umgeben von lustigen Plastikwindrädern und mit Wäscheklammern befestigten bunten Kunststoffschmetterlingen. Er sah ein ernsthaftes dunkelhaariges Mädchen vor sich mit großen braunen Augen. Sie schauten ihn an, ungläubig und doch des Ausgangs gewiss. Der Schrecken nahm ihm den Atem, er ging so schnell er konnte weiter. Da hat das Leben die Schleuse des Todes noch einmal rückwärts durchschritten, und weil so viel davon noch nicht gelebt worden war, hatte das Mädchen seine Windräder zurückgelassen, damit der Herbstwind sie noch einmal drehte.

Er hatte sich B24 erspart, hatte es wohl nicht sehen wollen vor der Zeit. Er kannte vom Plan die Ausmaße und die Lage an einem der Nebenwege in der leichten Senke des Friedhofs. Auf dem Rückweg, vorbei an Schiefer, Sandstein, Granit und Marmor, Engeln mit Zweigen und Beschwörungen, begegnete ihm die Friedhofskatze. Standesgemäß schwarzes Fell, dachte er, und fett, Fütterungen oder Mäuse und Ratten, die hier die Prozesse beschleunigen mochten. Shiva nahm von ihr keine Notiz. Als wäre sie eine Friedhofsangestellte.

Erst Tage später begann er mit der von Franz verordneten Lektüre der Geheimnisse der Friedhofsgärtnerei. Die grundlegenden Gedanken hatte er rasch verstanden. Alles Immergrüne, Tannen, Efeu, Hauswurz, Rhododendron, steht für die Vergänglichkeit, aber auch für ewiges Leben. Hängende Blüten wie die der Akelei und des Maiglöckchens für Maria und die Demut. Schönheit und Tod, Eros und Thanatos finden sich in Rose und Margerite, wieder Mariensymbole. Und Farne, Frauenmantel, die sich ungeschlechtlich fortpflanzen, sind Symbole der Jungfrau Maria. Überhaupt, stellte er fest, dominierten die Mariensinnbilder, Jesus fand sich allenfalls im aufstrebenden Ehrenpreis. Leicht erschlossen sich Himmelsschlüssel, Jakobsleiter, Immergrün, Glockenblume, Zaubernuss, Vergissmeinnicht und Maiglöckchen, die Marienträne. Er wusste, Lilien mussten eine Rolle spielen – Symbole der Schönheit, Reinheit und des Todes, aber auch der unglücklich Liebenden. Immer hatte er gewusst, dass die unbeholfene Zärtlichkeit seines Vaters seiner Mutter lästig war. Wenn er ihr liebkosend einen Klaps auf den Po geben wollte, gefror seine elegante Mutter förmlich. Für den Landmann aus Schlesien war es gleichermaßen Anerkennung wie zärtliche Annäherung. Sie hingegen suchte dem auszuweichen, beschämt und erniedrigt.
Lilien, Blumen der unglücklichen Liebe, hatte Karl verdient. B24 war nicht riesig, die Frage war zunächst das

räumliche Grundkonzept für die Grabfläche. Ein Kreuz, ein Quadrat, ein Kreis? Er blätterte in den religiös getränkten, pietätsschwangereren Anweisungen des Ratgebers, den sein fürsorglicher Bruder ihm in die Hand gedrückt hatte. Verblüfft hielt er bei der Raute inne. Sie werde, so der Text, häufig als Symbol für das weibliche Genital verwendet und stünde allgemein für Sexualität und Fruchtbarkeit. Für Gräber wohl eher keine geeignete Bepflanzungsform. Er verwarf die Idee, seinem Bruder einen Streich zu spielen, entschied sich für eine von Steinen und Flusskieseln dominierte Lösung. Sie wurde dem statischen Charakter seines Vaters am besten gerecht. Er verband sie mit Buntnesselbewuchs und Inseln von Purpurglöckchen und Feuersalbei. Die roten Pflanzen standen für ihn für das Leben und die Vergänglichkeit zugleich. Die roten Flächen in den Blättern der Buntnessel würden immer die Verbindung zwischen Leben und Tod herstellen.

Nachdem seine Grundentscheidungen feststanden, zeichnete er den Plan auf ein Blatt Papier. Er schraffierte Flächen und nummerierte sie, versah sie mit einer darunter angefügten Legende. So konnte er das Ganze später bei einer Gärtnerei in Auftrag geben. Er genoss die Tätigkeit. Seit Jahren hatte er nicht mehr gezeichnet. Die Befriedigung war unmittelbar. Für einen Anwalt ein seltenes Gefühl. Ebenso aber auch das Gefühl, seine Rolle konstruktiv gespielt zu haben. Es erleichterte ihn, seinen Vater zumindest ein wenig in seiner Obhut zu haben, er hatte ihm eine schöne Umgebung geschaffen, eine, die zu ihm passte und ihm gefallen hätte, wenn er sie gesehen hätte. Fast fühlte er sich ihm nahe. Er war es, der dem ihm so fernen Vater die letzte Wohnstätte angemessen eingerichtet hatte.

Er musste daran denken, wie sie vor vierzig Jahren in die Wohnung im Lehel gezogen waren. Der kleine Junge, der er gewesen war, wollte beim Einzug helfen. Sein Vater rannte zwischen den Packern umher. Als er Schmidt sah, herrschte er ihn an: »Geh du raus spielen, du störst hier nur und das Auspacken dauert wegen dir länger.« Er war gegangen, enttäuscht. Nun aber war er am Zug und niemand würde ihm im Weg stehen.

***

Schmidt hebt kurz den Blick von dem tiefer werdenden Loch auf den Erdhaufen vor ihm. Daneben liegen die sorgfältig ausgestochenen Stücke der Grasnarbe, die er später wieder zur Abdeckung auftragen will. Der Natur zurückgeben, denkt er. So wird es sein, die Erde wird sich schließen ohne Spur, ohne Hinweise. Hier, wo Shiva so oft nach wilden Kurzsprints hinter Fahrrädern oder anderen Hunden her, triumphierend und seiner selbst sicher, das Bein gehoben hatte, um den mächtigen Stamm mit einem Spritzer zu markieren. Schmidts Aufgabe lag darin, Kämpfe mit größeren Hunden zu verhindern. Zu gern stellte Shiva Doggen und anderen großen Hunden nach, die ihn deutlich überragten. Dann folgte, wenn nicht ein kurzes Bissgefecht, so sein Versuch, die anderen Hunde zu bespringen. Die Kastration hatte dieses Dominanzgehabe nicht mitbeschnitten. Shiva übte sich darin bei jedem überlegenen Gegenüber. Spätestens dann pfiff Schmidt ihn zurück. Manchmal musste er gar mit der Wurfkette den wilden Übermut seines Hundes bremsen. Irgendwann wachte er auf und kehrte in ungestümem Lauf zu ihm zurück. Die ersten Meter waren voller Stolz auf das erfolgreiche Scharmützel, dann verlangsamte er den Schritt. Als er bei Schmidt ankam, war er schuldbewusst und konzentriert. Die Ohren wippten nicht mehr, sondern waren gespannt angelegt. Das kühne Hundegesicht schien zu fragen, die Augen baten groß und offen um Verzeihung. Schmidt lobte ihn dann meist dankbar, dass er ihm einen größeren öffentlichen Auftritt erspart hatte.

Nachdem sich die Trauergemeinde von der Familie verabschiedet und schnellen Schrittes zum Ausgang entfernt hatte, waren sie mit wenigen Freunden der Familie in ein stadtbekanntes Lokal gefahren. Der Leichenschmaus fand in der *Osteria* statt, dem italienischen Traditionsrestaurant in Schwabing. Warum hatte sein Bruder dieses Lokal ausgesucht, in dem auch Hitler schon gegessen hatte? Nicht weit davon entfernt lag der *Schellingsalon*, in dem er seine frühen Reden gehalten hatte. Sicher keine Absicht, sondern eine der unerklärbaren Schleifen, die mit dem Ostfriedhof und seiner dunklen Geschichte begonnen hatten. Die etwa dreißig Personen drängten sich um die reservierten Tische, dankbar, der Kälte des Friedhofs entronnen zu sein. Seine Mutter, sein Bruder, einige ältere Verwandte, die er nur von Familienfesten kannte, und die engsten Kollegen und Freunde seines Vaters aus dem Herrenclub. Schmidt nahm den stumpfen, leicht sauren Geruch von Alter war. Die Nässe ihrer Kleidung mochte es verstärkt und, so kam es ihm vor, um Steinpilzanklänge bereichert haben.

Es beruhigte ihn, dass er rasch einen Platz neben seiner Mutter gefunden hatte. Weißwein und die Minestrone als Vorspeise zum Warmwerden. Wartend betrachtete er die Gesichter ihm gegenüber. Man muss viele Begräbnisse besucht haben, um gleichermaßen Betroffenheit und Anteilnahme auszustrahlen. Diese paart sich dann mit der Befriedigung über das eigene Überleben und der Freude, alte Freunde wiederzusehen. Die Stimmen raschelten in seinem Ohr, wie sich entfaltendes Pergamentpapier. Sie wurden mit jeder Minute bestimmter, zutraulicher. Der Anlass machte nun dem Gemeinschaftsgefühl Platz. Die Hinterbliebenen, dachte er, als verstünde er den Wortsinn zum ersten Mal. Schwarze Anzüge, die für die großen Anlässe vor Jahren gekauft worden waren und an denen man jetzt die Unentrinnbarkeit der Veränderung ablesen konnte. Im Alter gab es zwei Größen: zu eng oder vogelscheuchenweit. Die wenigen Vertreter der Stadt und des Freistaates fielen überwiegend in die erste Kategorie. Sie strahlten wie die Vertreter aus dem Herrenclub vollendete Selbstzufriedenheit aus. Die brauchte ihren Platz, dachte er, während er verstohlen die ihm unbekannten Honoratioren musterte. Um die kümmerte sich sein Bruder, weil sie seiner Welt so viel näher waren und es noch mehr werden sollten.

Schmidt erinnerte sich genau, wie seine Mutter seine selbstvergessenen Betrachtungen beendet hatte, so, wie man Vögel mit einem Klatschen der Hände aus einem Feld aufscheucht. Er hatte gerade seine Zuordnungen zur Familie Schmidt abgeschlossen, die ihm ob der großen, knochigen Figuren seiner so unvertrauten Verwandten leichtgefallen war. Da fragte ihn seine Mutter mit unterdrückter, fürsorglicher Stimme: »Ulrich, du bist so abwesend. Trauerst du?«

Er lenkte den Blick auf die Karottenscheiben in der klaren Minestrone: »Ja, Mutter, ich trauere. Ich bin so weit weg. Das alles hier ist nicht meines.« Nun flüsterte er, immer noch zur Suppe sprechend: »Aber am meisten trauere ich, weil ich keine Trauer für Vater empfinden kann.« Er presste die letzten Worte mühsam heraus: »Ich habe es versucht. Bei der Aussegnung. Am Grab. Ich kann es einfach nicht. Das macht mich traurig. Mehr noch, es erschreckt mich.«

Sie ließ eine kurze Stille eintreten, in die die am Tisch ausgetauschten Geschichten aus dem Leben des Verstorbenen eindrangen, angeregt und mit dem Stolz der Augenzeugenschaft berichtet.
»Du musst nicht um deinen Vater trauern.« Sie hatte es leicht gesagt, ohne besondere Betonung.
»Wie? Ich verstehe nicht!« Er ließ den Löffel sinken und schaute die schmale, immer noch schöne Frau an. Wie zerbrechlich sie in ihrer strengen schwarzen Kleidung aussah, aber nun rüttelte sie an seinem Fundament, ihre dunklen Augen waren unverwandt auf sein sich nun hektisch rötendes Gesicht gerichtet.
Als wollte sie ihn fixieren, ohne ihm in die Augen schauen zu müssen: »Versteh es genau, wie ich es gesagt habe. Karl war nicht dein Vater, Ulrich.«
Er spürte, wie ihm das Blut aus dem Gesicht wich, als flösse es in die Magengrube, wo es eine plötzliche drangvolle Enge auslöste, die das Herz zu vertreiben wollen schien. Seine Stimme war unterdrückt und rostig, als habe er lange nicht gesprochen. »Glaubst du, das ist der richtige Zeitpunkt für diese ...« – er hielt hilfesuchend inne – »Eröffnung?« Nun blickte ihm seine Mutter fest in die Augen. Sie waren ganz schwarz geworden vor Entschlossenheit. So hatte er sie noch nie gesehen. Er wich unwillkürlich zurück vor der Bestimmtheit, mit der sie ihn zur Konfrontation mit ihrer erschütternden Nachricht zwang. »Oh ja. Genau der richtige. Karl hätte

es nicht verdient, es auch nur einen Moment früher zu sagen. Und du durftest es keinen Moment später erfahren.«

Erst jetzt wich die Heftigkeit aus ihren Augen, die feinen Züge lösten sich aus der Starre der letzten Minuten. Ihre knochige Hand mit den langen, schmalen, kalten Fingern legte sich auf die seine, die den Löffel mit einem Klirren in den Teller hatte fallen lassen, um sich angespannt zur Faust zu ballen. Unwillkürlich wollte er seine Hand zurückziehen. Er beherrschte sich jedoch, so sehr ihn die plötzliche Fürsorglichkeit seiner Mutter auch irritierte.

»Wusste Papa es?« Seine Augen hefteten sich nun bohrend an die ihren.

Sie antwortete sanft, wie man einem Kind beruhigend zuredet: »Wir haben nie darüber gesprochen. Ich weiß es nicht. Vielleicht hatte er eine Ahnung.« Sie starrte kurz auf die in Erinnerungen vertiefte Trauergemeinschaft. »Ja, er wusste es wohl. Aber er wollte es nicht aufklären. Lass uns später unter vier Augen darüber reden. Er war ein guter Mann«, setzte sie schließlich mit dünner Stimme hinzu.

»Wer ist dann mein Vater? Und weiß der es?«, stieß er heftig hervor, so dass sich einige der näher Sitzenden zu ihnen umdrehten, erstaunt über die dem Anlass so unangemessene, erregte Tonlage. Der Druck der Hand seiner Mutter auf der seinen verstärkte sich, als sie sagte:

»Ulrich, bitte. Wir werden darüber reden. Aber nicht hier. Du darfst nicht weiter fragen. Es passt nicht hierher, bitte!«

Ihr Ton bekam nun etwas Flehentliches. In ihm wirbelten die Gedanken wie welke braune Blätter durcheinander. Er sah die Trauergemeinde vor sich verschwinden, von der Zeit gezauste Krähen auf Telegrafenleitungen, unendlich weit weg. Seine Mutter bot ihm keine Zuflucht mehr. Sie hatte den Sturm in ihm erzeugt, und ihr Rückzug in Schmerz und Mitgefühl ließ ihn allein zurück. Wie konnte sie ihm das antun? Über all die Jahre diese Lüge! Und wie konnte sie das seinem Vater antun? Seinem leiblichen Vater?

Der Weißwein und die sich überschlagenden Gedanken flossen unerbittlich aus seinem Gehirn, rotglühender Lavastrom, der durch seinen Körper nach unten rann. Er musste heraus in die kalte Novemberluft. Er sprang auf und riss sich aus der Umklammerung seiner Mutter los, die die sichtbare Veränderung erschrocken beobachtet hatte. Er blickte um sich, wieder einmal in seiner ungeliebtesten Rolle, im Mittelpunkt aller Aufmerksamkeit, herausgehoben aus dem Schutz des Mittelmaßes, Spekulation und Neugierde preisgegeben. Die Augen der Krähenschar auf sich gerichtet, sagte er laut: »Ich muss gehen. Ich ...« Er stolperte über den Versuch einer harmlosen Verabschiedung, wünschte noch ein gutes Mahl, und noch bevor irgendjemand ihn aufhalten konnte, stürzte er vom Tisch zur Garderobe und von dort auf die menschenleere Schellingstraße, lief planlos in Richtung Innenstadt: Sein Atem ging wie wild. Zu verstört, um das Fragengewirr in seinem Gehirn aufzulösen. Wenigstens erkaltete der Lavastrom nun.

Shiva begann schon wie wild zu bellen, als er ihn im Treppenhaus hörte. Er sprang lärmend an der Tür hoch, bevor Schmidt sie aufsperren konnte. Der Hund schien aufgebracht, als hätte er seine Gefühlslage von weitem empfangen. Er sprang immer wieder an ihm hoch, warf ihn fast um. Schmidt rief ihn hart zur Ordnung. Dann presste sich Shiva an seine Oberschenkel und leckte ihm die Hand. Allmählich wurde es in ihm klarer, er musste Zwiesprache halten und Shiva würde ihn begleiten. Es gab offene Fragen aus dem letzten Gespräch mit seinem Vater. Und er musste erfahren, ob die Enthüllung seiner Mutter jene Herausforderung war, von der sein Vater gesprochen hatte.

Der Friedhof war nun, da es bald dunkel zu werden versprach, noch leerer. Nur wenige Alte scheuchte der nasse Wind durch die Kieskorridore. Shiva war ungewohnt versammelt und ging bei Fuß, die Schulter auf Höhe seiner Knie, ohne nach links oder rechts zu schauen. Das Grab fiel auf. Die Kränze leuchteten mit ihren grellfarbenen, goldbedruckten Schleifen, selbst im versiegenden Licht des Spätherbstnachmittags. Schmidt las keinen der Texte, sondern prägte sich das Bild ein. Der Grabstein spiegelte die Strenge des Vaters wider, wenn er auch zu pathetisch wirkte. Die Kränze und der Schmuck des eben vergangenen Ereignisses waren seltsam laut und kirmeshaft.

***

Plötzlich hält Schmidt beim Graben inne und betrachtet die Grube unter dem mächtigen Baum. Die Erinnerungen an das Grab des Vaters haben ihn in die Gegenwart seiner ungewohnten Tätigkeit zurückgeführt. Der Haufen von Erde und abgeschlagenen Wurzelstücken vor ihm ist beträchtlich gewachsen, obwohl das Loch keine dreißig Zentimeter Tiefe misst, zu wenig, um Shiva sicher die Ruhe der langen Nacht im Erdreich zu gewährleisten. Er löst die starren Finger vom Spatengriff und streckt sie, so gut er kann. Er fühlt sich unendlich alleine in diesem Wald inmitten der Stadt. Er dehnt sich kurz, schüttelt den Kopf und greift wieder zum Spaten.

***

Ja, an jenem Abend vor fünf Jahren konnte er mit Karl, seinem Vater – Stiefvater –, an dessen Grab plötzlich unbefangen Kontakt aufnehmen. Er stand regungslos trotz des feindlichen Wetters. Shiva hatte er von der Leine gelassen. Der Hund hatte die Kränze beschnüffelt, als wollte er ihre Botschaften verstehen. Dann hatte

er neben Schmidt Platz genommen, sich auf die Hinterbeine gesetzt, den Blick mit zusammengekniffenen Augen auf den Grabstein gerichtet.
Schmidt war nun klaren Verstandes, die Schwaden von Weißweinnebel in seinem Gehirn hatte der Wind fortgeblasen. Karl musste früh gewusst haben, dass er nicht sein Kind war. Die Fährte musste zu Tomaś Marek führen. Der Baritonsänger war so etwas wie ein ständiger Freund des Hauses. Vor Jahren ein gefeierter Sänger, in München nicht nur von seiner Mutter für seine Stimme und Bühnenpräsenz verehrt. Er hatte seine Mutter früh, als ganz junge Frau, kaum über zwanzig Jahre alt, kennengelernt. Er war aus der Tschechoslowakei geflohen. Junger Sänger, wahrscheinlich noch in der Ausbildung, aber schon ausgestattet mit der intensiven Ausstrahlung eines Mannes, der seine Rollen mit Haut und Haaren spielt. Der die Einstellung seiner Landsleute gegenüber Deutschen mit über die Grenze genommen hat, voller Skepsis und Distanz, gleichwohl mit einem Hauch von Minderwertigkeitsempfinden gegenüber dem mächtigen Nachbarn. Eher klein und bestimmt, damals schon von kräftiger Figur, musste er mit seiner ans Hochmütige grenzenden Brillanz tiefen Eindruck auf die schöne junge Frau gemacht haben.
Schmidt erinnerte sich an die Laudatio auf dies und jenes, manchmal auf seine Mutter, im Freundeskreis der Staatsoper. Der Mann musste ihr musisches Blut er-

kannt und auch gewusst haben, wie schnell es in heftige Erregung zu versetzen war. Nicht der germanische Siegfried, nicht der machtvolle strahlende Sieger vermochte, so versuchte Schmidt der Jugend seiner Mutter nachzuspüren, ihren wohlerzogenen Anstand zu entwaffnen. Nein, es war jene Mischung aus Künstlertum, Intensität in der Selbstdarstellung und gleichzeitig Selbstzweifeln und intellektueller Sprödheit, die sie – ja was? – tun ließ.

In der nassen Kälte auf dem grauen, menschenleeren Friedhof war es nicht leicht, sich die Umstände vorzustellen, unter denen er entstanden sein mochte. Sie war gerade verheiratet, spekulierte er. Erst Wochen später sollte er die Erklärungen seiner Mutter hören. Hier stand er nun still, den Blick fest auf den schwarzen Stein geheftet mit dem goldenen Kreuz und dem noch etwas verlassen wirkenden Namen seines Vaters mit den schlichten Lebensdaten. Sein Haar hing in matten Schlangen von seinem Scheitel herunter, während Shiva unbewegt auf seinen Hinterbeinen saß und die Kränze zu fixieren schien.

Wie konnte seine Mutter ihren Ehemann so früh betrogen haben? Warum hatte sie ihn überhaupt geheiratet? Bestimmt war Tomaś ihre große Leidenschaft gewesen. Aber warum solch ein Verrat? Und warum hatte sie ihn geheim gehalten? Wie konnte sie mit Karl leben, so viele Jahre?

Sicher war dagegen, dass sein Bruder Franz der Sohn seines Vaters war. Aus dem Gesicht geschnitten und aus dessen Persönlichkeit modelliert. Spätestens bei Franz' Geburt hätte Karl wissen müssen, dass der Erstgeborene zu weit aus der Mendel'schen Vererbungskette herausfiel. Und doch, soweit er sich erinnerte, hatte er ihn nie als Kuckucksei behandelt, er hatte ihn nicht aus dem Nest geworfen. Stattdessen hatte er ihn streng erzogen: »Kopf hoch! Schultern zurück!« und: »Stell dich nicht so mädchenhaft an!«, wenn ihm die Tränen in die Augen schossen bei einer Jodbehandlung an der offenen Hand. Und zuletzt zerrte Schmidt das am heftigsten verdrängte Bild seiner Kindheit hervor, jene harten Schläge mit der flachen Hand ins Gesicht. Schmerzhaft und demütigend, als Strafe für Unehrlichkeit oder was Karl dafür hielt. In diesem Moment, da er intensiv das Seelenleben des Stiefvaters nachvollzog, war ihm diese Vorstellung unangenehm, wie eine lästige Fliege versuchte er die Erinnerung zu verscheuchen.
Karl hatte sie beide stets gleich behandelt. Als hätte er Angst vor dem Verdacht, aus einem bestimmten Grund ungerecht zu sein. Er hatte die Spiegelbildlichkeit jeder Zuwendung, aber auch jeder Versagung zu einem schwer verständlichen Korsett werden lassen. Von den Schulbroten zu den Taschengeldern, Notenentlohnungen, genehmigten Zeiten vor dem Fernseher und am Ende auch den Strafen vollzog sich alles im Gleichmaß.

Karl hatte mit Franz allerdings viel mehr Anknüpfungspunkte. Der erlernte die Jagd, interessierte sich für Politik und trat den Jugendorganisationen der konservativen Partei bei, damals noch faktisch die Staatspartei. Er selber hatte sich in der Literatur verloren, hockte in seinem Zimmer und erträumte sich aus dem Gelesenen seine Welt. Auf mächtigen Schwingen trugen ihn die druckergeschwärzten Seiten heraus aus dem dumpfen Beamtenhaushalt. Sie führten ihn ins tierdampfende Labyrinth des Minotaurus, zu den felsengesäumten Schluchten Karl Mays Indianer, später auf die einsamen Wege eines Hans Giebenrath. Seine unstillbare Phantasie bedurfte keiner Bestätigung durch Freunde. Er wusste um die Fürsorge seiner Mutter und die strenge, abstandsgenaue Zuneigung seines Vaters. Hatte er unter dem Unverständnis seines Vaters für seine Welt gelitten, suchte er doch nie andere Gründe dafür als das grundverschiedene Wesen des Patriarchen, dessen Rolle er aus den Büchern der Jahrhundertwende wiederzuerkennen glaubte.

Nein, Karl hatte seine Vaterrolle korrekt gespielt. Ein Vorbild an Geradlinigkeit, an Pflichterfüllung, an Fairness. »Bedenkt, dass ihr nur tut, was ihr auch selbst erleiden wollt.« Sakrilegien waren Unpünktlichkeit, mangelnde Genauigkeit. »Pünktlichkeit ist eine Frage des Respekts und äußere und innere Disziplin sind die beiden Seiten derselben Medaille.« Immer dieser belehrende

Tonfall. Und doch waren diese Vatersätze eingesickert wie Wassertropfen in einen trockenen Schwamm. Nach kurzem Widerstand, da die Belehrungen nicht kindgemäß waren, hatten beide Söhne sie aufgenommen. Obwohl so vieles für Schmidt völlig anders war, waren diese Sätze doch Gesetz für ihn geworden. Schlicht nicht auf sich angewendet hatte er Sätze wie: »Statt Hölderlin zu lesen, solltest du dich mehr mit den Naturwissenschaften befassen. Oder wenigstens große Biographien lesen.« Er bekam Bücher über Adenauer, Churchill, aber auch Bismarck, Stalin und vieles mehr. Bismarck fand er besonders spannend und Wallenstein. Das schränkte aber seine Hölderlinlektüre nicht ein. Nun wusste er, dass er auf den leiblichen Vater herauskam, den tschechischen Schwärmer. »Du solltest nicht in die musischen Berufe streben. Du hast eine ohnehin ungezügelte Neigung dorthin. Das Erbgut deiner Mutter. Studiere etwas Reales, wo du deine sprachlichen Stärken zur Geltung bringen kannst. Vielleicht nimmst du Jura.« Das war kurz vor dem Abitur. Nun verstand er es besser. Damals war er empört über diese Fehleinschätzung gewesen. Er wollte schreiben, Literatur, konnte sich allenfalls vorstellen, Wissenschaftsjournalist zu werden. Vielleicht mit Themen der Geschichte, vielleicht auch Literaturkritiker. Jura? Paragraphengebäude, logische Kettensätze – wie konnte Karl ihm das zumuten?

Doch Karl hatte sich durchgesetzt, ihm das Studium

finanziert. Er hatte ihn auf den rechten Weg gebracht. Den Weg hin zu einem disziplinierten, selbstbeherrschten Erfüller seiner Aufgaben und Pflichten. So wie Franz, seinen leiblichen Sohn. Und er hatte gesehen, dachte Schmidt, dass Franz der gestellten Aufgabe gewachsen, dass er für sie vorbestimmt war. Wie eine Kugel, die das Rohr verlässt. Jeder Millimeter so geschaffen, dass er die von der Rohrlänge und der Fräsung vorgegebene Geschwindigkeit, Rotation und Richtung erreichen würde. Und so wusste Karl auch, dass er noch so feilen konnte – er, Ulrich, war von anderer Machart. Er würde kaum durch den Lauf passen und nicht den preußischen Drill annehmen. Er würde, kaum abgeschossen, eine völlig andere, eigene Flugbahn suchen. Und doch hatte Karl ihn gefördert, hatte seine Eignungsmängel für den vorgesehenen Weg zu optimieren versucht.

Es war Stolz in seiner Stimme, wenn Karl sagte: »Der Franz geht seinen Weg.« Schmidt fragte sich, ob er das je über ihn gesagt hätte. Er konnte sich nur an jenes »Ulrich bemüht sich aufrichtig« erinnern, sicher ein Lob in den Augen seines Vaters. Wusste er also um die fremde Wurzel, die diesen Spross so anders hatte werden lassen – er musste gefragt haben, wer der richtige Erzeuger war. Und es konnte ihm nicht verborgen geblieben sein, welche Begeisterung seine Frau in Anwesenheit von Tomaś entwickelte. Wie leidenschaftlich gern sie in die

Oper ging und wie zentral hinter jedem Vorhang, in jeder Kulisse der junge Publikumsliebling erschien. Wie hatte er das ertragen können, und wie die Auftritte des Zerstörers seines Glücks in seinem Haus? Wie konnte er Regine lieben? Die wunderschöne dunkle Muse, zierlich, zerbrechlich und doch so hart und unbeirrt auf ihrem Weg. Karl musste gelitten haben. Ulrich Schmidt wusste, sein Stiefvater hatte seine Frau vergöttert. Sie war und besaß alles, was er nicht sein konnte und nie besitzen würde: Vielseitigkeit, Feinsinnigkeit, Sprunghaftigkeit, eine schillernde Strahlkraft in der Gesellschaft, musische Gaben, Schönheit und Abgründe.
Das alles hatte Karl nicht. Er war jung, kurz nach Kriegsende aus dem Osten nach München gekommen. Und er hatte in seiner Frau alles gesehen und gefunden, was er in sich und in seinem Leben nicht fand. Hatte er vielleicht sogar den Nebenbuhler, den er in ihrer Nähe duldete, als Teil dessen gesehen, was das andere ausmachte? Den Schmerz des Verlustes, des Nichtbesitzendürfens als Schattenseite seiner preußischen Pflicht? Und die Unzuverlässigkeit als notwendiges Element der musischen Natur? War er je in Regine gedrungen mit bohrenden Fragen, Vorwürfen? Hatte er gar angenommen, es sei nicht sein Recht, sie zu quälen? Hatte er die Befürchtung gehabt, den Strahlenkranz ihrer Schönheit zu zerstören durch die Offenlegung eines ganz trivialen Verrats? Vier Monate nach der Eheschließung

war Ulrich zur Welt gekommen. Er war Anlass gewesen für die Eheschließung zu diesem Zeitpunkt. Er sollte nicht außerehelich zur Welt kommen. Aber ehelich war er trotzdem nicht, dachte er bitter.

Die Fragen über das Wesen seines Stiefvaters erhitzten seinen Kopf, der, ungeschützt und leicht geneigt, regungslos dem stürmenden Wetter ausgesetzt war. Erst als er die Perlenschnur der Tropfen, die sich ihren Weg zu seinem Hals durch die Falten um seinen Mund suchten, flüchtig mit der Zunge unterbrach, wurde ihm bewusst, dass er weinte. Das Salz auf seiner Zunge, Zeichen seiner Lebendigkeit, die sich während des Begräbnisses in seinen tiefsten Winkel zurückgezogen hatte. Im Dunkeln leuchtete der Name seines Vaters in seinen Goldlettern nur noch schwach.

Die größte Offenbarung ist die Stille, das hatte seine Mutter ihrem Mann nachgerufen.

Das war schön. Und so wahr, dachte er. Der Verstorbene hatte den Satz auf seine Weise gelebt. Warum, fragte sich Schmidt, war er sich so sicher, dass sein Vater die Wahrheit gekannt hatte? Und warum war er so überzeugt davon, dass Karl die Wahrheit nie gegenüber seiner Frau zur Sprache gebracht hatte? Sonst hätte er Tomaś unmöglich in seinem Haus bei ihren abendlichen Veranstaltungen dulden können. Nicht nach einem offenen Eklat mit Regine. Dann wäre er ein Gedemütigter, ein ewiger Verlierer gewesen – und das konnte er nicht sein. Dazu war sein Vater zu aufrecht gewesen und die Liebe zu seiner Frau, jedenfalls in den goldenen Jahren, zu vital. Er musste eine Unversehrtheit des Herzens besessen haben. Eine festgefügte Welt von Werten, die so unnachgiebig und unbestechlich, so selbstverpflichtet war, dass er die Zerrissenheit der von ihm geliebten Person respektieren konnte, ohne zu strafen oder zu hassen. Er konnte seine Reinheit des Gefühls bewahren, indem er verzieh.

Shiva stieß Schmidt mit der Schnauze an. Der schreckte aus seinen Gedanken auf und beugte sich zu dem Hund hinunter. Er nahm die Hand aus der Manteltasche und fuhr seinem Gefährten durch das nasskalte Fell. »Oh Gott, ja, du musst richtig leiden! Verzeih!«, murmelte er, als der Hund sich an ihn schmiegte. Mit der anderen Hand wischte er sich durch das Gesicht, verrieb nachlässig Novemberregen und erkaltende Tränen. Dann trotteten die beiden dem schwach beleuchteten, furchteinflößenden Haupteingang des Friedhofs entgegen. Schmidt würde Shiva nicht nur mit der Wärme der Wohnung belohnen, sondern auch mit zwei Schweineohren. Da sie stanken, gab es sie nur als besondere Auszeichnung. Heute hatte der im tropenheißen Goa aufgewachsene Hund sie so verdient wie kaum zuvor.

***

Schmidt unterbricht das Graben und richtet sich auf. Wieder biegt er den steif gewordenen Rücken gerade, Stück für Stück. Ist es nicht seltsam, denkt er, meinen Vater habe ich ein Leben lang als Instanz wahrgenommen. Ich habe ihn geachtet, gelegentlich gefürchtet, aber nie geliebt. Sein Tod war ein Ereignis, das mich lediglich an Verlust erinnerte. Und an die Leere, wenn Verlust zum großen Schmerz wird. Wenn er nur anerkannt wird. Erst als mir mein Vater als solcher genommen wurde, verlor ich ihn wirklich und erkannte ihn gleichzeitig das erste Mal als liebenden, leidenden Menschen. Und nun stehe ich hier in einer feuchten Grube und grabe die letzte Schlafstatt für meinen Hund. Shiva, den ich nicht gesucht oder gewollt hatte und der mein Leben verändert hat. Der nun tot in einem alten Seesack liegt und dessen Tod mich ebenso aus der Bahn wirft, wie es dessen Leben vermocht hat. Shiva, der Schöne, der Starke. Der Herr über alles Werdende und dessen Vergehen, der vernichten kann, der Herr über das Leben. Schmidt kneift die Augen zusammen. Er will nicht weinen. Nicht hier. Und nicht jetzt. Er hat schon bei Shivas Tod genug geheult. Fest packt er den Spaten und zwingt sich erneut, die widerspenstige Erde mit heftigen Stichen zu lockern, um sie weiter ausheben zu können.

***

Damals, vor fünf Jahren, nach dem Tod von Karl, war er fast jeden Tag zu seinem Grab gegangen, in seinen mittäglichen Pausen oder nach Einbruch der Dunkelheit, bevor sie den Friedhof schlossen. Es hatte irgendwann richtigen Ärger gegeben, als ein Friedhofsaufseher Shiva endgültig verbannen wollte. Er hatte eine Elster gejagt. Schmidt konnte erreichen, dass er bleiben durfte, angeleint. Da der Hund den Friedhof als einen besonderen Raum der Stille erkannt hatte, hatte er bis auf wenige Ausbrüche seines ungestümen Naturells ein geradezu behutsames Verhalten an den Tag gelegt. Schmidt kannte die Abläufe dieses stillen Stadtquartiers genau. Die Beerdigungen, die Friedhofsgärtner, die unbeobachtet respektlos mit den ihnen anvertrauten Familienruhestätten umgingen. Er hatte sie schon in ein Gebüsch pinkeln und sogar mit Knochen spielen gesehen. Er blieb von all dem unberührt.
Meist ging er rasch den breiten Hauptweg entlang, dann die sich verjüngenden Abzweigungen mit ihren Quartieren rechts und links bis zum Grab seines Stiefvaters. Dort blieb er dann eine lange Weile reglos stehen, vom Wetter unbeirrt in seine Gedanken vertieft. Ließ die Zeiten mit seinem Vater wiedererstehen, ein Historiker in eigener Sache. Entrümpelte sein Gehirn auf der Suche nach dem Tatsächlichen. Nahm wahr, wie sich mit fortschreitender Zeit Gemütslagen, Empfindungen mit einzelnen Bildern und Situationen verbanden, wie Stand-

fotos an die Stelle von echten Details traten. Als hätte sein Gehirn eine Lösch- und eine Kompressionsfunktion zu bieten. Die brauchte es wohl, um solche Datenmengen zu verdichten. Aber wann benutzte es die Lösch- und wann die Kompressionsfunktion?
Denn manche Erinnerungen kamen langsam zurück, und er meinte zu wissen, wann sie ihm verlorengegangen waren. Triviale, schöne und schreckliche. Sein Gehirn verdrängte also nicht nur Negatives, sondern auch Positives. Warum und wie bewertete es, was belanglos war und nicht mehr zur Sammlung bedeutender Bilder gehören sollte? Wie gewann es gelöschte oder aufgelöste Sequenzen zurück? Denn das gelang, wie er nun bei seiner Suche nach seinem Vater, nach seinem Stiefvater und seiner Mutter feststellte. Der Datenspeicher konnte unter größter Anspannung zurückfahren. Wie ein Orang-Utan hangelte er sich von nackten Daten, die wie Lianen im Nichts hingen, weiter zu belaubten Ästen, zu noch verfügbaren Bildfolgen von häuslichen Festen oder prominenten Streitigkeiten.
Konnte sich das Gehirn von Hilfe zu Hilfe schwingen, musste er auch verwegene Sprünge wagen, damit er wieder Fuß fassen konnte im Wirklichen. Diese Sprünge waren Schlüsse, Mutmaßungen, Vermutungen. Schmidt kam sich vor wie ein Affe, kopfunter. Die Bilder waren verkehrt oder passten nicht oder sie förderten eine andere Schlussfolgerung. Die Auflösungsprozesse griffen

vor allem jene Begebenheiten an, die mit seinem Gefühl im Konflikt standen. Die Veränderung der Beziehung zu einer Person rechtfertigte also für das Gehirn eine Korrektur der Registratur und des Datenbestandes. Wie er nun sah, hieß das aber nicht, dass die Eindrücke für immer verloren sein mussten. Mal mit einer Hand und einem Fuß nach einem Haltepunkt im Archiv des Lebens greifend, mal nur an einem dürren Strick hängend, in Seitenlage oder kopfüber. Und wenn er so weiterhetzte durch den Wald, schutzlos ins Nichts einer Annahme sprang, so wuchsen in Sekundenschnelle neue Äste, Zweige, Schlingpflanzen und gedrehte Luftwurzeln seiner Erinnerung in das Nichts, in das er eindrang.

Schmidt beschäftigte die Methodik der Datenkompression. Die meisten Begebenheiten, nach denen er bei der Forschung nach seinem Stiefvater suchte, waren nicht mehr in ihren Einzelheiten abrufbar. Sie waren reduziert auf eine Stimmung oder eine Sinneswahrnehmung, die sie repräsentierte. Er schärfte seine Sinnesorgane, zwang sich, konkrete Töne heraufzubeschwören, die Stimme seines Stiefvaters vor zwanzig Jahren, bestimmte Gerüche, den Geruch seiner derben Janker, den Geruch seines Halses in den seltenen Momenten, in denen er ihn für eine Umarmung an sich gezogen hatte, oder der Geruch in ihrem Volkswagen auf ihren Urlaubsfahrten nach Italien in glühender Hitze, das Parfum seiner Mutter, den Geschmack seiner Kindheit, den sonntäglichen Schweinebraten, ein heftiger Familienstreit, der erste Zigarrenstummel, den er aus dem Aschenbecher gefischt hatte. Er fand heraus, welch mächtige Agenten die sinnlichen Empfindungen waren. Wie ein Geruch, herausgelöst aus den Milliarden olfaktorischen Impressionen eines Lebens und wiederbelebt zu einer das Herz zusammenziehenden Nähe, ganze Fluten von umliegenden Wahrnehmungen entfesseln konnte. Mit einem Mal brachen sie über ihn herein, die Menge all dessen, was der Kompression zum Opfer gefallen war.

Der Schlaf ließ keine Zeit, chronologisch zu erzählen. Er huschte wahllos über das irre, verlassene Lager der Taten und Niederlagen. So fügte er scheinbar sinnentleert aneinander, was uns hier und da widerfahren ist, ja er fügte hinzu, was uns hätte widerfahren können und was wir darum so sehr gefürchtet hatten. Dieses Irrlichtern vollbrachte der Schlaf, allnächtlich und größtenteils unbemerkt. Die Nacht, der Schlaf putzten regelmäßig das stumpfe Silber unserer eingemotteten Erlebnisse. Sie verwendeten dazu die Kunst des Irrealen, Surrealen. Rastlos tobten sie durch das Arsenal der blinden Spiegel und funkelten diese schlaglichtartig an. Nur die heftigsten Begegnungen mit den Spiegeln des Schreckens ließen uns auffahren oder am nächsten Morgen nach der Ursache für ein zerschlagenes Unwohlsein suchen. Und doch stand damit fest, dass

unendlich viele Impressionen und auch anekdotische Miniaturen in uns ruhen, blind und fahl, jede jederzeit erweckbar zu wiedergekehrtem Leben.
Und der Prozess der Reduktion? Eliminierte der Geist, den wir nach unseren eigenen Erfindungen nun als Computer, als Rechenwerkzeuge entlarvt haben, das Beiwerk, Randbegebenheiten einer Situation, bis langsam auch sie selbst verschwand und einer These, einer Feststellung über einen Zustand wich? Schmidt hatte in seiner Zeit als Soldat in den Bergen viel über Lawinen gelernt. Am Anfang stand das Schneekristall. So wie ein frisches Erlebnis. Voller Einzeleindrücke, Farben, Gerüche, Geschmäcker, wesenloser Empfindungen und Bilder. Wie ein Schneekristall, wunderbar filigran, feinst verästelt in immer delikatere Substrukturen und Abzweigungen. In seiner Vollständigkeit ein Wunderwerk, mathematisch präzise und dreidimensional. Doch dann kam die Wärme, die feinen Strukturen, die feenhaft zarten Verstrebungen verfielen, verkürzten sich zu Klumpen, verdichteten sich. So musste die Datenkompression des Gehirns arbeiten. Abschmelzen, unerbittlich, Jahr für Jahr die Arme der Ereignisse abschmelzend, löschend, um Neues zu verankern. So verloren die Dinge langsam die Farbe und den Glanz. Sie wurden stumpf und konnten nun einem neuen Speicher zugeführt werden. Wie die Schneekristalle, die bei fortschreitender Verkürzung ihrer ehemaligen Veräste-

lung mit anderen Kristallen zu einem Körper verbunden wurden. Bis schließlich achteckige, sich verjüngende Trichter, sogenannte Becherkristalle entstanden, eine völlig neue Struktur, ohne verbindende Arme. Nur noch ein Splitt, der reißen und rutschen konnte.

Ganz so kam es Schmidt vor, was sich da im Gehirn abspielte. Die einzelnen Ereignisse verloren ihre Identität, ihre Gestalt in der Datenschmelze. Dann wurden sie, machtlos und zu einem summarischen Eindruck verkrüppelt, mit anderen ähnlichen Eindrücken zusammengefügt. Was blieb, war eben eine solche Splitterstrecke des autobiographischen Stroms. Und auf ihm rutschten neue, feingliedrige Eindrücke ab. Denn sie hatten keine Haltepunkte, wie es die Arme der Eiskristalle waren, sondern fielen auf eine gefestigte Meinung.

Die Erinnerung, die Rekonstruktion der spinnwebfeinen Strukturen aus dem Einerlei war eine zähe Angelegenheit. Nur widerwillig lässt sich dem Gehirn Abgelegtes oder in die tiefen Schächte Verbrachtes entreißen. Und Schmidt erkannte, dass eine weitere Gefahr lauerte: die der Suche mit einer bestimmten Tendenz. Diente die Suche der Findung der Wahrheit über seinen Stiefvater oder über die Beziehungen zwischen den drei, wie er meinte, leise ringenden Elternteilen oder diente sie dem nachträglichen Beleg einer intensiven Beziehung zwischen ihm und seinem Stiefvater? Suchte er Beweise für eine solche unentdeckte Tiefe, so würde er sie finden. Zu einfallsreich, zu nachgiebig war das Rechenzentrum, als dass es das nicht auch hätte liefern können. Genau darum ist das Gehirn eben mehr als ein Rechenzentrum, dachte Schmidt, es würde scheinbare Wahrhaftigkeit für bestimmte Begebenheiten erschaffen, die tatsächlich anders verlaufen sein mochten. Erwartungen, Hoffnungen und Enttäuschungen waren eben auch Filter, die vermeintlich eindeutig so Erlebtes färbten, ja gar neue Begebenheiten erzeugten. Was war dann das wahrhaft Erinnerte, das wirklich Wiederentdeckte und das zweifellos Authentische? Eine subjektive Komposition von Geschichte, wie sie hätte sein mögen – wie sie recht gut hätte gewesen sein können? Hätte es eines Belegs bedurft, musste er sich nur an seine Dispute mit seiner Frau Bettina erinnern.

»Du hast Shiva wieder eingesperrt!«

»Deswegen hast du mich gestern schon angebrüllt. Dabei habe ich die Türe geschlossen, weil es zog. Dass er drin war, wusste ich nicht.«

»Ich glaube dir kein Wort. Du hättest ruhig einen Blick in den Raum werfen können, er hat keine Tarnkappe. Und außerdem habe ich nicht gebrüllt!«

»Du hast gebrüllt. Wie du es immer tust, wenn es um dieses indische Untier geht!«

»Ich habe dich noch nie in unserer Beziehung angebrüllt. Aber ich könnte es bald tun, wenn du den Hund nicht in Ruhe lässt.«

So oder ähnlich, immer wieder, was zeigte, dass Bettina keine Hunde mochte – auf jeden Fall den einen nicht, und dass es keine objektive Sachverhaltsschilderung gab. Nur Perspektiven, subjektive Ansichten. In der letzten Phase seiner Ehe nur noch durch Sehschlitze und Schießscharten gesammelt. Hatte nicht sogar die moderne Physik spätestens seit Heisenberg und Schrödinger bewiesen, dass es keine objektive Wahrnehmung gibt, dass auch der Betrachter Teil des betrachteten Vorgangs ist?

In der klirrenden Kälte, bei Schneetreiben vor dem Grabstein stehend, neben sich den wie aus Stein gemeißelten Shiva, grub er immer mehr Details aus. Er fragte sich immer wieder, wie er die spät entdeckte Liebe des Vaters hatte übersehen können. Was war sie wirklich gewesen, Agape, Inbegriff der christlichen Nächstenliebe, preußische Erfüllung einer aufgegebenen Pflicht oder eine übertragene Liebe für das Kind der Frau, die er abgöttisch verehrte? Und was er wann wusste, wie er Tomaś begegnet war – den er irgendwann durchschaut haben musste. Wie er der zerstörerischen Wirkung des Verrats, als er ihn begriffen hatte, begegnet sein mochte.

In diesen kalten Wintertagen begann Schmidt, sich selbst neu zu sehen. Da die Beschäftigung mit sich selbst nur bedeutungsvoll sein kann, wenn sie ehrlich ist, musste sie wehtun. Schmidt hatte es sich früh zur

Regel gemacht, Konfrontationen zu vermeiden. Er zog es vor, Risiken zu umgehen, statt Enttäuschung und Schmerz in Kauf zu nehmen. Nun war er dort angekommen. Im Epizentrum des Dramas seiner Existenz. Und weil die Frage seiner Herkunft, seiner Gene und seiner Verantwortung in der Welt unaufschiebbar und hautnah an ihn herangetreten war, nahm er sie an. Mit der Frage, wie viel er von seinem leiblichen Vater geerbt haben mochte.

Er hatte eine Vorstellung von der Person, eine Erinnerung an Einzelheiten und kurze Begegnungen, aber was war das schon? Und er wusste aus tiefstem Herzen, dass er den nun über 70-jährigen nicht sehen wollte. Die Vorstellung eines Treffens – »Guten Tag, Vater. Wie gut, dass wir nun offen zueinanderfinden können!« – ließ ihn im kalten Winter am Grab von Karl fieberheiß werden. Nein, diese Begegnung würde es nicht geben. Der Wind trug sein gemurmeltes »Auf keinen Fall. Das verspreche ich dir« fort. Nur Shiva hob den Kopf und schaute ihn fragend an.

Lange hatte er sich nicht in der Verfassung gefühlt, das notwendige Gespräch mit seiner Mutter zu führen. Ein unerklärlicher Groll gegen sie hielt ihn ab. Sie hatte ihn nach dem Begräbnis mehrfach angerufen und nach seinem Befinden gefragt. Er blieb einsilbig. Er hatte hier, zwischen den ins Grab mitgenommenen Geheimnissen so vieler Verstorbener, Partei ergriffen. Er hatte sie alle gehört, die geflüsterten Enthüllungen, die posthum statt der letzten Grüße auf den unvermeidlichen Kränzen in die frisch aufgeschüttete Erde eindrangen. Und er hatte das mächtige Schweigen Tag für Tag still in sich aufgenommen, mit dem die Gegangenen all dem begegneten. Die Friedhofsmauern, die Rituale, die mächtigen Portale mit ihren ewigkeitsträchtigen Sinnsätzen konnten sie nicht abschirmen. Nur ihre Stille, die Macht ihrer Abwesenheit von allem, was diese Welt bewegt, konnte es.

Schmidt teilte die schwarzen, herumhuschenden Gestalten, die immer wieder kamen, um die Gräber der Ihren zu pflegen und zu beten, in zwei Gruppen ein. Häufiger waren die, die ein loses Band mit den Verstorbenen knüpfen wollten. Viele von ihnen kamen bestimmt aus Schuldbewusstsein. Weil sie ein Unrecht gegenüber dem Toten begangen hatten. Zu dessen Lebenszeit mochte es sich auskömmlich angefühlt haben. Vielleicht hatten sie das begangene Unrecht sogar genossen, aus Wut, aus Hass, weil sie meinten, dafür eine moralische Berechtigung zu haben. Der nun Tote hatte es so verdient, er hatte sie verletzt, oder er hatte einfach nur im Weg gestanden auf dem Pfad zu einem Ziel, das wichtig genug erschien, ihn dafür zu verletzen. Dann kam der Tod, jäh und ohne Rücksicht auf unerledigte Geschäfte. Er schnitt durch die vielzähligen Bande, die sie miteinander verbunden hatten. Alles, was ohnehin einer menschlichen Pflicht zu Lebzeiten entsprochen hätte, türmte sich nach dem Tod als riesige Unterlassung auf. Der Besuch des Verstorbenen, der unterblieben war, wurde zum quälenden Versäumnis. Die lange unterbliebene Hilfe oder Unterstützung, ein nicht aufgelöster Streit – all das wurde posthum für die Hinterbliebenen zur nicht nachholbaren menschlichen Leistung. Das Schuldbewusstsein, der nagende unheilbare Vorwurf trieb sie alle an die Gräber. Als würde der Friedhofsbesuch, die Grabpflege den Toten mit dem Versäumnis versöhnen.

Dieser Gruppe rechnete sich auch Schmidt zu. Als hätte er einen Dialog versäumt, dessen wahren Inhalt er doch nicht kennen konnte. Und doch warf er sich vor, die menschliche Größe seines Stiefvaters nicht erkannt zu haben. Den Kern dieser Vater-Sohn-Beziehung hatte er nicht gesehen. Und es kam ihm wie so vielen anderen regelmäßigen Besuchern so vor, als könne er die verpasste Beziehung nur hier pflegen.

Die zweite Gruppe des Stammpublikums waren jene Alten, die sich auf den Tod vorbereiteten. Denen der aufgeregte Zirkus des normalen Lebens nichts mehr sagte. Sie wollten mit denen sein, die vorweg gegangen waren und auf sie warteten. Um sie zu sein und die stille Atmosphäre ihrer Wohnstatt zu erfahren, war ihnen Beruhigung und Bestätigung. Sie waren auch nicht traurig, nicht schuldbewusst oder betroffen. Sie wussten

sich zu Hause und rückten jeden Tag vor, beharrlich im Wartestand wie die Alten in den Sterbehäusern in Varanasi, die die Holzscheite für ihre Feuerbestattung schon bezahlt hatten.
Er dachte an die Zeilen von Hermann Hesse: »Einschlafen dürfen, wenn man müde ist. Die Last fallen lassen können, die man lange getragen hat, das ist eine tröstliche, eine wunderbare Sache.«
An einem jener halbbelichteten Nachmittage im Januar hatte Schmidt die Sehnsucht nach dem Sein hinter den letzten Mauern verstanden. Auf seinem Weg zum Grab war eine alte Frau unsicheren Schrittes vor ihm hergegangen. Ihr Körper war dünn, ausgetrocknet, ihre dunkle Kleidung hing in weiten Falten an ihr herunter. Sie ging jedoch aufgerichtet und steif, ungebrochen. Plötzlich rutschte sie aus und Schmidt sprang bei, um ihren Sturz aufzufangen. Er erschrak, wie federleicht sie war. Leicht wie ein Vogel. Es bereitete ihm keine Mühe, den mageren Rumpf aufzurichten, den die Beine kaum mehr tragen wollten. Ihr strenges Gesicht wandte sich ihm ohne Überraschung zu. Sie lächelte leicht mit welken, schmalen Lippen. Ihre kühlen tiefliegenden Augen fixierten ihn, grün und klar: »Danke.« Ihre Stimme war rau und ungeübt, als spräche sie nicht viel: »Sie sind oft hier.«
Ihm fiel keine Erwiderung ein.
»Sie gehören hier nicht her.« Und nach einer kurzen

Pause mit einem Blick auf Shiva fügte sie an: »So wenig wie Ihr Hund.« Es war eine schlichte Feststellung, kein Vorwurf. Während sie mit wenigen Griffen ihren bei der Rettung verrutschten Mantel richtete, fragte er: »Was meinen Sie damit?«

»Sie werden das, was Sie verstehen wollen, nur da draußen«, ihre Hand wies in einem kleinen Handkreis auf die Welt vor den Friedhofsmauern, »herausfinden.«

»Und Sie?«, fragte er, um ihre Weissagungen abzubiegen.

»Ich bin schon hier. Meine Seele spannt die Flügel aus. Sie fliegt nach Haus.«

Schmidt erkannte die Anspielung auf Eichendorff und antwortete: »Hätte ich Sie dann nicht auffangen sollen?«

Die alte Frau behielt jedoch ihre Form bei: »Wir fliehen die Form des Todes, nicht den Tod«, zitierte sie weiter. Schmidt wusste, dass der Klinger'sche Text mit »denn unser höchsten Wünsche Ziel ist: Tod« endete. Darum sagte er freundlich: »Leben Sie wohl. Und passen Sie auf sich auf.« Das schien ihm die passende Antwort aus der Welt des Lebens. Und doch hatte er etwas mitgenommen von der unbehaglichen Begegnung. Er musste endlich seine Mutter treffen. Er würde die Aussprache nicht mehr weiter aufschieben. Die Alte hatte recht, was immer sie aus der Schattenwelt für ihn herausgelesen hatte.

Die Vereinbarung des Treffens verlief umständlich. Es türmten sich seitens seiner Mutter Verabredungen mit Freundinnen und Veranstaltungen der Opernfreunde. Dann war das Wetter im Weg, obgleich er angeboten hatte, sie zu besuchen. Schließlich fand sich ein Termin, ein Februarnachmittag. Er hatte rasch eingewilligt. Die Kanzlei lief schleppend, Gerichtstermine waren vormittags und Mandantenbesuche hatte er allzu wenige. Die blauen Akten konnten warten. Sie waren ein leicht zu ertragender, stummer Vorwurf.
In einer Bäckerei kaufte er zwei Krapfen, es war Faschingszeit. Seine Mutter empfing ihn mit demonstrativer Herzlichkeit. Sie küsste ihn auf die Wange und hielt kurz seine Schultern. Ihr schwarzer Hosenanzug unterstrich, dass sie sich noch in Trauer um ihren verstorbenen Mann befand. Wie misstrauisch ich bin, schoss es kurz durch Schmidts Kopf. Er gab ihr die Krapfen und sie lachte leise: »Seit wann bist du so aufmerksam?«
»Ich entwickle mich. Das wolltest du doch schon immer?«
Sie sah ihn rasch und prüfend an. Sie hatte ihr Haar, schwarz wie vor Jahren, in einem Knoten zusammengenommen. So wirkte sie streng und gesammelt. Sie drehte sich rasch um und ging in die Küche: »Ich habe uns einen Tee gemacht. Lass mich nur schnell die Krapfen herrichten.«

Er folgte ihr und betrachtete die Wohnung, als sähe er sie zum ersten Mal. Die hohen Decken, das knarrende Parkett, seit Jahrzehnten nicht renoviert. Gedämpft durch die persischen Teppiche klangen die Bohlen wie Seufzer, dachte er. Die Stiche der Opernhäuser Europas an den schwach ockerfarbenen Wänden erinnerten ihn an das zentrale Thema des bevorstehenden Gesprächs. Karls Mäntel hatte sie noch nicht entfernt, nur seine wetterfesten Schuhe und Stiefel in der Ankleidenische. Die Küche kam ihm nun zu groß vor für die zierliche alte Frau. An der großen Kühlschranktür waren die Spielpläne der bayerischen Staatsoper und aller anderen wesentlichen Bühnen der Stadt mit Magneten befestigt. »Warum hängen die hier? Du kannst sie doch alle auswendig. Und brauchst sie nicht mit deinen Abos!«, frotzelte er.
»Es beruhigt mich, den Rhythmus der Aufführungen vor mir zu sehen. Die Staatsoper ist mein Sonnenkalender, das Prinzregententheater mein Mondkalender.« Sie ging rasch in das Wohnzimmer vor, wo eine Kerze den großen Raum erleuchtete. Unter der Kanne brannte ein Teelicht. Er ließ sich in einen der tiefen Sessel fallen. Gleich neben sich setzte er die Schale mit dem Wasser ab, die er für Shiva erbeten hatte. Wieder verblüffte ihn das Tier. Er hatte seine Mutter nicht beschnüffelt, was sie sehr gestört hätte. Und er unterließ eine Erkundung der Wohnung. Diese wäre eigentlich fast Pflicht ge-

wesen. Stattdessen schaute er Schmidts Mutter mit einem großäugigen Ein-Herz-für-Tiere-Blick an, nicht ohne ein wenig, vornehm und sparsam, mit dem Schwanz zu wedeln. Er legte sich sofort neben den Sessel, die Pfoten nach vorne abgelegt. Die Augen musterten die beiden, abwechselnd zog er dabei die Augenbrauen hoch. Was für ein sensibler Schauspieler im Hause einer Verehrerin der darstellenden Künste.

Da bemerkte er, dass der Ohrensessel, in dem sein Vater immer gesessen hatte, einen neuen eierschalenfarbenen Bezug hatte. Hell leuchtend wies er auf Karls Abwesenheit hin. Sie war seinem Blick gefolgt und sagte etwas zu schnell: »Du weißt, wie speckig dieses Ungetüm war. Nicht mehr sehr ästhetisch. Gefällt dir der Bezug?«

»Ja, ja, ist nur ungewohnt.« Wenn es einen Platz gab, der seinen Stiefvater in den letzten Jahren seines Lebens versinnbildlicht hatte, war es dieser einstmals verschlissene Sessel. Das Beistelltischchen mit der Decke für die Zeitungen, *Merkur* und *Frankfurter*. Die verschmutzte Brille mit dem Kassengestell. Auch die Mulden, die sein immer dürrer gewordener Körper über die Jahre verursacht hatte, waren der Neupolsterung zum Opfer gefallen.

Er schaute seine Mutter an: »Und wie ging es in der *Osteria* weiter, nachdem ich gegangen war?« Schmidt versuchte, zum Thema zu kommen.

Seine Mutter nahm den Ball jedoch nicht auf: »Du siehst angestrengt aus, Uli, arbeitest du zu viel?«

Er griente schief und fuhr sich kurz durch das lockige Haar: »Na das nun wirklich nicht. Du weißt doch, dass die Kanzlei sich meist gerade so hält. Irgendwelche Bagatellen, ins Gericht gezerrte Kleinherzigkeiten, Mandanten mit mindestens zwei Wirklichkeiten und robustere Kollegen. Nur ein Rosendorfer kann aus diesem Humus gute Geschichten destillieren. Und da ich kein Strafrechtler bin, kann ich auch keine Kriminalromane aus dem Alltag schneiden wie von Schirach. Nein, ich bin eher unterbeschäftigt«, schloss er ohne Bitterkeit.

»Du bist wirklich kein leidenschaftlicher Jurist. Was man so wenig liebt, kann man nur mit Anstrengung betreiben.«

»Mama, ich habe in den letzten Monaten die meisten Zeit auf dem Ostfriedhof zugebracht, nicht bei Gericht. Ich habe nachgedacht. Zwiesprache gehalten.« Er schaute kurz auf Shiva, dann ergänzte er: »Ich bin mit meinem Beruf nicht unglücklich, aber Jura war nicht meine Idee. Das weißt du, ebenso wie dass ich es euch zuliebe studiert habe.«

Seine Mutter beugte sich ruckartig vor. »Euch zuliebe? Es war allein der Wunsch deines ...«, sie stockte: »Es war Karls Wunsch.«

»›Deines Vaters‹ wolltest du sagen. Darüber wollten wir ja auch sprechen.« Nun stieß er die Fragen hervor: »Warum hast du all die Jahre geschwiegen? Wie konntest du

ihn dann heiraten? Was wusste Karl? Wann kam er drauf? Wer ist mein Vater? Tomaś?«
Sie schien auf den heftigen Ausbruch vorbereitet zu sein und musste sich lange überlegt haben, wie sie seiner aufgebrachten Stimmung begegnen wollte. Ihre Stimme war leise und warb um sein Verständnis: »Hör mir zu, Uli. Ich war jung, sehr jung. Ich habe Karl sehr gemocht. Er verehrte mich. Und er umwarb mich mit Komplimenten, mit Geschenken. Er machte mir sehr bald nach unserer ersten Begegnung einen Antrag. Ich fand ihn so – so ehrlich, so zuverlässig. Wie einen Anker. Ich – hatte doch keine Wurzeln. Mein Vater war im Krieg gefallen, meine Mutter hatte einen Freund. Ein Kriegsheimkehrer. Er hatte nur gelegentlich Arbeit. War schwer versehrt. Und er trank. Er wollte mich nicht, und ich gehörte nicht zu ihm. Ich ging weg von meiner Mutter. Ich musste es tun. Zu Hause war es die Hölle. In München fing ich an, Theaterwissenschaften zu studieren. Ich verdiente mir das Geld als Bedienung in einem Café, fast jeden Tag vom Nachmittag bis in den Abend. Karl war Referendar im Staatsdienst. Er bot mir Sicherheit und Geborgenheit.« Sie seufzte kurz. »Möchtest du noch Tee?«, aber sie fuhr gleich fort: »Tomaś lernte ich in einem Seminar kennen. Er war aus der Tschechoslowakei gekommen und kannte niemanden. Wir trafen uns mehrmals. Er war so faszinierend. Er sprühte vor Ideen. Er wollte Opernsänger werden. Er hatte keinen

Plan. Nur den glühenden Wunsch, auf der Bühne zu stehen. Ich verliebte mich in ihn. Und er sich in mich. Er sang für mich, er schrieb für mich. Er kam in mein Café und starrte mich an. Er verschlang jede meiner Bewegungen. Er schrieb Liebeserklärungen auf Kassenbons. Ich fand elegische Zitate aus Opernpartituren in unseren Speisekarten. Er hat im Café für mich gesungen. Einfach losgesungen. Ich war erschrocken – aber auch so geschmeichelt. Einmal hat er unbemerkt ein Herz in eine Torte gekratzt, die gerade aus der Konditorei gekommen war ...«

Er unterbrach sie grob: »Mama, bitte. Ich habe verstanden.«

Sie hatte die Augen auf das Kerzenlicht gerichtet, in dem leuchtend ihre Jugendflammen aufgelodert waren wie ein fernes Wetterleuchten. Nun starrte sie ihren Sohn wieder an: »Verzeih. Aber ich wollte nur, dass du verstehst, was mich so stark angezogen hat. So stark, dass ich mich ihm hingegeben habe. Erst als wir es getan hatten, begannen wir, über ein gemeinsames Leben zu sprechen. Ich hatte ihm nicht viel über Karl erzählt. Er hätte es nicht hören wollen. Für ihn war unsere Welt vollständig. Im Café, bei Spaziergängen im Englischen Garten, wo er mir mit glühenden Gesten seine zukünftige Karriere als Opernsänger beschrieb.«

»Vollständig mit sich beschäftigt. Und was war dann euer Lebenskonzept?«, fragte er bohrend.

»Die Liebe. Er liebte mich. Aber eine Idee von einem Leben zusammen hatte er nicht. Ich fühle, du willst es nicht verstehen. Obwohl er in der Tat dein Vater ist!«, setzte sie etwas zu heftig nach.
Schmidt beugte sich in seinem Sessel vor: »Was erwartest du von mir? Du hast einen neuen Vater aus dem Hut gezogen, nachdem ich fünfundvierzig Jahre lang einen anderen Vater hatte. Vielleicht nicht gerade einen, der mich besonders gut verstand. Darum habe ich erst nach seinem Tod verstanden, wie sehr er mir ein guter Vater sein wollte.«
Er spürte, dass seine Augen zu schwimmen begannen. Das Kerzenlicht waberte nun auf seinen Pupillen. Er schlug kurz den Blick nieder und schaute auf Shiva, um sich zu fassen: »Tomaś hat sich doch nie zu mir bekannt. So wenig wie zu dir! Was war seine Reaktion, als er erfuhr, dass du schwanger warst?«
»Uli, das kannst du dir doch vorstellen. Er konnte damit nicht umgehen. Er geriet in Panik. Er war viel zu jung, um Vater zu sein. Und sein Leben war so vollkommen anders orientiert. Er konnte nicht zu dir stehen und darum auch nicht zu mir.«
»Dann bin ich am Ende der Grund, weswegen ihr nicht zueinander gefunden habt?«
»Versuche nicht, mir weh zu tun! Du drehst mir das Wort im Munde um. Ich habe nur gesagt, dass diese Situation für ihn zu viel war. Er hat die Verantwortung

für ein Kind nicht übernehmen können. Es hat ihn tief erschüttert. Und weil ich einen Vater für mein Kind brauchte, musste er sich von mir zurückziehen.«

»Das heißt, er hat die Beziehung einfach beendet? Obwohl er dich aus einer anderen Beziehung herausgelockt hat.« Schmidt hatte einen Schweißfilm auf der Stirn, obgleich das sich langsam auf den Kerzenschein verkürzende Zimmer kühl war. Er wischte ihn hektisch weg. Er bemühte sich nun kaum mehr, seine Erregung zu verbergen.

»Hör auf, mich absichtlich falsch zu verstehen, sonst breche ich das Gespräch ab.« Sie klang nun scharf und streng. Sie hatte die Rolle der wehrlosen Frau aufgegeben. »Er wusste nichts von Karl, jedenfalls nicht, dass ich fest gebunden war. Ich hatte seine Liebe erwidert. Oh ja, wie sehr«, sagte sie, als lauschte sie in sich hinein, wo sie seine Stimme im Gesang zu hören schien. »Wenn jemand damals – ich will nicht sagen manipuliert wurde, dann war es wohl eher er. Aber im entscheidenden Moment zog er seinen Lebenstraum vor, er wollte ein internationaler Bariton werden, ein großer Künstler. Und er wusste, dafür musste er für die Kunst leben.« Sie seufzte und goss sich erneut Tee ein.

Schmidts Kopfschütteln deutete sie als Zeichen, dass er keine weitere Tasse wollte. Aber er war weit weg von dieser Frage: »Du liebst ihn noch heute. Du verzeihst ihm jede Schwäche. Selbst den Verrat einer jungen Liebe deutest du zu einer Tragödie um, in der er das Opfer ist. Du stellst dich gar als die Hexe dar, die diesen bedauernswerten Hänsel in ihr Häuschen gelockt hat. Unfassbar.« Er holte scharf Luft: »Und wie hast du es dann mit Karl gehalten, wusste er von Tomaś? Hätte er überhaupt mein Vater sein können?«

»Ich verstehe nicht, warum du für Tomaś nicht etwas mehr Verständnis aufbringen kannst. Er ist dein Vater, Ulrich.« Ihre Stimme war eindringlich.

Wollte sie Tomaś dergestalt in die Familie einführen, schoss es ihm durch den Kopf. »Das hatten wir schon!«, schrie er fast.

Seine Mutter fiel zurück in den Sessel und legte die schmale rechte Hand über die Augen. »Ulrich, mäßige dich.« Sie murmelte matt unter der vorgehaltenen Hand hervor.

Er tobte weiter. »Ich habe keinen Grund dazu. Du hast mir meinen Vater genommen, als ich mich ihm nach seinem Tod zum ersten Mal nahe fühlte!«

Sie stieß einen bitteren Lacher aus: »So? Und ausgerechnet du hast mir in der *Osteria* gesagt, du littest darunter, dass du keine Trauer um seinen Tod empfändest.«

Er stockte kurz. Tatsächlich hatte gerade ihre Eröffnung seine Suche nach dem Vater ausgelöst. Vorher war die Stelle, an der ein Vater hätte stehen sollen, leer. Er hatte den verlorenen Vater seiner Erinnerung entrissen.

Aus der starren familiären Konstellation geschält. Zu lieben begonnen. Wäre das ohne die erschütternde Nachricht von des Vaters hilfloser Existenz geschehen? Wohl nicht, jedenfalls nicht so.

Er setzte, etwas besonnener, erneut an: »Es ist mir jedenfalls mit seinem Tod etwas klar geworden. Und sicher möchtest du es nicht dein Verdienst nennen, dass ich mich danach so intensiv mit Karl beschäftigt habe wie wohl nie zuvor.«

»Du kannst so böse und verletzend sein. Warum nur?«

»Du hast mich Karl einfach untergeschoben. Du hast kein Wort gesagt. Nie?«

»Er hätte durchaus selbst der Vater sein können, um deine buchhalterische Frage zu beantworten. Und er hat sich auf dich gefreut. Er hat mir die Ehe noch einmal angeboten, als er von der Schwangerschaft erfuhr. Da habe ich eingewilligt. Alles andere hätte dir, uns geschadet. Und ich mochte ihn sehr. Es war ja auch eine glückliche Ehe!«

»Wann hat er erfahren, dass ich nicht sein Kind bin?«

»Das weiß ich nicht. Vielleicht ahnte er es nach der Geburt von Franz. Er war so sehr Karl. In allem. Und du, du wurdest wie Tomaś. Und vielleicht habe ich dich darum besonders umhegt.« Sie schien nachzudenken: »Was Karl wirklich wusste, kann ich bis heute nicht sagen. Wir haben nie darüber gesprochen.«

»Warum glaubst du dann, dass er davon wusste?«

»Ich sage dir ja, ich weiß es nicht. Aber es ist mein Gefühl. Es war immer mein Gefühl. Aber es gehörte zu Karls großen Stärken, dass er nie versuchte, meine Geheimnisse auszuforschen. Er respektierte meine Sphäre.«

»Er hat dich wirklich geliebt. Ohne Rückhalt und nur mit dem Blick auf dein Wohlergehen. Das genau hat Tomaś offenbar nie getan.«

»Belehr mich doch nicht ständig über die Liebe. Du schulmeisterst nun seit einer Stunde herum an mir, meinem Leben, meinen Liebesbeziehungen. So ein erfolgreicher Experte in Sachen Liebe bist du nun bestimmt nicht.«

»Lass das. Dass ich nie sehr viel Glück mit Frauen hatte, sollte bei dir keine Triumphgefühle auslösen. Ich habe nie die richtige Frau gefunden. Ich war auch nie richtig begehrt. Andere Männer haben mich immer ausgestochen. Mit mir will eine Frau aufstehen und frühstücken, aber mit einem anderen wollen sie ins Bett gehen.« Er hielt inne, seinen Worten nachlauschend. »Nein, das ist nur ein dummer Spruch. In Wahrheit will ich ja wohl selbst lieber frühstücken als mit jemandem ins Bett gehen. So wichtig war mir das nie.« Und nach einer erneuten kurzen Pause: »Ich weiß nicht, was es wirklich ist.« Seine Hand fuhr unruhig über seinen Oberschenkel. Dann beugte er sich herunter und streichelte abwesend Shivas auf den Pfoten ruhenden Schädel.

»Du hast dir eben nie etwas zugetraut bei Frauen. Dabei warst du schon als junger Mann sehr interessant.«

»Danke für die Blumen. Da hätte man schon sehr genau hinschauen müssen. Und dafür haben die meisten Frauen vielleicht keine Zeit. Aber ich habe nicht recht an mich geglaubt. Und ich hätte auch keine Bocksprünge für eine Frau gemacht.«

»Und Bettina?«

»Bettina traf ich am Ende des Jurastudiums. Wir gingen zum gleichen Repetitor. Wir litten unter dem Studium und den Examensvorbereitungen. Endlose Klausuren, lächerliche Fallbeispiele, Regeln und Ausnahmen. Da sind wir uns nähergekommen. Eher eine Leidensgemeinschaft.«

»Sie sah süß aus, also hast du doch einige Bewerber ins Feld geschlagen?«

Er lachte leise: »Das Bild hat noch zu keiner meiner wenigen Beziehungen gepasst. Vielleicht sprichst du noch von einer Eroberung, das passt genauso wenig. Nein, die guten Juristen kümmern sich im Studium um Jura. Sie waren blass und allenfalls mal in der Staatsbibliothek zu sehen. Aber sie mieden das Gespräch. Sie könnten ja ihr Wissen verraten. Und wären nie in unsere Pauktruppe gekommen. Die haben alle alleine gelernt. Darum war Bettina sozusagen verfügbar.«

»Ich gebe zu, meine Geschichte ist romantischer als deine.«

»Das Leben ist keine Oper, Mama. Na ja, meines jedenfalls nicht«, seufzte er nachdenklich. »Wir lernten zusammen, verbrachten Tag und Nacht zusammen, schrieben ein leidliches Examen, sie ein extrem leidliches. Lizenz für Schadenssachbearbeitung in einer Versicherung, nicht Anwaltsdiplom. Referendariat, noch drei solche Jahre. Regelmäßig in Regensburg bei Gericht, aber weiter wohnhaft in München. Sie war lustig, vielleicht zu lustig. Ich fand sie oft recht kindlich.« Er schaute auf die Tischplatte: »Es war keine große Liebe. Aber für eine ganze Zeit war es recht schön. Ein Leben trotz Jura, so empfanden wir es. Sie hörte mir gerne zu, wenn ich über geschichtliche Zusammenhänge oder Gesellschaftsordnungen sprach. Und sie ging gerne aus, um zu lachen und zu tanzen. Ich konnte damit nie viel anfangen. Und dann kam das zweite Examen: Ende des Ausnahmezustandes, Ende der Angst und des Prüfungsdrucks. Die Kreise der Verlegenheitsjuristen zerstreuten sich. Es begann der Alltag. Kanzlei für mich, Versicherung für Bettina. Langweilige Arbeit, aber zu viel davon. Wenige Freunde. Nicht genug Abwechslung für Bettina. Spaß haben wollte sie. Der fiel immer mehr aus. Und kein Kind. Wir haben jeden Arzt konsultiert. Geistheiler. Afrikanische Fruchtbarkeitsriten hat sie zelebriert. Hat darüber gelacht, aber ihr war nicht zum Lachen zumute. Temperaturmessungen. Ernährungsregeln, verordnete Harmonie. Und Sex nach Fahrplan.

Furchtbar. Ich war nie ein Zuchthengst. Aber das hat mich fast entmannt. Ich glaube, so kann man Männer am schnellsten impotent machen. Egal, woran es lag, wir waren nicht erfolgreich. Das Gefühl wurde übermächtig. Dann diese Katze und die bizarre Verehrung. Auf jeden Fall wurde sie ihr Kind. Und das ging für mich gar nicht.«

Der Hund hatte sich erhoben und lief vom Wohnzimmer in den Flur. »Ich glaube, ich muss ihn bald ein wenig auf die Straße lassen. Ja, Shiva gab dem Ganzen den Rest. Für sie hatte ich versagt. Kein Kind. Und nun schleppte ich mein eigenes Ersatzkind ein. Dabei hatten wir doch schon ihre Elfie. Da senkte sich langsam der Vorhang.«

»Nirgendwo in deiner Schilderung kommt Liebe vor, von Leidenschaft ganz zu schweigen«, merkte seine Mutter trocken an.

»Mama, ich bin anders als du. Man kann sich auch ohne Drama lieben. Sich einfach ergänzen. Sich in schwierigen Zeiten gegenseitig stützen. Die großen Gefühle helfen nicht immer weiter. Ich habe Angst vor der Leidenschaft. Sie treibt einen bewusstlos vor sich her. Man ist nicht mehr man selbst. Und macht Fehler. Hast du das nicht in deinem Leben genügend erfahren müssen?«

»Ich weiß, worauf du hinaus willst, du bist mein Sohn. Aber du verstehst mich nicht. Und Franz könnte es nicht einmal versuchen. Ich gebe immer wieder alles für eine große Liebe. Lieber ein Jahr leidenschaftlich gelebt als zehn Jahre in Gleichgültigkeit und Gleichmaß. Ich kann nicht nachvollziehen, was du über deine Ehe mit Bettina sagst. Es ist so entfernt, so flach. Fast kalt. Dabei bist du doch ein empfindsamer Mann, ein musischer Mensch.«

»Ich bin vielleicht empfindsam. Aber das heißt doch nicht, dass man immer zu heiß baden muss. Vielleicht habe ich ja unbewusst miterlebt, was du vor meinen Augen, ach was, was du mit meinem Leben gemacht hast. Und habe deswegen einen ruhigeren und sichereren Weg gewählt. Und einen, der andere nicht schädigt.«

Seine Mutter stand auf und wischte seinen Gedanken mit einer kurzen Handbewegung weg: »Ich möchte nun doch noch einiges von dir erfahren, Ulrich. Manches, was du mir erzählst, glaube ich dir nicht. Du verstellst dich, um mir den Zugang zu dir zu verwehren. Aber du wolltest deinen Hund auf die Straße begleiten. Tu das, dann musst du mir nicht erneut Vorwürfe machen. Und bis du zurück bist, habe ich die Kerze ausgewechselt. Und uns einen Wein geöffnet. Du trinkst doch einen Schluck Weißwein mit mir?«

Er war nun auch aufgestanden. Shiva wedelte heftig mit dem Schwanz und sah ihn aus im Kerzenlicht glitzernden dunklen Augen an. »Ja, ein Glas bestimmt. Ich bin bald zurück.« Er zog seinen Mantel über und ging mit dem aufgeregten Hund die knarrenden Stufen des gutbürgerlichen Treppenhauses hinunter. Er folgte mehr dem schnellen Erkundungsgang des Hundes, als dass er eine Richtung vorgab. Von den prächtigen Häusern, die die bayerischen Könige vor gut hundert Jahren im Schatten der Ministerien gebaut hatten, ging es flussaufwärts in Richtung Gärtnerplatz-Viertel. Die Wohnanlagen bayerischer Spitzenbeamter machten einer ebenso alten Handwerkersiedlung Platz. Heute bestimmen dort Fitnessstudios, Cafés, türkische Änderungsschneidereien und Fair-Trade-Lebensmittelgeschäfte das Bild. Massage, Fußpflege nur für Frauen, Kneipen mit Kochkursangeboten. Eine bunte Landschaft, alternativ und grün.

Weil Shiva hier einen Baum besonders hingebungsvoll markierte, nahm Schmidt die Fassade näher in Augenschein. Erker, stilisierte Balkone in braun, rot, gold. Eine Handwerkerschule, die ihre Grundsätze mahnend an der Fassade angebracht hatte: *Wer auf sich selbst ruht, steht gut.* Und: *Ohne Fleiß kein Preis. Ohne Mühe kein Gewinn.*

Schmidt fand für sich alles viel schwieriger. Wo stehen? Fleiß wofür? Er rief Shiva zurück, der zielstrebig nach Hause lief. Seine Bemerkung seiner Mutter gegenüber hatte ihm so plötzlich vor Augen geführt, wie sehr Shiva eine Rolle gespielt hatte bei der Auflösung seiner

Ehe. Shiva war für Bettina ein unablässiges Ärgernis, ein Tier, das ihr nicht lag. Dass es die extremste Form eines Findelkindes war, hatte sie nicht interessiert. Aber es stimmte, dass er mit Shiva immer mehr Zeit zubrachte. Auf ausgedehnten Spaziergängen durch den Englischen Garten, selbst in die Gaststätten seiner Nachbarschaft nahm er ihn mit. Er war also tatsächlich ein Spaltelement ihrer Ehe gewesen. Das hätte er bei richtigen Verhältnissen nie werden dürfen, dachte er, während er dem Hund fest die Flanken klopfte. Shiva schien sich in den Boden zu senken, um unbewegt die festen Schläge entgegenzunehmen.

»Wir müssen zurück, du Ehebrecher«, sagte Schmidt. Dann traten sie rasch den Rückweg an.

Er wollte seine Mutter nicht verletzen. Aber er fühlte sich entwurzelt. Er wusste nicht, was er aus allem Gehörten für seine Identität schließen sollte. Und er brauchte Orientierung. Dafür zürnte er seiner Mutter. Sie hatte seine Geschichte zerlegt und konnte ihm dennoch keine neue Gewissheit geben. Sie jagte immer noch ihren Leidenschaften hinterher. Gott, mit bald siebzig Jahren. Wie gesetzt und alt er sich dagegen vorkam.

Als er wieder in die Wohnung kam, hatte sie zwei Kerzen angezündet. Wein stand auf dem Tisch und ein paar belegte Brote daneben. Der Wein war jener Riesling, auf den Karl immer so stolz gewesen war. »Du hast lange gebraucht.«

»Du nicht«, war seine lapidare Erwiderung.
»Hat dir der Spaziergang nicht gutgetan? Du scheinst eine schlechtere Laune als vorher mitzubringen.«
»Ich habe versucht, meine Gedanken zu ordnen. Du hast einen Mann aus Sicherheitsbedürfnis geheiratet. Hast ihm ein Kind untergeschoben. Du bist aber ein leidenschaftlicher Mensch. Du hast einen anderen geliebt. Der hat dich hängenlassen. Trotzdem hast du ihn in dein Leben fest integriert. Vor den Augen deines Mannes. Wie kann man so etwas Berechnendes machen, wenn man doch voll ist von heftiger Emotionalität? Was hast du Karl gesagt, wenn du Tomaś eingeladen hast?«
»Du stellst viele Fragen. Dir scheinen auf deinem Weg noch mehr eingefallen zu sein. Also gut: Ich wollte Tomaś weiter sehen. Ich habe ihn auch mit seiner Schwäche geliebt. Aber wir haben nach deiner Geburt eine streng platonische Beziehung geführt. Er war nur gelegentlich bei uns. Und er hat gelitten unter der Entscheidung.«
»Aber warum hast du dann nicht Schluss gemacht, das Band endgültig getrennt?«
»Ich konnte nicht. Und es mag sehr unverständlich klingen, aber ich wollte, dass ihr euch wenigstens gelegentlich seht.«
»Mein Gott«, stöhnte Schmidt, »was in aller Welt sollte das denn bringen?«

»Das kann ich dir heute nicht mehr sagen«, gab sie schlicht zurück. »Es fühlte sich damals für mich richtig an.«

»Ich habe jedenfalls aus diesen Begegnungen keinen Honig saugen können. Ich fand ihn immer zu pathetisch. Aber du hast mir nicht beantwortet, was mein Vater zu Tomaś Auftritten gesagt hat.«

»Mein Vater?«, machte sie ihn nach. »Karl war da neutral, hegte glaube ich keine heftige Ablehnung. Aber war auch nicht sein Freund. Er ging darüber hinweg, wenn wir in einer größeren Gruppe unterwegs waren. Wenn er den Zusammenhang gekannt haben sollte, hat er sich jedenfalls nichts anmerken lassen, mich nur verstehen lassen, dass er häufige Treffen außerhalb des Freundeskreises der Staatsoper nicht wollte. Ich habe das verstanden und so befolgt.«

»Hast du?«

»Zweifelst du vielleicht an meinen Aussagen?«

»Ich wollte es nur noch einmal hören. Schließlich bin ich das Produkt dieser für mich etwas ungenießbaren Melange.«

»Ich habe dich schon einmal gebeten, dich nicht zum Richter aufzuspielen. Zumal du selbst sagst, dass dir all diese Dinge fern liegen.«

»Das werte ich in dem Zusammenhang als Lob.«

»Bist du denn sicher, dass du solche Dinge nicht gemacht hast, weil dich deine Ethik oder Moral daran

gehindert haben, oder war es nur Mangel an Gelegenheit oder … oder Kraftlosigkeit?«
Er schaute sie verblüfft an: »Hoh, jetzt läufst du aber zur Form auf! Ich hätte deine Rolle nicht spielen können. Die Gründe dafür kannst du selbst scheinbar bestens beurteilen.«
»Immerhin ist die Geschichte deiner Ehe mit Bettina wie eine Begegnung ohne Anfang und ohne rechtes Ende.«

***

Schmidt hatte sich damals abgewandt, das war nicht das Thema, weswegen er seine Mutter hatte sprechen wollen. Seine Beziehung zu Bettina endete unspektakulär. Mit Alltagsstreitigkeiten und Entfremdungen. Bis sie einen richtig guten Juristen traf. Ein alter Kommilitone aus ihren Studienzeiten. Schmidt konnte ihr das nicht verübeln. Sie hatte ihm einen schönen Abschiedsbrief geschrieben. Auf ein Lesezeichen in seinem Lieblingsbuch. Ein Lesezeichen mit finaler Botschaft. Irgendwie konturlos. Rein- und rausgeschlittert, ohne große Überschrift.
Plötzlich sieht er, wie der Seesack sich bewegt. Eine Ratte muss hineingeschlüpft sein. Er reißt in rasender Wut den Spaten hoch und schlägt mit dem flachen Blatt auf den Waldboden. Der Schlag klingt dumpf und unterdrückt, wie wenn eine schwere Tür ins Schloss fällt.

Nichts regt sich. Er springt aus seinem Grabaushub, rutscht aus und fällt fast auf den nassen Seesack. Er spürt den aufgewölbten Kadaver des Hundes unter sich. Langsam geht er auf die Knie und Hände, richtet sich wieder auf. Er versucht, den Sack an den hinteren Enden anzuheben und zu schütteln. Er will nicht, dass Shivas toter Körper herausrutscht. Nur das Biest vertreiben, wenn es noch in dem Sack sein sollte. Nichts Lebendiges kommt hervor, nur ein helles Hinterbein zeigt sich langsam. Als streckte sich der Hund nach einem Nickerchen. Wie er es immer tat, den Kopf nach hinten überstreckt, die Augen starr nach oben gerichtet, bis das Weiße zu sehen war. Schmidt schaut mit Grausen auf das herausgerutschte Bein. Er geht um den Sack herum und hebt ihn an seiner Öffnung an. Das Bein gleitet in das Innere zurück. Erleichtert und ermattet betrachtet er den groben Leinensack. Keine Ratte, jedenfalls nicht drin. Vielleicht draußen. Oder eine Täuschung.
Er ist erschöpft, atmet schwer. Aber ein Blick auf die kleine Grube zeigt ihm, dass er noch gut die Hälfte vor sich hat. Vielleicht vierzig Zentimeter ist der Aushub jetzt tief. Mehrere Wurzeln hat er durchtrennt, noch mehr Steine, Schutt und klumpige Erde zutage gefördert. Wenn nur der Regen aufhören wollte. Aber er schützt ihn bei seinem unerlaubten Tun, denkt er. Der Regen ist immer noch so dicht, dass die Parkflächen wie

umzäunt sind von den Wasserwänden. Wie ein undurchdringlicher Vorhang, hinter dem er sein einsames Ritual vollbringt.
Ihm ist, als finge er leise an zu zittern. Durch die lange Anstrengung im nächtlichen, ertrunkenen Dunkel ist er sich seiner Zustände nicht mehr sicher. »So wollte ich es doch«, murmelt er in das eintönige Rauschen. Ein Zeichen setzen. Graben. Am Ende des Grabens muss die Ruhe von allen jagenden Gedanken liegen, beschwört er sich selbst. Er packt fest den Spaten, Stich für Stich gegen den Widerstand. Während die Gliedmaßen die ungewohnte Arbeit verrichten, kann das Gehirn sich frei bewegen. Gespeichertes sichten. Und verstehen.

***

Der weitere Abend mit seiner Mutter war nicht gut verlaufen. Vielleicht, dachte Schmidt, hätten sie keinen Wein trinken sollen. Zu viel Wahrheit kann auch schmerzlich sein. Warum er seit nun drei Jahren allein lebe, hatte seine Mutter scheinbar beiläufig wissen wollen. Damit hatte es angefangen. Was er so allein, nur mit diesem Hund, mache. Sie wollte Privates von ihm hören. Sie mache sich Sorgen. »Sorgen?«, hatte er zurückgefragt, »dass ich keine Frau mehr habe? Dass ich langsam bin? Oder meinst du, ich wäre schwul? Nein, ich bin nicht schwul. Keine Anzeichen. Obwohl man das bei einer intensiven Mutterbeziehung ja immer im

Auge behalten sollte, oder nicht?« Ihre Fragen wurden verletzend intim. Es ging nicht mehr um seine Herkunft, sie hatte den Spieß umgedreht. Er musste sich verteidigen, sagen, dass sein Leben ausgefüllt genug sei. Er Shiva als Gefährten habe. Dass ihm das im Moment reiche, die Ehe nicht so viel besser war, sondern oft schlechter. Ja, gelegentlich traf er Frauen. Die leise flackernden Kerzen schickten Lichtschwaden über das schmale, vornehme Gesicht seiner Mutter, als sie leise sagte: »Ulrich, willst du etwas zerstören?«
Ihre Stimme klang nun besorgt, fast flehentlich. »Nein, ich kann nur mit all dem noch nicht umgehen. Ich will meinen Vater nicht kennenlernen. Was ich wissen muss, weiß ich. Was ich kennen muss, kenne ich und trotzdem muss ich mich mit ihm befassen. Schon weil ich sehe, welche Rolle er für dich heute spielt. Das kann auch nur mir passieren, dass ich so etwas wie Eifersucht gegenüber meinem eigenen Vater empfinde. Grässlich, er kommt in mein Leben wie ein Naturereignis. Und nun belastet er mein Verhältnis zu meiner Mutter. Wie lächerlich!« Seine Stimme war laut geworden. Shiva war aufgesprungen, hatte den Kopf wie in Angriffsposition unter die Schultern gezogen. Schmidt legte ihm die Hand auf den Nacken, um ihn und sich selbst zu beruhigen.
»Mein Gott, mein Junge, ich habe nicht geahnt, wie extrem du dich mit allem auseinandersetzt. Aber es ist doch alles gut. Meine Beziehung mit Tomaś ist so viele

Jahre alt. Und er wird, nachdem Karl gestorben ist, auch nicht hier einziehen, falls du das befürchtest. Ich habe ihn immer geliebt, aber diese Beziehung auszuleben lag nicht auf meinem Lebensweg. Und so habe ich sie immer irgendwo in mir geführt. Aber sie braucht keine tägliche Begegnung mehr. Die habe ich nun so lange in meinen Gedanken herstellen können. Die Wirklichkeit wäre nicht besser. Vielleicht sogar viel enttäuschender.« Die Flammen spiegelten sich in ihren Augen wie Bernsteine. Ihre Augen waren weit offen, als sähe sie das verpasste Leben im Kerzenlicht. Sie ergänzte nur ganz langsam: »Ich wüsste nicht einmal, ob Tomaś das noch wollte. Vielleicht könnte er es nicht einmal.« Ihre Tränen rollten glitzernd die Wangen herunter. Kein Laut entwich ihr. Nur die Tränen. Schmidt war kurz versucht, herüberzukommen und sie tröstend in den Arm zu nehmen. Aber er brachte es nicht fertig. So wie er für das auseinanderfallende Puzzle seines Lebens nicht ihre Unterstützung in Anspruch nehmen wollte. Nein, er konnte sie auch nicht trösten. Sie hatte versucht, aus ihrer Situation das Beste zu machen. Und hatte für diese Rücksichtnahme einen hohen Preis bezahlt. Und er war sich seiner Gefühle nicht klar, war er wirklich eifersüchtig? Ertrug er nicht, dass seine Mutter seinen leiblichen Vater noch immer liebte? Den Eindringling, der sich in günstiger Stunde eingeschlichen hatte. Der ihm kein Vater war. Der vielmehr seinen Vater hintergangen hatte.

Was sollte er an ihm bewundern? Worauf soll stolz sein? Dass er seine hoch gesteckten Ziele nicht erreicht hat, er immer noch hier ist und nicht in der Met. Eigentlich waren sie sich ja ähnlich, auch darin, dass er keine glückliche Beziehung führen konnte. Und vielleicht noch, dass er keine Entscheidung fällen kann, dass er ein konfliktscheuer Mensch ist. Darin auch.

***

Plötzlich bleibt der Spaten stecken, ein metallischer Klang reißt ihn aus seinen Gedanken. Die rechte Hand schmerzt bei dem unerwarteten Widerstand. Er kratzt die Erde beiseite, um zu sehen, was dem Spatenblatt widerstand. Ein glänzender Gegenstand schimmert im Licht des Streichholzes, das er entzündet. Er beugt sich herunter, greift in den Aushub und fasst einen kalten Gegenstand an. Er zieht ihn aus dem Boden, neugierig und unsicher zugleich. Ein Sturmfeuerzeug, verdreckt und verrostet. Er wirft es in weitem Bogen in die Regennacht. Er nimmt wieder Maß. »Gut die Hälfte«, murmelt er vor sich hin. Mehr als das Spatenblatt tief steht er in dem Loch, das Shiva schließlich aufnehmen soll. Er kramt ein Zigarillo aus der Manteltasche und entzündet es. Der Regen hat fast aufgehört. Der Boden dampft. Es ist so still, denkt er. Die Ruhe tut ihm gut. Sie ist erhaben. Mitten in der Stadt und doch vollkommen allein mit seinem toten Hund.

Er wirft einen Blick auf den durchnässten Seesack. Da liegt der einzige Kerl, der nie zurückwich, ein Held, denkt er. Alle anderen, die er getroffen hatte, waren irgendwann eingeknickt. Nur dieser Hund hätte ihn um jeden Preis verteidigt. Bis zu seinem letzten Atemzug. Bei Menschen muss man nur lange genug warten, dann offenbaren sie furchtbare Glaubwürdigkeitslücken. Seine Hand fährt unwillkürlich über die Erhebung des nassen Leinens, unter der er die Hüften des Hundes vermutet. Nur leicht, als wolle er sich versichern, dass Shivas physische Form noch erhalten ist. Er übt keinen Druck aus, als ob er ihn nicht in seinem ewigen Schlaf stören wolle. Die Hand wird noch nasser, der Stoff des Sackes fühlt sich nicht mehr rau an, sondern fast glitschig. Er zieht sie verunsichert zurück. Bloß nicht sentimental werden jetzt. Arbeite weiter, mahnt es in ihm. Du hast noch genug vor dir, und die Nacht verrinnt, wie die Regenmassen im Waldboden versickern, wie die Erinnerungen aufperlen und dann in die Dunkelkammer des großen Speicherraums zurückfließen. Nein, Karl war auch ein Held. Oder was auch immer es ist. Ein Standhafter, einer, der treu und unbeirrbar bleibt. Wie Shiva, der da kalt auf seinem Lieblingsplatz liegt. Er stöhnt leise, als er den Spatenstiel wieder greift mit erlahmenden Händen und den Oberkörper zum nächsten Stich vorbeugt. Nun tut alles weh, die Handwurzelknochen, die Knöchelgelenke der Innenhand, die Fußballen von den Tritten auf das Spatenblatt und vor allem der Rücken. Da hilft nur schnelles Arbeiten, versucht er sich aufzumuntern, um der aufkommenden Müdigkeit und dem Selbstmitleid zu entrinnen.

***

Den tiefgreifenden Veränderungen seines Seelenlebens nach dem Tod des Vaters mit seinen entwurzelnden Begleiterscheinungen waren zwei, drei Jahre ohne große Ereignisse gefolgt. Er hatte sich, soweit es ihm möglich war, in seine Arbeit gestürzt. Er musste seinen Lebensunterhalt verdienen und wollte seine Friedhofsroutine endgültig hinter sich lassen. Er nahm an Fortbildungsveranstaltungen teil und tauschte sich häufig mit Kollegen in den Gerichtsgebäuden oder den umliegenden Kneipen und Cafés aus. Für manche hatte er fast Berühmtheit erlangt durch ein Verfahren, das er wider besseren Wissens für seine Mutter geführt hatte. Er hatte ihr diesen Gefallen nicht abschlagen können. Sie hatte ein neues Geschirr gekauft und das Fassungsvermögen der großen Schüsseln falsch eingeschätzt. Nun wollte sie den Kauf des gesamten Sets rückgängig machen. Das Geschäft lehnte erwartungsgemäß ab. Seine Mutter bat ihn um Hilfe. Er versuchte, ihr zu erklären, warum da juristisch nicht viel zu machen war, aber das beeindruckte Regine nicht. Die Schüsseln wirkten viel größer, seien jedoch viel zu klein für sechs Personen.

Das habe man nicht sehen können. Zudem habe man ihr wohl absichtlich nur die Terrine gezeigt, um von dem Problem abzulenken. Was er denn für ein Jurist sei, wenn er vor einer so eindeutigen Angelegenheit zurückschrecke?
Er führte den Prozess. Er bescherte damit dem ansonsten knochentrockenen Münchner Amtsgericht eine der buntesten Szenen der vergangenen Jahre. Der Richter hatte Freude an dem Vorgang, der die vormittägliche Verfahrensroutine unterbrach. Die Schüsseln samt Terrine wurden bei Gericht mit Wasser gefüllt, um ihr Fassungsvermögen zu ermitteln. Die sonst so gelangweilten Kollegen, die geistesabwesend in ihren Akten blätterten, während sie auf den Folgetermin warteten, und das Publikum, wohl eine Berufsschulklasse, lachten wie bei einer Kabarettveranstaltung. Ärgerlicherweise auch sein Gegenanwalt. Schmidts Mutter, sonst humorvoll, wusste nicht, was hier komisch sein sollte. Schmidt versank im Erdboden. Der Richter kostete den Spaß aus, dann schlug er einen Vergleich vor: Das noch unbenutzte Geschirrset sollte zurückgenommen werden, das Einrichtungshaus sollte es in Zahlung nehmen für ein größeres Geschirr, das Regine aussuchen sollte. Selbstredend für mindestens den gleichen Preis. Seit Azdak mit dem kaukasischen Kreidekreis habe niemand so weise entschieden, feixte sein Gegenanwalt und erbat zwei Wochen zur Klärung, ob seine Partei den Vergleich so an-

nähme. Schmidt verließ das Gericht mit rotem Kopf. Einige Zuschauer hatten belustigt zu klatschen begonnen, als er mit seiner Mutter den Sitzungssaal verließ. Der Richter griente, seine Mutter aber stellte fest, dass der Richter gut war und das Urteil ihr recht gab. Denn die Schüsseln seien einfach absurd klein.

Von dieser Geschichte erzählten die Kollegen, die Schmidt kannten, sich regelmäßig mit diebischer Freunde. Ansonsten blieb sein Geschäft eher unspektakulär und kleinteilig. Irgendwo im Niemandsland zwischen Nachbarschaftsstreitigkeiten, schiefgelaufenen Kaufverträgen und gelegentlichen Scheidungssachen spielte sich sein Alltag ab.

In den Scheidungsangelegenheiten wurde er meist von Frauen mandatiert. Das war ehrenvoll und seinem Einfühlungsvermögen für die meist seelisch tief getroffenen Frauen geschuldet. Es hatte aber auch zur Folge, dass er zunächst dem Geld hinterherlaufen und gleichwohl unendlich viel Zeit investieren musste. Letzteres, weil die Frauen Wichtiges und Unwichtiges nicht trennen wollten und ohnehin die endlosen Demütigungen, von denen sie zu berichten wussten, für wichtiger hielten als die prozessrelevanten Fakten. So saß er, lauschte, tröstete und lenkte behutsam das Gespräch nach vielen Tränen wieder auf Themen wie Vermögens- und Einkommensverhältnisse und auffällige Veränderungen in diesen Bereichen in der jüngeren Vergangenheit. Manchmal gelang es ihm auch, wesentliche Aufgaben der Sachverhaltsermittlung und vor allem der Kanalisierung seelischer Nöte seiner Rechtsanwaltsgehilfin Grasseder zu überlassen. Sie war nun schon bald sieben Jahre bei ihm und hatte trotz ihrer Nähe zu Bettina die Trennung von ihr sehr gut gemeistert.

Sie beherrschte die Außenkommunikation, die ihm schon wegen seiner Unbeholfenheit mit jeglicher Elektronik vom Computer bis zum Mobiltelefon Schwierigkeiten bereitete. Sie kümmerte sich um Shiva, führte ihn Gassi und warf ein neutrales Auge auf seinen Junggesellenhaushalt. Ihre niederbayerische Herkunft hatte ihr eine unbeirrbare Bodenständigkeit, einen ausgeprägten praktischen Sinn und einen unverwüstlichen Humor auf den Weg mitgegeben. Eigentlich war sie mit ihrem mittellangen, kastanienbraunen Haar, das so unglaublich dicht und vital gelockt auf ihre Schultern fiel, ihrer sportlich-kräftigen Figur und dem klaren, offenen Gesicht eine attraktive Mittdreißigerin. Aber Schmidt hatte das immer sorgsam ausgeblendet. Er hatte Angst, zu große Nähe könnte sein »Betriebssystem« zum Erliegen bringen. Oder hatte er sie so unverrückbar als Teil seiner wenig geliebten Berufswelt eingeordnet, dass er in ihr nichts außer ihrer allgegenwärtigen Stabilisierungsfunktion für ihn sehen konnte?

Dass sie irgendwann auch einen Teil seiner Anwaltsarbeit übernahm, besorgte ihn nur kurz. Die intensiven

Frauengespräche, die die Graseder manchmal sogar in seinem Wohnzimmer auf der Couch führte, verschafften ihm den Ruf eines sensiblen Scheidungsanwalts für Frauen mit einem umfassenden Betreuungsansatz. Durch solche Empfehlungen war auch Mathias Wimmer zu ihm gelangt. Spross einer uralten Münchner Familie, alleinstehend, leicht wirr und trotz seiner nunmehr fünfzig Lebensjahre ohne echte berufliche Herausforderung. Er kam mit einem heiklen Anliegen. Es ging um eine Auseinandersetzung mit der Haushälterin seiner verstorbenen Mutter und das Verhältnis, das die beiden Frauen miteinander gehabt hatten. Wimmer fragte sich, ob seine Mutter am Ende eine Lesbierin war, die in hohem Alter ein liebevolles Verhältnis zu einer Haushälterin aufgebaut hatte, oder war die alte Dame von einer verschlagenen und räuberischen Erbschleicherin manipuliert und betrogen worden? Letzteres jedenfalls war seine Sicht der Dinge. Der Prozess, nein die Serie von Verfahren, sollte diese Frage vor aller Christenheit endgültig klären. Vor fünfzehn Jahren hatte der Sohn die Nähe zur Mutter schrittweise und schleichend verloren. Nicht nur einmal stand er schreiend in Schmidts Altbauwohnung: »Das hätte Mutter nie gewollt. Sie wurde von der Kanaille verhext.« Schwer atmend stützte sich der hünenhafte Mann mit dem verlebten, unkonturierten Gesicht auf Schmidts Schreibtisch. Berge von Briefen hatte er vor ihm aufgetürmt.

Briefe voller Verehrung und flehentlicher Suche des Sohnes nach der Mutter. Die abweisenden Antworten lagen auch dabei, die sein Mandant mal einfach umdichtete, mal als Dokumente der teuflischen Manipulation tiefer Mutterliebe entlarvte. Briefe, die mit verschiedenen Buntstiften markiert waren: rote Anstreichungen von Mathias Wimmer für Skandalöses, Unglaubwürdiges, Beweiskräftiges in seinen Augen. Schwarz für Betonung, blau für Bestätigungen seiner Version der Geschichte und grün für sonstige Fakten, die ihm wichtig erschienen. Diese bunten, flammenden Werke lagen nun auf dem Schreibtisch vor Schmidt ausgebreitet. Immerhin hatte er auch Briefe der Haushälterin mitgebracht, voller unterwürfiger Verehrung für ihre Arbeitgeberin. So schienen in den Jahren viele Vermögensgegenstände, Einrichtung und Schmuck in die Hände der zunehmend besten Freundin und Pflegeperson geraten zu sein. Das schlossähnliche Gebäude am südlichen Stadtrand bot genügend Wertgegenstände, die auf die Seite zu schaffen waren. Vorher hatte sein Mandant sein Leben auskömmlich im Kielwasser der Mutter geführt. Diese seltsam symbiotische Beziehung war durch die sich vertiefende Beziehung zwischen den beiden Frauen schlicht gestrandet. Bald musste er ausziehen, und die Haushälterin bezog seine Zimmer. Viel zu lange hatte er ohne ernsthafte berufliche Tätigkeit vom familiären Vermögen gelebt. Bis eben sie, Rita, das Chamäleon, aufgetaucht war. Als Haushälterin eingestellt, hatte sie rasch erkannt, dass die damals weit über sechzigjährige Hausherrin eher so etwas wie eine zeitgenössische Zofe und Intimfreundin brauchte als ihren weltfremden Sohn. Und so hatte sich erst ein Dreieck gebildet, fragil und asymmetrisch, bei dem eine Achse immer fester wurde. Dann fand er Liebesbriefe, voller Sehnsucht und Anbetung der Frauen füreinander. Nach seinem Auszug beschleunigte sich die Vertiefung der außergewöhnlichen Liebe. Wimmer war verzweifelt, hatte Hass auf die neue Machthaberin entwickelt. Aber auch die Liebe zu seiner Mutter hatte ihre Schattenseite entwickelt. Er liebte die, die er davor gekannt hatte, die ihn aufgezogen hatte, ihn mitgenommen hatte auf Capri, nach St. Moritz und an viele andere Orte. Die Liebe zur Mutter war tiefster Missbilligung und Verachtung gewichen.

Schon zu Beginn des Mandats, als die erste dieser emotionalen Entladungen in einem Weinkrampf endete, kam die Graseder herein, murmelte eine Entschuldigung und stellte sich neben den zitternd im Raum stehenden Mann. Sie nahm ihn leicht in den Arm und redete beschwichtigend auf ihn ein. Er nahm die Betreuung an, ohne an der Intervention einer Büroangestellten Anstoß zu nehmen.

Das Mandat stellte den maßvollen Schmidt auf eine schwere Probe. Die bis zu zwanzig Seiten langen Briefe mit den bizarrsten Anlagen von Fotos, die der Mandant heimlich von den beiden Frauen gemacht hatte, bis zu Originalbelegen vom Kauf aufwendigster Kleidung für die Partnerin der Mutter, das alles strengte Schmidt über die Maßen an. Aber er hatte auch das Gefühl, zum ersten Mal richtig Anwalt zu sein. Denn sein Mandant strebte alles Erdenkliche an. Er wollte den Himmel über der siegreichen Nebenbuhlerin um die Mutter einstürzen lassen. Wollte Strafanzeige wegen Urkundenfälschung, Betrug, Unterschlagung stellen, ja gar Mord wollte er in rasenden Momenten nicht ausschließen. Aber natürlich ging es in erster Linie um Testamentsanfechtung, Pflichtteilsrechte, Herausgabeklagen sowie zahlreiche Auskunftsklagen.

Und Schmidt, der Schöngeist, dem das Materielle immer so fremd geblieben war, entdeckte an sich eine weitere Seite. Mathias Wimmer war vorschussfähig und vorschusswillig. Er hatte Geld und kein dringenderes Bedürfnis, als diese Auseinandersetzung so umfassend und radikal wie möglich zu führen. Koste es, was es wolle. Es kostete. Schmidt hatte keine Veranlagung, die Situation auszunutzen, die ihn und seine Mitarbeiterin zu den engsten Bezugspersonen des um Vermögen, Liebe und eigene Geschichte kämpfenden Mannes hatten werden lassen. Aber die Stunden, die sie für das Mandat investieren mussten, hatten ihren Preis. Und Wimmer verhandelte nie, er belegte die kleine Kanzlei mit Beschlag, er finanzierte sie, er füllte sie mit neuem Leben,

er gab ihr ein wirkliches Projekt und vertiefte die Betreuungsgemeinschaft, die Schmidt und die Graseder in Ehescheidungsfällen entwickelt hatten.
Nur Shiva hatte ein angespanntes Verhältnis zu Mathias Wimmer. Wenn er kam, legte der Hund die Ohren eng an und knurrte. Selbst Schmidts Beschwichtigungen konnten sein Misstrauen nicht zerstreuen. Waren es die Schrei- und Weinausbrüche des großen, plumpen, mittelalten Mannes oder der Umstand, dass er für die schier endlosen Besuche eingesperrt wurde? Oder die seinem eigenen klaren Siegernaturell so fremde Mischung aus Ängstlichkeit und Depression, Kontaktstörung und hochfahrenden Gesten voll mangelnder Selbstkontrolle?
In diesem einen Fall musste sein Gefährte zurücktreten, ja sich gar einsperren lassen. Aber kaum war Wimmer zur Tür hinaus, rannte Schmidt zu seinem Schlafzimmer, um Shiva zu erlösen. Der sprang an ihm hoch, als wäre er erleichtert, dass sein Herrchen ihn nicht verlassen hatte. Dann gingen sie rasch herunter zur Isar und den bewaldeten Uferstreifen entlang. Shiva brachte ihm bald einen Knüppel, den er irgendwo entdeckt hatte. Groß, größer und mit triefenden Lefzen und blinkenden Zähnen. Schmidt entschuldigte sich dann, indem er warf, so weit er konnte. Manchmal schmerzten die Sehnen seiner Hand oder er überdehnte einen Schultermuskel. Shiva sprang mit kühnen Sätzen hinter dem

Holz her. Hatte er es erst einmal im Maul, so wurde es herumgeschleudert, angebissen, malträtiert, bevor er es zurückbrachte. Dabei biss er nicht selten an einem Ende zu, so dass sein Kopf vom Gewicht des Stockes seitlich nach unten gezogen wurde. Wenn er den Knüppel mittig erwischte, konnte er besser und stolzer laufen.

***

Schmidt starrt auf den dicken Wurzelstrang, der sich unter ihm quer durch die dunkle Grube zieht. Er schüttelt den Kopf, dann hebt er den Spaten über den Kopf und lässt ihn auf die Wurzel niedersausen. Sie gibt etwas nach, darum dringt er kaum zur Hälfte ein. Die Kerbe nutzend, sticht er nun erneut von zwei Seiten zu, bis das nasse Holz durchtrennt ist. Er schwitzt. Es regnet seit einiger Zeit nicht mehr, stellt er aufschauend fest. Er steigt aus dem Loch und hängt den völlig durchweichten Filzhut an einen niedrigen Aststumpf. Er wischt sich über die Stirn. Das schüttere Lockenhaar klebt ihm am Schädel. Sein ganzer Körper ist feucht. Vom Regen und von der Anstrengung. Er wird weitermachen müssen, um nicht kalt zu werden. Und er muss irgendwann fertig werden. Er tritt an den Aushub und sticht nun nach dem anderen Ende der Wurzel. Sie gibt nach, wippt, was in seinen Händen noch mehr schmerzt. Nach einigen Hieben ist sie durch. Er steigt wieder herunter, greift das armlange Holzstück und wirft es mit einem unterdrückten »Lauf!« in die Nacht. Schmidt späht in die Dunkelheit auf die stummen Schattengestalten mächtiger Bäume. Die Abstände zwischen ihnen sind so groß, dass jeder von ihnen eine imposante Präsenz entfaltet. Wie still die Stadt ist, wie reglos der Seesack, der da schwer liegt. Wie flüchtig das Leben. Und wie unversöhnlich sein Ende. Schmidt schaut erneut in die Nacht, sucht alle Richtungen nach Zeugen seines Tuns ab. Nichts, er kann weitermachen. Ein Frösteln kriecht von den Unterschenkeln in den Stiefeln hoch, er spürt nun überall den Feuchtigkeitsfilm. Rasch arbeiten, um das leise Zittern abzuschütteln. Der erste Stich des Spatens alarmiert seinen geschundenen Fußballen ebenso wie die Hände. Er spürt das Brennen in der Handfläche.

***

Ja, seitdem Mathias Wimmer aufgetaucht war, gab er der Kanzlei Leben und Sinn. Psychodrama, modernes Märchen, Wahn und Wirklichkeit, jede Menge Fragen rein praktischer, aber auch juristischer Natur – und das alles wirklich auf Heller und Pfennig bezahlt. Wimmer hätte gern noch mehr Komplexität geschaffen, Detektive beauftragt und Ähnliches. Die Testamentsanfechtung, das war ein zentraler Punkt für Wimmer. Wegen der letztwilligen Verfügungen, aber auch wegen der un-

geheuerlichen Liebeserklärung, die das Testament enthielt: »Rita, mein Herz, du hast mein Leben mit Licht erfüllt, du warst mir Tochter, Gefährtin, Geliebte meiner Seele.« Schmidt konnte das »Schandtestament«, wie Wimmer es nannte, bald auswendig hersagen.
Die Graseder musste wegen des neuen Mandanten häufiger länger in der Kanzlei bleiben, als es ihr Dreißig-Stunden-Vertrag vorgesehen hatte. So kam es, dass ihr Sohn Fabian sie hin und wieder abholte. Schmidt hatte sich nie um ihr Privatleben gekümmert. Die Wahrung der Distanz war während seiner Ehe mit Bettina strengste Pflicht – als sie fort war, hatte sich nichts daran geändert.
Der Junge mochte elf Jahre alt sein, für sein Alter groß gewachsen, schlacksig mit struppigen dunklen Haaren, die ein klares, kräftig gezeichnetes Gesicht umrahmten, die blauen Augen schauten konzentriert und bestimmt. Die Intensität des Jungen fiel ihm gleich auf, er mochte den ungewöhnlichen Burschen sofort. Als hätte er schon viel von ihm gehört, sprach er den still im Flur der Wohnung Wartenden an: »Du bist also der Sohn?«
Der erwiderte mit ernstem Blick: »Ich heiße Fabian. Fabian Graseder.«
Die Mutter hatte den Dialog gehört und rief aus ihrem Bürozimmer: »Ich komme schon, Fabian, gleich. Herr Schmidt, ich bin morgen mit dem Diktat fertig. Ist das in Ordnung?«

Schmidt ging die wenigen Schritte zu ihrem Zimmer: »Justitia wird lange brauchen, wenn sie im Fall Wimmer überhaupt eingreifen will. Machen Sie Schluss für heute.«
Der Junge war ihm nachgekommen: »Darf ich fragen, wo der Hund ist, von dem meine Mutter mir immer erzählt?«
Schmidt drehte sich überrascht um: »Der Hund? Shiva ist in meinem Arbeitszimmer.«
»Darf ich ihn sehen?« Der blasse Junge schien mit seiner Frage einen länger gehegten Wunsch zu äußern.
Die Graseder griff harsch ein: »Fabian, bitte. Vielleicht ein anderes Mal. Herr Schmidt ist sehr beschäftigt.«
Schmidt schaute den Jungen an, der ihn unbeirrt fixierte: »Gut. Gern darfst du ihn sehen. Komm.«
Als Schmidt zwei Zimmer weiter die Türe zu seinem Arbeitszimmer öffnete, sprang der Hund mit einem mächtigen Satz durch den Spalt. Fabian prallte förmlich zurück. Die plötzliche Präsenz des sandfarbenen Rüden erschreckte ihn. Shiva sprang sofort an ihm hoch, die Vorderpfoten auf seiner schmalen Brust. Schmidt schrie: »Shiva, runter, sofort!«, während der Junge taumelnd nach einem festen Stand suchte. Sein »Ein bisschen heftig« sollte gelassen klingen, aber der Gesichtsausdruck des Buben war immer noch wie hypnotisiert. Der Hund hatte den Befehl nun befolgt und schnupperte fordernd, mit der Nase schubsend an

der Jeans des Neuankömmlings. Fabian rührte sich nicht, auch nicht als Shiva schließlich seine Hand ableckte.

»Was ist denn das für eine Rasse?«, fragte er mit fachmännischem Unterton.

»Keine. Ein Mischling aus Indien. Das Resultat einer Strandbekanntschaft in Goa.« Schmidt wunderte sich über seine eigene Ausführlichkeit. Goa würde dem Jungen nichts sagen.

Der hatte sich von dem Schrecken erholt. Er bewegte seine Hand behutsam Richtung Kopf des Hundes, der nun zwischen ihnen stand und leicht zitterte. Als hätte er die Gedanken von Schmidt gelesen, sagte er dabei: »Ich bin nur vorsichtig. Angst habe ich keine ...«, und nur einen Augenblick darauf entfuhr ihm das Satzende, »... keine richtige.« Schmidt beobachtete, wie Fabian Shiva streichelte. Shiva drückte mit seinem mächtigen Schädel gegen Fabians Hand, so dass seine Augenlider hochgezogen wurden und seine Bernsteinaugen stierten. Unverwandt auf das Gesicht seines Bewunderers gerichtet. Der schaute achtsam und forsch zugleich. Schmidt spürte, dass die beiden sich mochten. Nicht selbstverständlich, denn Kindern gegenüber war Shiva nicht selten unberechenbar, er konnte übergangslos aggressiv oder so ungestüm reagieren, dass sie Angst bekamen und ihn damit nur noch mehr reizten.

Während er die gegenseitige Annäherung beobachtete,

hatte die Graseder wieder vor ihrem Bildschirm Platz genommen. Der Junge fragte ihn ohne Umschweife: »Können wir mit Shiva einen kleinen Spaziergang machen?« Um sie noch beiläufiger klingen zu lassen, hatte er für die Frage nicht einmal aufgeschaut. Nun schaltete sich die Mutter ein: »Fabian, wir gehen jetzt. Entschuldigung, Herr Schmidt.«

»Nein, nein, da gibt es nichts zu entschuldigen. Er hat ja gefragt und ich habe nichts dagegen. Von mir aus, eine halbe Stunde können wir gehen. Reicht, um ein wenig am Isarufer entlangzulaufen.«

»Wollen Sie mitgehen oder hängen Sie noch an etwas fest?«, fragte er die Graseder.

»Wo Sie das so sagen, fällt mir ein, dass wir mal einen neuen Bürostuhl für mich brauchen. Daran hänge ich nämlich oft mit meinen Sachen fest. Nein, ehrlich, gehen Sie ruhig, ich habe noch zu tun.«

»Gut, dann machen wir es so.«

Fabian hatte nun die andere Hand zu Hilfe genommen, um den Hund im Nacken zu massieren. »Cool«, merkte er nur an.

Die Natur erwachte gerade aus ihrem Winterschlaf. Es war schon warm, die ersten gelblich-grünen Knospen leuchteten an den skelettierten Bäumen. Auf dem matten Winterrasen blinkten die Krokusse. Kaum waren sie auf der anderen Isarseite, brachte Shiva einen armdicken, wohl fünfzig Zentimeter langen und bereits von

mehreren Hunden zugerichteten Prügel. Schmidt warf ihn auf die breite Rasenfläche. Der Hund war gleich wieder mit der stolz getragenen Beute zurück.
Schmidt sagte: »Wenn dir der nicht zu schwer ist, versuch es.«
Fabian atmete heftig aus: »Denken Sie, ich kann nicht mehr als einen Schlagball werfen?« Tatsächlich riss er sich bei dem demonstrativ weiten Versuch fast den Arm aus. Shiva raste los und brachte dem Jungen das Holz zurück. Der warf, dann drehte er sich zu Schmidt um und schaute ihn durch seine Brillengläser unverblümt an: »Darf ich du sagen?«
Die Frage traf Schmidt völlig unvorbereitet. »Äh«, suchte er unschlüssig eine Meinung zu der verblüffenden Frage zu finden.
Der Junge griente: »Na ja, ich würde auch ›Äh‹ sagen. Aber noch lieber wäre mir, wenn ich Du sagen dürfte.«
Schmidt musste lachen: »Du bist mir ja ein recht offensives Früchtchen. Noch mehr als deine Mutter. Na gut, ist zwar ein bisschen seltsam, weil ich deine Mutter nicht einmal duze. Also, ich heiße Ulrich.« Er kam sich reichlich komisch vor, im Park mit Hund und Holz einer solchen unerwarteten Annäherung ausgesetzt zu sein. Er konnte ihm nicht einmal die Hand drauf geben. In der Rechten hielt der forsche Junge den vollgesabberten Stock. Fabian warf wieder, der Knüppel landete bedrohlich nah an einem quer verlaufenden Weg, auf dem

ihnen Leute entgegenkamen. Schmidt knurrte: »Die siehst du schon, oder?«
Fabian schien zu verstehen: »Oh, ’tschuldigung. Ist mir beim Werfen weggerutscht. Und ich wollte dich nicht drängen. Es ist nur – ich habe viel von dir gehört. Und ich …«, Schmidt meinte ein leises Erröten auf dem blassen Gesicht zu erkennen, »ich wäre gerne dein Freund.«
»Mein Freund?« Schmidt wollte nicht so erschrocken klingen.
»Ist das falsch?«
»Ja, falsch grad nicht, aber überraschend. Wir sind zwei Generationen auseinander und wir haben doch nicht so viel miteinander zu tun.« Es tat ihm leid, wie abweisend und altklug das klang, kaum dass er es gesagt hatte. Aber er wollte auch keine Erwartungen entstehen lassen. Er setzte nach: »Also ich meine halt, dass wir schon mal irgendwann wieder mit Shiva losziehen können. Aber ansonsten …«, während der Satz erstarb, ging er langsam weiter, als könnte er so das Thema umgehen.
Der Junge beobachtete ihn aufmerksam von der Seite. Er war nicht so viel kleiner als Schmidt, schmal, aber hoch aufgeschossen. Und nachdrücklich. »War nur eine Idee. Wenn es für dich blöd ist … Und eigentlich könntest du ja fast mein Vater sein.«
Schmidt blieb nun stehen. Die beiden achteten nicht mehr auf den Hund, der ihnen das speichelglänzende Holz abwechselnd auf die Füße zu schleudern versuchte.

»Fabian, was um Gottes Willen ist das jetzt? Bei Vaterschaft gibt es weder ein eigentlich noch ein fast. Gott sei Dank. Eigentlich könnte ich vieles sein. Bin ich aber nicht. Ich bin kinderlos. Und mit deiner Mutter verbindet mich eine rein berufliche Beziehung. Oder hast du jemals etwas anderes gehört?« Seine Stimme war nun von Misstrauen getränkt. Was war hier los? Er würde mit der Graseder reden müssen und zwar bald und deutlich.

»Oh nein«, stieß Fabian aus, »das hat mit meiner Mutter gar nichts zu tun.«

Schmidt hakte trocken ein: »Ich weiß nicht, was du mit mir vorhast, aber mit deiner Mutter hat deine Geburt sogar viel zu tun.«

Der Junge verzog das Gesicht: »So meinte ich das ja nicht. Ich wollte nur sagen, sie hat so was nicht gesagt. Sie hat nur gesagt, dass mein Vater nett war, aber bald nach meiner Geburt nach Südamerika abgehauen ist. So nett kann er nun nicht sein, sonst wäre er bestimmt hier geblieben.«

Fabian schaute Shiva nach, der seiner zweiten Lieblingsbeschäftigung, dem Krähenjagen, nachging. »Schon gut«, beschwichtigte Schmidt, »dein Vater wird seine Gründe gehabt haben, wegzugehen.« Schmidt dachte an seinen Vater, der nicht nach Südamerika gegangen war. Er hatte das Aufwachsen seines Sohnes wie durch einen Vorhang vor Ort beobachtet.

»Gründe. Was für Gründe könnten das sein?« Nun war Fabian aufgebracht, sein Gesicht zornig. »Ich weiß nicht, was das für ein Grund sein könnte. Meine Mama ist hier und ich bin auch hier.« Seine Stimme war voller Trotz.

»Deine Mutter hat mir davon erzählt. Es ist keine einfache Situation. Weißt du, ob sie mit ihm Kontakt hat?« Die Frage war noch nicht ganz ausgesprochen, da ärgerte er sich schon über ihren komplizenhaften Charakter. Fabian aber antwortete sofort: »Nein. Sagt sie jedenfalls. Das verstehe ich einfach nicht. Darum habe ich mich gefragt, ob du es vielleicht sein kannst und nicht irgendjemand in Südamerika.«

»Meine Antwort auf die Frage kennst du ja jetzt. Lass uns umkehren, wir verspäten uns sonst.« Er rief den Hund, der sich gerade im gestreckten Lauf einer Ansammlung von drei großen Hunden näherte. Das würde sicher Ärger geben. In der Tat stürzte er sich auf ein Ungetüm mit langem weißem Fell. Schmidt brüllte nun den indischen Götternamen in die Parklandschaft. Aber es war wohl mehr dem heftigen Eingreifen der zwei anderen Hundebesitzer, gut fünfzig Meter entfernt, zu verdanken, dass Shiva den potenziellen Raufplatz schließlich in raschem Lauf verließ, um schuldbewusst zurückzukehren.

Schmidt ermahnte ihn noch einmal streng, als er bei ihnen ankam, dann nahm er die unerwartete Auseinandersetzung wieder auf: »Du warst etwa fünf, als deine Mutter bei mir zu arbeiten begann. Wie hätte das dann zusammengepasst?«

»Weiß nicht. Ihr könnt euch ja woanders kennengelernt haben, oder?«

»Fabian, zum letzten Mal, wenn sie fünf Jahre nach deiner Geburt auch noch zu mir zum Arbeiten gekommen wäre, warum würden wir uns heute mit Sie anreden und völlig getrennte Leben leben?« Der Junge trottete nur neben ihm her, hatte sogar den Hund vergessen, der ihm so viel zu bedeuten schien. Seine Augen waren auf den Kiesweg fixiert. »Ich weiß. Da passt gar nichts zusammen. Aber meine Mama mag dich so gern. Sie redet so gut über dich. Richtig viel.«

Schmidt war dieses Bekenntnis neu und unkomfortabel. Er hatte die Graseder vor Jahren kennengelernt in einem unbeholfenen Einstellungsverfahren. Eigentlich war das mehr von Bettina gesteuert als von ihm.

Der Auswahlprozess war dann in Wahrheit mehr ein finaler Wettbewerb zwischen seiner scheidenden Anwaltsgehilfin auf der einen und seiner noch nicht geschiedenen Frau auf der anderen Seite gewesen. Bettina hatte sich damals heftig in seine Kanzleiangelegenheiten eingemischt, eigentlich ein Wunder, dass es Bettina war, die ihm schließlich die Graseder empfahl. Sabine Graseder war noch nicht lange Anwaltsgehilfin, erinnerte er sich. Sie kam aus der Staatsverwaltung. Aber sie lernte schnell. Sie fügte sich ein, ging mit viel Fingerspitzengefühl mit Bettina um. Am Anfang hatte er strengste Förmlichkeit gewahrt, um jeden auch nur denkbaren Konflikt mit seiner Frau zu vermeiden. Hatte sie doch der Vorgängerin angedichtet, sie habe sich an ihn herangemacht. Es mochte auch eine Reaktion auf den Ausgangsfehler gewesen sein, die Kanzlei in die Wohnung verlegt zu haben. Kanzleiräume und eine andere Frau im Haus statt Babyzimmer und heller Kinderstimmen ... Die Graseder hatte das gespürt und sich verhalten, als arbeite sie in einer Behörde – aus der sie schließlich kam. Dass sich das nach der Trennung von seiner Frau nicht im Geringsten veränderte, dafür hatte Schmidt gesorgt. Er vermied jedes Gespräch über die so unspektakulär gescheiterte Ehe. Er zog sich in sich selbst zurück, mit Shiva als alleinigem Bezugspunkt seiner Freizeit.

Und nun erzählte ihm Graseders Sprössling, dass seine Mutter ihn verehrte? Wäre sie ihm gegenüber dann so zurückhaltend gewesen? Und warum? Oder baute sich der Bub hier nicht seine eigene Wirklichkeit zusammen, mit einem Wunschvater der nächsten Gelegenheit im Mittelpunkt? Das wäre ihm aus allen Varianten, die er auf diesem Spaziergang verstehen lernen musste, noch die liebste gewesen. Fabian erschuf sich seine Welt mit geheimnisvoll verbundenen Eltern.

Schmidt war zu lange in Gedanken versunken vor sich

hingegangen. Shiva schlug ihn mit einem neuen, langen Stock an den Unterschenkel. Schmidt lachte kurz und warf. Das Ding war unhandlich und fluguntauglich. Shiva war gleich wieder da. Fabian versuchte sich mit dem Ast, erfolgreicher als er, wie Schmidt insgeheim zugeben musste. Wenigstens wirft er wieder, dachte er. »Ich glaube, du übertreibst hier ein bisschen. Deine Mutter mag ihre Arbeit gern. Wir haben interessante Zeiten in der Kanzlei, vor allem durch einen richtig aufregenden Mandanten. Aber mehr nicht. Und ich verstehe deinen Kummer, weil dein Vater nicht da ist. Das ist gar nicht gut, das ist sogar schlimm. Aber ich bin nicht die Lösung, verstehst du? Was immer du dir dabei gedacht haben magst, ich habe nie eine Beziehung mit deiner Mutter gehabt, so sehr ich sie schätze. Aber wir können wieder zusammen mit Shiva spazieren gehen, das verspreche ich dir.«

Shiva hatte im Lauf des Spaziergangs sein Wurfspiel weitgehend auf den Jungen umgestellt. Fabian war unermüdlich und warf weiter und weiter. »Aber eins muss klar zwischen uns sein, ich tue das nicht als Vater oder Vaterersatz, sondern als ...« Ja, als was? Sollte er nun in die Falle stolpern, die ihm der Junge zu Anfang gestellt hatte? »... als Freund.«

»Oder als mein Lehrer. Das wäre klasse.«

Schmidt war verblüfft. Wieder hatte Fabian schneller und geschickter reagiert als er. Sie gingen schon wieder

über die von der Schneeschmelze angeschwollene Isar zurück. Schmidt musste das Erlebnis mit Fabian einordnen: »Wie viel von dem hast du eigentlich mit deiner Mutter besprochen?« Ein rascher Blick streifte ihn.
»Mit Mama will ich das alles nicht bereden. Versprichst du, dass es zwischen uns bleibt?«
Kein Ausweg. Ein paar Aspekte hätte er gern später mit der Graseder abgeklärt. »Also gut. Versprochen.« Beide lachten nun.
Man sah Sabine Graseder die Sorge an, als ihr Chef mit ihrem Sohn schließlich nach weit mehr als der angekündigten Zeit in der Wohnungstür erschien. Sie stand bereits in der langen Diele, den Kopf leicht schief gelegt. Schmidt beantwortete die in ihr Gesicht geschriebene Frage: »Wir sind recht weit gelaufen. Shiva war sehr gut aufgelegt und Fabian hat super geworfen.«
»Über eine Stunde. Es war anders ausgemacht. Worüber habt ihr geredet?«
Schmidt zuckte zusammen, Frauen und ihr Instinkt: »Wir haben uns ja gerade erst kennengelernt. Schule, Sport, Freizeit, Shiva vor allem. Da gibt es viel zu erzählen.«
»Wie auch immer. Fabian, wir müssen nun wirklich los. Hast du alles beisammen?« Der Junge hatte seine Mutter nur mit großen Augen angeschaut. Nun ging er seine Umhängetasche holen und bestätigte: »Wir können gehen, Mama.« Dann waren sie aus der Tür.

Schmidt gab Shiva Wasser. Als er ihn streichelte, machte er eine beunruhigende Entdeckung. Schmidt kraulte den spitz zulaufenden Brustkorb über den Bauch bis zum Unterleib. Der Hund grunzte wohlig, bis er in die Höhe der Leisten kam. Der Unterleib schien ihm etwas angeschwollen und sein leichter Griff löste eine heftige Zuckung und ein helles Quieken aus. Die Schwellung war offenbar schmerzhaft. Nur was war das? Er versuchte es noch einmal, nun behutsamer, aber Shiva reagierte wieder mit heftigem Ausweichen und einem winselnden Laut. Vielleicht war es nur eine Kleinigkeit, aber er würde es untersuchen lassen müssen. Konnte es eine Entzündung sein? Er verbot sich zu spekulieren. Schmidt beschloss, bald einen Arzt aufzusuchen. Er massierte vorsichtig die Hals- und Schulterpartie des Hundes, dann erhob er sich mit einem Seufzen. Während er eine Grover-Washington-CD in das Abspielgerät einlegte, dachte er über das Gespräch mit Fabian nach. Was steckte hinter seinen Fragen? War es allein die fehlgeleitete Sehnsucht eines Heranwachsenden nach einer Vaterfigur? Hatte er ihn, Schmidt, einfach in seine unvollständige Familienkonstellation hineinprojiziert? Ein willensstarker Junge mit einem unbeirrbaren Koordinatensystem. Wer war dieser ominöse Vater in Südamerika? Gab es ihn? Zahlte er Unterhalt? Das Gehalt, dass er der Graseder für ihre Dreiviertelstelle zahlte, würde in dem teuren München kaum reichen. Er stellte

fest, dass er seine Anwaltsgehilfin so wenig zur Kenntnis genommen hatte, dass er nicht einmal wusste, ob sie gut gekleidet war, ob sie oft neue Kleidung trug. Es kam ihm nun bei angestrengtem Nachdenken so vor, als wäre sie meist sportlich angezogen, oft mit Hosen bekleidet und habe nur selten neue Sachen.
Über ihr Privatleben wusste er nichts oder nicht viel, nie hatte er sich dafür interessiert. Er beschloss, diesen Kurs auf keinen Fall aufzugeben. Allerdings würde er sich mit Fabian beschäftigen müssen. Schon weil der Junge ansonsten in seiner bedenkenlos nachdrücklichen Art dafür sorgen würde, dass dieses Thema irgendwann zwischen ihm und der Graseder zur Sprache käme. Obwohl, auf der anderen Seite gefiel Schmidt die Gründlichkeit, mit der Fabian seinen Fragen nachging. Nur die Schonungslosigkeit der Kommunikation war ihm fremd. Wie konnte Fabian derart rigoros eine Beziehung mit einem wildfremden Menschen einfordern? Sicher, der Junge suchte eine heile Familie. Auch Fabians moralische Haltung gefiel ihm, da er den eigenen Vater genau aus diesem Grund ablehnte. Er würde den Jungen hin und wieder auf die Spaziergänge mit Shiva mitnehmen. So würde er nicht permanent den Hundestock werfen müssen und hätte einen jungen Gesprächspartner, noch dazu einen so originellen, eine Bereicherung. Er beschloss, diese überraschende Freundschaft ihren Lauf nehmen zu lassen.

Es ging ein Jahr ins Land, in dem Schmidt sich recht wohl fühlte. Seine kleine Kanzlei bekam eine Anzahl recht belangloser Mandate, Mietrechtsstreitigkeiten, Verkehrssachen, Nachbarschaftsauseinandersetzungen. Sein wirtschaftliches Wohlergehen hing allerdings nach wie vor an dem Großmandat Mathias Wimmer. Das beträchtliche Vermögen Wimmers ermöglichte ihm, den Streit mit der Haushälterin und späteren Lebensgefährtin seiner Mutter immer weiter zu führen. So hatte Schmidt meist zwei dramatische Wimmer-Tage in der Woche. Ohne die Graseder mit ihrer trittsicheren Hausfrauenpsychologie hätte er das Mandat längst verloren. Es mutierte langsam zu einer Bearbeitung aller Traumata und persönlichen Defizite seines Mandanten. Der Tenor blieb immer derselbe: Mutterverlust, mehr noch Mutterverrat, Demütigung durch die frühere Haushälterin, Alleinerbin nach dem nun angefochtenen Testament. Die entmutigende Ineffizienz der deutschen Justiz war Garant dafür, dass die forensischen Bemühungen Schmidts im Fall Wimmer die Kanzlei auf weitere Jahre absicherten.
Schmidt dachte an die Tage am Grab seines Stiefvaters. Welche Kraft die Toten entwickeln konnten! Fast mehr, als sie zu Lebzeiten hatten. Niemand ist verschwunden, solange jemand an ihn denkt. Elisabeth Wimmer hatte ihren Sohn posthum an sich gekettet. Ein ergebener Sohn, der seine Banklehre absolvierte, ohne jemals den

Willen zu zeigen, in einer Bank zu arbeiten. Seine Aufgabe erschöpfte sich im puren Sohnsein. Ein guter Sohn. Schmidt hielt ihn für homosexuell.
Während er die aussichtslosen, aber der Kanzlei ihr Überleben sichernden Schlachten und Scharmützel für seinen Schützling schlug, suchte er auf den vielen Kriegsschauplätzen einen zu finden, wo die vermeintliche oder mutmaßliche Erbschleicherin unterliegen musste. Das würde Genugtuung, seelische Aufhellung für seinen Mandanten bedeuten und ihm bessere Verhandlungspositionen einräumen. Sein berufliches Leben war angefüllt mit Psychologie und Theatralik. Sie wurde ihm reicher Gegenstand für seine Gedanken über das Leben generell und das der eigenen Familie im Besonderen. Zudem hatte sich Fabian seit ihrer ersten Begegnung in seinen Kalender gedrängt, alle paar Wochen tauchte er einfach auf, um seine Mutter abzuholen. Wohlweislich, bevor sie ihren Arbeitstag beendet hatte. Dann begrüßte er Schmidt höflich, um sich anschließend eingehend und ostentativ mit Shiva zu befassen. Der Hund hatte sich an ihn gewöhnt und schien ihn zu mögen. Schmidt hatte nachmittags wenige Termine, die Gerichte beraumten sie für den Vormittag an. So nahm er den Jungen zum Anlass für eine Unterbrechung seiner Arbeitsroutine. Meist ging es dann zum Isarufer, Stöckchen werfen und schlendern. Schmidt erzählte Fabian von großen Gestalten der Weltgeschichte.

Am meisten interessierten Fabian Schurken mit einer sozialen Ader, Robin Hood etwa oder Störtebeker. Dass Störtebeker noch im Tod, enthauptet, seine Männer gerettet haben soll, indem er an ihnen vorbeilief, ließ Fabian nicht los. Woher Schmidt das alles wüsste? Ob es denn auch wahr sei? Schmidt musste manches noch einmal nachlesen, um von Fabian aufgedeckte Unstimmigkeiten zu bereinigen. Sie kamen zu seiner Erleichterung nie auf das Vaterding zurück, aber Schmidt spürte, wie Fabian seine Nähe suchte. Er ahnte wohl, dass Schmidt auf die Diskussion des Themas, wie geschehen, nur mit Abwehr und Unbehagen reagieren würde. Aber Fabian hatte seinen väterlichen Freund gefunden und einen geliebten Hund dazu.

Nur einmal, an einem Wintertag, brach das Thema, ihr erstes Leitmotiv, wieder auf. An diesem Tag wollte Schmidt das Grab seines Vaters besuchen. Der Plan war seit Tagen in ihm gereift, und es war wegen der frühen Dunkelheit nicht sinnvoll, nach halb drei am Nachmittag loszugehen. Als er gerade aufbrechen wollte, schneite Fabian herein. Schmidt wollte ihn vertrösten: »Heute nicht. Ich besuche das Grab meines ...«, er stockte kurz, versuchte es dann mit entschlossenerer Stimme, »... das Grab meines Vaters. Lass uns morgen oder nächste Woche gehen.«

»Da habe ich eigentlich keine Zeit. Warum kann ich denn nicht mitkommen?«

»Das verstehst du nicht, es ist ein persönlicher Besuch, ich möchte an dem Grab allein sein.«
»Ach so, ich würde trotzdem so gerne mitkommen. Ich werde nicht stören, ich kann ja irgendwo rumlaufen, wenn du an dem Grab allein bleiben möchtest.« Der Junge hatte leise gesprochen, wahrscheinlich wollte er vermeiden, dass seine Mutter Zeugin des Gesprächs wurde. Zu gewiss wäre ihr Eingriff. Trotzdem war er eindringlich wie am ersten Tag.
Schmidt gab auf: »Einverstanden. Aber nur, wenn du mir am Grab meine Ruhe lässt. Und ...«, jetzt grinste er, »... auf dem Friedhof werden keine Stöcke geworfen. Und kein Wettrennen mit Shiva und auch der Störtebeker ist kein Thema. Kapiert?«
»Cool. Versprochen!«
Cool, ja so konnte man es auch sehen. Schmidt nahm die Leine, Shiva gebärdete sich wie wild. Als sie das ehrfurchtgebietende ochsenblutrote Portal passierten, wurde der noch in der Straßenbahn gesprächige große blasse Junge still. Der Mantel hing in weiten Falten an ihm herunter, das ausladende Kinn schien wie eingezogen. Mit leicht geneigtem Kopf stapfte er vorwärts, als bereiteten ihm die Bewegungen Mühe. Seine Augen wanderten zwischen Shiva und den Gräbern hin und her.
»Du warst wirklich noch nie auf einem Friedhof?«, fragte Schmidt.

»Nicht dass ich mich erinnere. Habe auch noch keine Beerdigung gesehen.«

»Macht dir das Angst?«

»Nein. Ist aber auch nicht cool.«

»Kalt, ja. Aber cool ist es nicht. Ist auch nicht der Zweck.«

Der Heranwachsende blickte ihn kurz genervt aus den Augenwinkeln an. »Was sollen diese kleinen Häuser da?«

»Das sind Familiengräber in Form kleiner Andachtshäuser. Das ist ein besonderer Friedhof. Soll ich dir etwas über seine Geschichte sagen?«

»Lieber nicht.«

»Lieber nicht?«

»Ja, wenn es dir nichts ausmacht. Ich muss mich erst daran gewöhnen. Will lieber nichts hören.«

Schmidt ging schweigend weiter, dem Hund nach. Er erinnerte die Strecke offenbar gut. Die dünne Schneedecke verlieh der Szenerie etwas Elegisches. Still und feierlich, weißes Licht. Wie angemessen, dachte Schmidt. Er freute sich, nach längerem das Grab wieder besuchen zu können, und war auf seine Zwiesprache mit seinem Stiefvater gespannt. Sie bogen in den kleinen Stichweg ein, der Hund saß regungslos vor dem schwarzen Stein mit den goldenen Lettern. Fabian sagte mit belegter Stimme: »Da ist es.« Er starrte kurz auf die Inschrift, als wollte er sie sich einprägen. Dann ging er den Pfad zum nächsten Kreuzweg weiter: »Ich schau mich mal hier

um.« Es klang so beiläufig wie das Gemurmel der Kriminalbeamten am Tatort bei deutschen Serienkrimis.
»Einverstanden«, brummte Schmidt. Shiva schaute Fabian unschlüssig nach, dann trottete er ihm hinterher. Schmidt war allein. ›Es geht mir recht gut, wie geht es dir?‹, dachte er. Er meinte, Wärme würde vom Grab zu ihm strahlen.
Er versank in Gedanken an Franz, an seine Mutter, an die Mahnungen seines Vaters. Er hatte sie befolgt. Es lief alles einigermaßen. Wenn auch viel von seiner derzeit komfortablen Lage dem seelischen Elend einer anderen Person zu verdanken war. Aber nicht einmal hier, im Angesicht seines Kindheitsvaters, schien ihm das eine Verfehlung zu sein. Immerhin linderte er das Elend, so gut es ihm möglich war. Dann geriet der zwischen den Gräbern streunende Junge in seinen Gedankenstrom. Was war die größere Prüfung? Ein anderer Vater oder ein unbekannter, verschollener Vater, einer, der irgendwo da draußen in der Welt ist? Einer, der nicht einmal Notiz von seinem eigenen Kind nehmen will. Es ablehnt, nicht sehen will, schon gar nicht kennenlernen. Nein, das war viel grausamer als Schmidts eigene Situation. Er hatte immer einen sorgenden Vater gehabt. Und immer noch einen anderen, aus der Ferne winkend. Der wusste, dass sein Kind besser aufwuchs, als er es hätte selber sicherstellen können. Der vermutlich auch darunter litt. Schweigen zu müssen, sich nicht

erkennen geben zu können, ist auch eine Strafe. Wie eine unerfüllte Liebe, an der Quelle, aber für immer in der zweiten Reihe stehend. Plötzlich wurde Schmidt mit voller Deutlichkeit bewusst, dass er seinen richtigen Vater, Tomaś, würde sehen müssen. Ihm die Gelegenheit geben, sich zu erklären. Eine für Schmidt ebenso klare wie schmerzliche Vorstellung. Entsetzlich, weil Tränen fließen würden, Umarmungen und Beteuerungen drohten. Er wischte diese Bilder beiseite, die ihm tiefstes Unbehagen bereiteten. Du musst tun, was zu tun ist. Er war sich dessen, vor dem Grab seines Vaters stehend, so sicher, dass er darin die Zustimmung von Karl vermutete. Sicher, dass Karl ihm die Idee durch den verschneiten Wintertag zugerufen hatte. Sie wäre jedenfalls ganz in seinem Sinne. Das fühlte er in aller Ergebenheit vor der Ruhestätte seines Stiefvaters. Er nickte und murmelte: »Danke Papa. Ich komme wieder.«
Dann ging er nach seinen beiden Begleitern suchen. Fabian hatte, wie Schmidt im Augenwinkel beobachtete, scheu die Grabsteine angeschaut. Er schien sich besonders hingezogen zu fühlen zu den dramatischen Anlagen mit großen Engeln, pathetisch in tiefem Schmerz hingegossenen Jungfrauen sowie von den wenigen sparsamen schmiedeeisernen Kreuzen. Gelegentlich hatte er kleine Schneebälle geformt und sie verstohlen wenige Meter weit geworfen. Shiva war ihnen nachgerannt und

hatte sie kurzerhand gefressen. Shiva liebte es, in den Schnee zu beißen. Hier war kaum welcher gefallen, und die kleinen Schneebälle waren offenbar ein guter Ersatz für den von ihm bevorzugten Tiefschnee.

Fabian stellte ihm, als sie wieder zueinander kamen, gleich eine Frage: »Wer sind die Barmherzigen Schwestern von Vinzenz und Paul?«

»Ich weiß es nicht. Ein Frauenorden, nehme ich an. Wieso fragst du?«

»Die haben so schöne einfache Kreuze. Ich finde die Engel mit den Zweigen und die Tauben und das alles krass.«

»Krass sagst du. Hm. Kitschig passt eher, finde ich.«

»Redest du wirklich mit deinem Vater, wenn du hier bist?« Wieder der bohrende Blick aus den weit auseinander liegenden Augen.

»Auf gewisse Weise schon, ja. Ich prüfe meine Gedanken an seinen Maßstäben.«

»Vielleicht fände ich das auch gut, wenn mein Vater hier wäre. Dann könnte ich mit ihm sprechen, so wie du.«

Schmidt war so perplex, dass er erst einmal nichts sagte. Sie gingen rasch auf den Ausgang zu, während das Licht versiegte und der Schnee das Hellste um sie herum war.

»Wie meinst du das?«, hakte er schließlich nach.

»Nur so. Wenn er hier wäre, würde ich ihn ja bei mir haben. Irgendwie. Ich wüsste, wo er ist. Was er macht ...«

Sie gingen schweigend weiter. Dann setzte er nach: »Du weißt schon, wie ich es meine. Er macht halt nichts. Aber er wäre hier.«
Schmidt beeilte sich diesmal mit einer seinem Erwachsensein geschuldeten Antwort: »Ja, ich denke, ich verstehe dich. Du willst eine Gewissheit. Selbst wenn es hier an diesem Ort wäre. Aber Gewissheit hast du auch verdient. Sieh es trotzdem einmal so: Du hast eine tolle Mutter, die dich liebt, und jetzt auch einen Freund, einen älteren.« Wie schwer ihm das gefallen war. Wie wenig er an das Gesagte glaubte. Wie hohl das klingen musste.
Der Junge trat nur kurz zur Seite und stieß ihm sanft den Ellbogen in die Hüfte. Dann sagte er mit kecker Stimme: »Habe ich doch gesagt, dass sie 'ne coole Frau ist, oder?«
Schmidt atmete erleichtert aus: »Mit dir muss man ja wirklich aufpassen! Fang also nicht wieder damit an. Es ist alles in Ordnung so.«
Vorbei an den düsteren Mahnungen, die die Wand am Ausgang zierten, liefen sie auf den kleinen Platz vor dem Friedhof. Sogar Shiva schien erleichtert, dem im Halblicht noch ernster wirkenden Ort entkommen zu sein. Er rannte los, als wollte er die Straßenbahn verfolgen.
Nur wenige Monate darauf kam es zwischen Sabine Graseder und Schmidt zu einer Auseinandersetzung,

wie sie in all den Jahren ihrer Zusammenarbeit nicht passiert war, und entsprechend unangenehm und überraschend war die Konfrontation. Schmidt war aufgrund eines ausgefallenen Termins vor der Zeit vom Gericht zurückgekommen. Die Graseder hatte ihn nicht kommen hören. Sie sprach in ihr Mobiltelefon. Der Disput war offensichtlich sehr persönlich und heftig. Er hatte sie noch nie schreien hören. »Lass mich in Ruhe. Du hast mein Leben genug ruiniert. Nicht noch einmal. Nie wieder!«

Sie war offenbar aufgesprungen, als ihr Gesprächspartner auf sie einredete, und hatte den ungeliebten Schreibtischstuhl mit Wucht gegen die Schrankwand krachen lassen. Peinlich berührt, derart in die Intimitäten seiner Angestellten verwickelt zu werden, drückte er sich im Flur hinter die Mäntel, um nicht entdeckt zu werden. Um die Wohnung unauffällig zu verlassen, war es zu spät. Schließlich siegte seine Neugier, zu verstehen, was hier vorging, über seine unkomfortable Situation.

»Nein, ich sage nein! Vergiss es! Vergiss es! Vergiss es!« Ihre Stimme überschlug sich fast. Sie rannte wohl mit dem Telefon durch den Raum. Noch nie hatte Schmidt sie so fassungslos erlebt. Während der Sprechpause ging sie energisch auf und ab. »Nein, hast du nicht gehört? Ich liebe meine Arbeit hier. Ich werde hier nicht weggehen. Niemals! Dann steck dir dein Geld irgendwohin. Ich kann auch alleine für Fabian sorgen. Das war's. Ein für alle Mal!« Ein dumpfes Geräusch. Sie schien das Gespräch abrupt beendet und sich wieder gesetzt zu haben. Er hörte Schluchzen aus dem Sekretariat. Ihr »Lump. Elender Lump!« ging in heftigem Weinen unter, das Schmidt zutiefst erschütterte. Was um Gottes willen war passiert? Warum sollte sie ihre Stelle bei ihm aufgeben? Für wen? Für was? Das musste der Kindsvater gewesen sein, Fabians Name war gefallen.

Ohne ein Geräusch konnte er sich nicht aus der Wohnung stehlen. Hatte er alles gehört? War er eben hereingekommen? Mit tastenden, leisen Schritten ging er vor zum Sekretariat. Nun hatte sie ihn gehört. Ihr Kopf, zwischen den Händen vergraben, richtete sich ruckartig auf. Sie schaute ihn aus tränennassen Augen an: »Herr Schmidt! Was machen Sie denn hier?« Ihr Ton war abwehrend. »Ich bin gerade hereingekommen. Der Termin wurde verlegt. Ich wollte Sie nicht stören. Aber was um Himmels willen ist hier passiert?«

Er wollte helfen, aber sie nahm das Angebot nicht an. »Das geht Sie nichts an. Reine Privatsache. Halten Sie sich da raus.«

Die Grobheit forderte ihn weiter heraus: »Aber Frau Graseder. Selbstverständlich mische ich mich nicht in Ihre Privatangelegenheiten ein. Habe ich nie gemacht. Nur wenn Sie Schwierigkeiten haben, fühle ich mich als

Ihr Arbeitgeber in die Pflicht genommen. Und es war wohl auch von Ihrer Tätigkeit bei mir hier die Rede.« Weiter wollte er nicht gehen mit etwaigen Spekulationen.

»Herr Schmidt, ich bin im Moment nicht in der Verfassung, mit Ihnen über dieses Thema zu sprechen. Bitte entschuldigen Sie mich für heute.« Ihr kurzer Blick war flehentlich.

»Klar, sicher. Wenn Sie etwas brauchen, lassen Sie es mich wissen.«

Sie schnappte sich ihre Handtasche, vergaß, den Computer abzuschalten, er wollte sie nicht erinnern. Sie rauschte an ihm vorbei, riss außer ihrem zwei weitere Mäntel vom Haken und war schon durch die Tür geflohen. Schmidt war aufgewühlt, mit sich nicht im Reinen. Er sah Shiva ratlos und breitbeinig mit großen Bernsteinaugen im Flur stehen und nahm ihn an die Leine. Shiva verhielt sich ganz normal, seit Schmidt die Schwellung an seinem Unterleib festgestellt hatte. Kein Anzeichen, dass dem Hund etwas fehlte.

Am frühen Mittag die nächstgelegene Eckkneipe aufzusuchen war für ihn ungewohnt und fühlte sich verboten an. Dennoch steuerte Schmidt zielstrebig auf eine zu. Zwei Trinker, ein Kellner, schwaches Licht. Der Geruch von kaltem Bier, Bohnerwachs und gestriger Hausmannskost. Würstchen und Frittieröl, die olfaktorischen Reste vergangener Nacht. Er bestellte ein Bier.

Der erste Schluck war scheußlich. Warum tranken das so viele Leute und in solchen Mengen? Bitter, kalt, irgendwie abstoßend. Was war das mit der Graseder? Fabians Vater musste mit Unterhaltsentzug gedroht haben. Dann konnte er nicht in Südamerika sein, schloss Schmidt. Denn hier war Vormittag, also noch nachts in Südamerika. Aber aus welchem Grund befasst er sich mit ihrem Arbeitsplatz? Ein guter Arbeitsplatz bedeutete im Zweifel doch geringere Unterhaltszahlungen. Jedenfalls als moralische Verpflichtung. Warum griff er sie an diesem Punkt an? Ihr Leben schon einmal ruiniert? Was war vorgefallen, bevor sie zu ihm gekommen war? Warum der Zusammenbruch eben? Denn bisher war sie – jedenfalls in seinen Augen – immer stabil gewesen. Wollte der Anrufer, dass sie sich auf eine lukrativere Stelle bewarb? Mehr Geld selbst verdiente? Schmidts Unbehagen wuchs. Er zahlte natürlich nicht wie die Großkanzleien, konnte sich das auch nicht leisten. Mit der Graseder hatte er sich über die Jahre eingerichtet, diese Bequemlichkeit fühlte er plötzlich in Gefahr. Oder wollte der Kindsvater sie zu sich nach Lateinamerika holen? Würde Fabians Wunsch in Erfüllung gehen? Ist sie das Hindernis gewesen? Aber warum sollte sie das ihrem Sohn antun? Sie musste wissen, wie sehr er einen Vater vermisste.

Schmidt hatte sich nun an das Bier gewöhnt. Er entwickelte die These, dass der Siegeszug des Biers ausschließ-

lich auf die Macht der Gewohnheit zurückzuführen war. Die Kneipe mit ihren ebenfalls gewöhnungsbedürftigen Gerüchen war wenigstens warm. Das erleichterte den Vormarsch des Alkohols in seinem Gehirn. Er musste mit der Graseder reden. Nicht nur das Arbeitsverhältnis gebot es. Auch seine Nähe zu Fabian. Er musste sie vor diesem Menschen, Fabians Vater, in Schutz nehmen. Er konnte schon noch ein paar Euros drauflegen. Auf jeden Fall musste er die Graseder halten, solange die Kanzlei das Wimmer-Mandat hatte. Ohne sie sähe es bitter aus. Nur, folgerte Schmidt, würde das ausgerechnet die so lange verteidigte Schranke zwischen Beruf und Privat wegschwemmen. Oder war das nicht gerade ohnehin geschehen?
Er bestellte das nächste Bier, ein kleines. Trotzdem kippte seine Helden- und Beschützerpose und machte einer tiefen Unruhe Platz. Irgendetwas war hier ganz und gar ungut, und er war nicht der Mann, der herkulische Taten zu verrichten imstande war. Wenn die wohlbehütete Distanz zwischen ihnen beiden schmolz, würde er sich wohl oder übel eine neue Mitarbeiterin suchen müssen. Was ihn das Kernmandat seiner Kanzlei kosten konnte.
Ein einstündiger Mittagsschlaf entspannte ihn nicht. Träume geisterten durch den bierdumpfen Schlaf. Eine Frau wurde verfolgt, bedroht von einer großen Gestalt, die immer näher kam. Sie rief ihm etwas zu, er meinte,

Hilferufe zu hören. Das Tosen eines Sturms wehte ihre Schreie in den zerrissenen Himmel. Schmidt war unfähig, sich zu bewegen. Fühlte sich wie ein Insekt. Er konnte ihr nicht entgegenlaufen, konnte sie nicht retten. Er spürte grenzenlose Angst. Konnte mit größter Anstrengung nur die Arme in einer hilflosen Geste ihr entgegenstrecken. Seine Verzweiflung hatte ihre Ursache ebenso sehr in dem Anblick einer vergeblichen Flucht wie in seiner inneren und äußeren Lähmung. Heftig riss er die Arme auseinander und schmetterte die Nachttischlampe gegen die Wand, wo sie klirrend zu Bruch ging. Schmidt richtete sich ruckartig auf. Orientierte sich. Umständlich erhob er sich. Er schwitzte, fühlte sich noch teigiger als zuvor. Der Traum hatte ihm eine düstere Ahnung zurückgelassen. Und statt erholt zu sein, war er nun verzögert, als nähme er alles durch ein umgedrehtes Fernglas wahr.

Am Nachmittag liefen Schmidt und Shiva der schmelzwasserstarken Isar entgegen. Sie überquerten bei der Praterinsel mit ihrem der Großstadt entrückten Flair den schilfgrün prahlenden Fluss und richteten den Schritt stadtauswärts. Schmidt hatte schnell in der nassen Wiese einen Knüppel von Shivas Niveau gefunden. Unterarmlang und dick, schwer und hart. So sollten sie sein. Und doch: Die Würfe strengten Schmidt immer mehr an. Warf er mit aller Kraft, so spürte er wieder den bei schweren Gegenständen schon vertrauten Schmerz

in der Handwurzel, sobald sich das unhandliche Holz aus seinem Griff löste. Ein kurzer heißer Moment im Zentrum der Hand und eine etwas lahme Schulter, dazu die gereizte Sehne, wenn er es übertrieb. Die Spaziergänge mit Fabian hatten schon Vorteile. Er konnte etwas von seinem weltgeschichtlichen Wissen abgeben und als Gegenleistung die körperliche Anstrengung dem Jüngeren überlassen.
Aber selbst Shiva wirkte heute lahm. Er lief unentschlossen, fast schleppend hinter dem fliegenden Prügel her. Sonst überholte er ihn oft noch im Flug. Er packte freudlos zu und brachte ihn trabend zurück, statt ihn ausgelassen zu schütteln, so, als wollte er das letzte Leben aus seiner Beute herauszwingen. Wohl nicht unser Tag, dachte Schmidt. Der Hund legte das Holz völlig außer Atem vor ihm ab. Für gewöhnlich war das schönste Ritual der wilde Kampf zwischen Herr und Hund um den Knüppel. Mit flammenden Raubtieraugen, bloßliegenden Zähnen verteidigte Shiva das eine Ende des Stocks, stemmte sich gegen den Zug der Hand, riss und schüttelte düster knurrend sein Ende. Erst wenn man dann losließ, war auch der Hund bereit, das nun erfolgreich verteidigte Eigentum dem Werfer für die nächste Runde gönnerhaft vor die Füße zu legen. Nichts von alledem an diesem Nachmittag. Als wäre es eine schwere Last, warf er ausgepumpt den Stock ab und wartete ohne Vorfreude auf den nächsten Wurf.

Schmidt erinnerte sich, dass er den Tierarzt wegen der Schwellung an Shivas Unterbauch aufsuchen wollte, er musste im Auge behalten, ob seinem vierbeinigen Freund etwas fehlte. Sein Alter würde eine solche Schwäche nicht erklären. Ob es einen Zusammenhang gab? Dann wäre diese Schwellung möglicherweise ein sehr schlechtes Zeichen. Er verdrängte den Gedanken erneut.
Die folgenden Tage waren mehr von der Graseder als von seiner Sorge um Shiva beherrscht. Sie wirkte gereizt und unkonzentriert. Wimmer wurde vorstellig und beklagte sich bei ihm: »Meine Fragen werden von Ihnen am Telefon einfach weggewischt und meine Gespräche mit Frau Graseder verlaufen seit einiger Zeit extrem unbefriedigend. Es kommt mir vor, als bedeute meine Sache Ihnen beiden nichts mehr.« Bevor Schmidt ihn beschwichtigen konnte, fuhr er fort: »Ist da eigentlich etwas zwischen Frau Graseder und Ihnen, das ich wissen sollte? Ich habe verhängnisvolle Beziehungen wahrlich am eigenen Leibe erfahren müssen. Wollen Sie mir da etwas sagen? Anwalt und Gehilfin. Eine Abhängigkeit, eine Grenzüberschreitung, und Sie stürzen mich ins Unglück. Ich beschwöre Sie, das nicht geschehen zu lassen, Herr Rechtsanwalt.«
Schmidt stand schmächtig und mit pathetischer Geste vor seinem Kernmandanten. Vor der derzeitigen Lebensader seiner kleinen Kanzlei: »Verehrter Herr Wimmer, ich bitte Sie, Sie irren. Ich war mit meinem Hund

beschäftigt, dem es derzeit sehr schlecht geht. Das kann passieren. Und Frau Graseder ist meine bewährte Bürokraft. Sie schätzt Sie persönlich ungemein. Wie ich es tue. Sie mag derzeit persönliche Themen haben, die sie anspannen. Aber das hat nichts, gar nichts mit Ihnen zu tun. Ich werde auf jeden Fall der Sache nachgehen. Schauen Sie, ich habe es nicht einmal bemerkt, dass mit Frau Graseder etwas nicht in Ordnung ist. So distanziert ist unsere Beziehung. Eben nicht persönlich oder was immer Sie da im Sinn haben mögen. Keine Parallele mit dem, was Sie mit Ihrer Mutter erlebt haben, ich bitte Sie, der Vergleich ist ohne Grundlage. Aber ich verstehe selbstverständlich, dass Sie sich derzeit schlecht betreut fühlen. Das werde ich angehen. Das darf nicht sein. Sie haben mein Wort. Der Kampf um die Wiedergutmachung all dessen, was Sie erlitten haben, ist mir ebenso wichtig wie Frau Graseder.« Er legte dem weichen Riesen die Hand auf den Arm, um einer peinlichen Umarmung vorzubeugen. War erschöpft von dem schwülstigen Bekenntnis zu seinem Mandanten, das ihm so fern lag. Die Graseder musste jetzt ran, damit er nie wieder so untertänig würde argumentieren müssen. Es bedurfte noch einer halben Stunde gegenseitiger Beteuerungen, bevor er das Gespräch auf einen Schriftsatz lenken konnte.

Am Spätnachmittag desselben Tages sprach er sie schließlich an: »Frau Graseder, wir müssen reden. Sie

sind nicht bei der Sache. Sie vergessen die Hälfte. Und Herr Wimmer denkt schon, wir kümmerten uns nicht mehr um ihn. Er nimmt sogar an, unser Verhältnis wäre in der Krise. Oder gar das Gegenteil. Ich will nicht in Ihr Privatleben dringen. Aber ich empfinde die Pflicht, Sie zu fragen, was seit diesem Telefonat vor sich geht.«
Er stand in der Tür zu Ihrem Sekretariatszimmer, trat von einem Fuß auf den anderen. Sie schaute auf ihren Bildschirm, ohne ihn eines Blickes zu würdigen: »Herr Schmidt, wenn Sie mit meiner Arbeit unzufrieden sind, werde ich mich bessern. Vielleicht bin ich derzeit etwas abgelenkt. Aber das ist auch alles. Herrn Wimmer soll das auf keinen Fall berühren. Wenn ich das nicht lösen könnte, müssten Sie sogar daran denken, sich von mir zu trennen. Dafür ist das Mandat einfach zu wichtig für die Kanzlei.« Einen Moment schaute sie aus dem Fenster. »Aber ich möchte es so belassen wie bisher, dass wir Beruf und Privatleben trennen. Und dass wir das beide gleichermaßen respektieren.« Nun drehte sie den Kopf und schaute ihn an. Schmerzlich konzentriert und fordernd zugleich.
Er hielt ihrem Blick stand. Bemühte sich, ihrem Druck nicht zu weichen. Natürlich ging etwas extrem Wichtiges in ihr vor. Eine Angelegenheit, bei der Fürsorge vor Diskretion und Abstand gehen musste. Er nahm seinen Mut zusammen: »Frau Graseder, lassen Sie uns einen kleinen Spaziergang zusammen machen.«

»Ich muss nach Hause, Fabian erwartet mich.«
»Das kann ich mir fast nicht vorstellen«, antwortete er patzig.
»Sie sind zudringlich«, erwiderte sie schneidend.
»Dann sagen Sie mir bitte, mit wem haben Sie da telefoniert? Wer verlangt von Ihnen, dass Sie diese Stelle aufgeben? Und warum? Wenn Sie meinen, das geht mich nichts an, irren Sie sich!« Nun war auch er laut geworden. Er hatte sich im Türrahmen aufgebaut und starrte sie wütend an.
»Zum letzten Mal, Herr Schmidt, es ist meine Sache. Und es würde uns allen nicht guttun, wenn wir darüber reden. Ich gehe jetzt. Einen schönen Abend.«
Sie riss ihre Umhängetasche vom Rollwagen neben dem Schreibtisch und sprang auf, um sich zur Tür zu wenden. Schmidt kannte sich selbst nicht mehr. Als sie auf ihn zukam, hielt er sie grob am linken Oberarm fest und stieß sie in den Raum zurück. Er brüllte nun, das gemütliche Gesicht mit dem schütteren Lockenrahmen rotfleckig und außer sich vor Aufregung: »Nicht guttun? Ich bekomme schon Alpträume wegen der Situation. Ohne zu wissen, was eigentlich los ist mit Ihnen. Meine Mandanten leiden, die Kanzlei leidet. Und ich sehe doch, wie Sie sich quälen, wie ich es noch nie vorher erlebt habe. Und mittlerweile erreicht es auch mich. Es reicht!«
Hinter ihm war der Hund aufgetaucht, bellte dunkel, schwer ob der ungewohnten Aufregung im Haus.

Sein ungewohnter Wutausbruch und der drohende Hund ließen ihren Widerstand zusammenbrechen. Sie starrte leer auf den Bildschirm, während sie tonlos zu sprechen begann: »Sie haben es nicht anders gewollt, Herr Schmidt. Weil Sie nichts sehen. Weil Sie, ich muss Ihnen das sagen, naiv sind. Und gedankenlos. Dabei sind Sie so ein guter Mensch. So ganz anders als Ihr Bruder.« Ihre sonst so geraden Schultern waren nach vorne gefallen.

Schmidt trat einen verstörten Schritt in den Raum: »Mein Bruder? Was hat Franz damit zu tun?« »Was er damit zu tun hat? Das sage ich Ihnen: alles, alles. Er hat so viel Schlechtes in mein Leben gebracht. Ich verdanke ihm nur Fabian. Und Sie. Deshalb will er, dass ich von Ihnen weggehe.«

Schmidt hatte das Gefühl, dass der Boden unter ihm weich wurde wie ein Sumpf. Er machte zwei unsichere Schritte zur Seite und ließ sich wie ein nasser Sack auf den Stuhl an ihrem kleinen Tischchen fallen, das gegenüber ihrem Computerplatz an der Wand stand. Er rang schwer atmend nach Worten: »Franz? Sie wollen damit sagen, Franz ist der Vater von Fabian? Das ist doch ausgeschlossen!«

Sie drehte sich mit ihrem Bürostuhl zu ihm hin, der er in ihrem Rücken saß: »Nichts ist ausgeschlossen. Aber ich werde mir mein Leben nicht noch weiter von ihm verpfuschen lassen.«

»Ich verstehe nicht ganz. Wie soll das alles gekommen sein? Ausgerechnet mein prinzipienstrenger Bruder?« Er hatte fast geflüstert.
Sie lachte kurz und heiser: »Es ist mehr als fünfzehn Jahre her. Ich kam aus dem Bayerischen Wald nach München. Zur Regierung von Oberbayern. Er leitete eine kleine Abteilung. Er war sehr aufmerksam. Und ich das harmlose Mädchen vom Lande, gerade dreiundzwanzig Jahre alt. Irgendwann passierte es. Er verführte mich. Ich war verliebt. Aber auch stolz. Wir sahen uns ein- bis zweimal in der Woche, meist in meiner kleinen Wohnung. Er war verheiratet, mit Kind. Ich hoffte, er würde sich trennen. Heute weiß ich, er dachte keinen Moment daran. Aber er erzählte mir viel von seinem Leben. Er hatte wohl niemanden, dem er sich anvertrauen konnte. So erfuhr ich von Ihnen. Sie kamen oft vor. Er beneidete Sie. Sie waren anders, und Ihre Eltern kümmerten sich mehr um Sie als um ihn. Vor allem die Liebe Ihrer Mutter neidete er Ihnen. Sie wären beruflich unfähig, meinte er. Aber so ein Schöngeist. Das verstelle Ihrer Mutter den Blick.«
Sie schaute auf ihre kräftigen beruhigenden Hände, ihre Stimme wurde wieder leiser: »Dann war ich schwanger. Franz tobte und verlangte, dass ich das Kind wegmache. Ich konnte das nicht. Schon wegen der brutalen Art, mit der er mich unter Druck setzte. Es war doch mein Kind. Ich lehnte ab. Da verstieß er mich. Ich musste so-

fort meine Stelle in der Abteilung kündigen. Irgendwohin gehen. Er wollte zahlen. Aber ich sollte verschwinden.« Sie wischte sich eine Träne aus dem Gesicht. Schmidt schaute weg. Er wollte sie nicht weinen sehen.
»Ich dachte erst, ich würde mir etwas antun. Ich war so enttäuscht und verzweifelt. Aber ich wollte mein Kind haben. Ich hatte überlegt, nach zu Hause zurückzugehen. Aber zurück in ein Kaff bei Deggendorf, schwanger von einem verheirateten Mann? Ich beschloss, in München zu bleiben. Fabian kam auf die Welt, und ich akzeptierte, dass er mich völlig aus seinem Leben verbannte. Aber ich nahm den Unterhalt, den er mir anbot. Um mich mundtot zu machen.«
Schmidt stöhnte: »Ich kann es nicht fassen. Mein Bruder. Darum kam mir der Junge so vertraut vor. Er sieht Franz wirklich ähnlich! Und er wollte, dass ich sein Vater sein sollte. Das ist völlig bizarr. Aber wie sind Sie auf mich gekommen? Was um Gottes willen machen Sie hier?«
Das Telefon klingelte. Sabine Graseder strich sich mit der linken Hand die Haare aus dem Gesicht, als kündigte das monotone Geräusch einen Besucher an. »Ach Sie sind's, Herr Wimmer, wie geht's?« Ihrer Stimme war keine Anspannung anzumerken. »Oh je! Aber wir können da nichts machen. Sie wird wiederkommen.« Schmidt hörte die aufgewühlte Stimme seines Mandanten bis zu seinem zwei Schritte entfernten Platz. Die Gra-

seder hatte den Hörer in Unterarmweite von ihrem Kopf positioniert. Für ihre Antwort brachte sie ihn wieder an Mund und Ohr: »Herr Wimmer, bitt'schön, beruhigen Sie sich. Es gibt keinen Durchsuchungsbefehl oder dergleichen. Wenn wir die Verfahren gewinnen, können wir auch die Wohnung in Laax durchsuchen lassen. Da wird sie ja wohl hinfahren. Bis dahin können wir nicht eingreifen.« Sie wurde wieder unterbrochen. Ihre schönen Finger trommelten auf der Schreibtischplatte. Hände waren für Schmidt eigentlich immer wichtig gewesen. Als Spiegel des Charakters, aber auch als erotisches Merkmal. Seltsam, dachte er, er hatte die Hände der Graseder noch nie recht beachtet. Keine Ringe, gepflegte unlackierte Nägel mit großen Monden, keinerlei Altersspuren. Solche Hände verrieten Energie. Das Trommeln war gedämpft. Diese Finger können zupacken, dachte Schmidt. Aus Niederbayern, ohne ländlich zu sein.
Ihre leicht ironische Stimme riss ihn aus seinen Gedanken: »Sie könnten versuchen, Ihr im Flughafentrubel den Koffer aus der Hand zu reißen, oder noch besser, reißen zu lassen. Oder mitfliegen und den Koffer am Zielort vom Band nehmen und den dann, einmal in Sicherheit gebracht, durchsuchen. Nein, Herr Wimmer, bitte, fahren Sie nach Hause. Das kann nur schiefgehen.« Sie horchte in die Leitung: »Herr Wimmer? Hallo?« Sie legte auf. »Mist.«
»Was Mist?«

»Ich glaube, ich bin im Moment nicht geeignet für ein Gespräch mit ihm. Meine Vorschläge waren ihm wohl zu bunt. Er wird denken, ich will ihn auf den Arm nehmen. Einfach aufgelegt hat er. Das ist mir noch nie mit ihm passiert.«

Schmidt beschwichtigte: »Sie haben alles richtig gemacht. Und wenn er ernsthaft der Meinung ist, man könne eine freie Person an der Ausreise hindern oder ohne richterliche Anweisung ihr Reisegepäck durchsuchen lassen, verdient er keine andere Antwort als die, die Sie ihm gegeben haben.«

Sie sah ihn von der Seite an, fast mitleidig: »Ach, Herr Schmidt.« Währenddessen huschten Ihre Finger über die Tasten der Telefonanlage.

»Ich würde gerne unser Gespräch fortsetzen«, forderte Schmidt mit leiser Stimme.

Sie sah nicht einmal auf: »Und ich würde Herrn Wimmer nicht gerne so alleine lassen.« Ihre Stimme erwärmte sich sofort nach dieser Zurechtweisung: »Herr Wimmer. Gut, dass ich Sie noch erwische. Tut mir leid. Ich habe vielleicht zu viel den Bullen von Tölz oder so Zeug ang'schaut. Ich wollte Sie nicht – ich meine, wir müssen im Moment stillhalten. Alles andere kann Ihnen nur schaden. Wollen Sie heute Abend vielleicht mit mir essen gehen? Dann können wir reden.«

Die Antwort kam so vorhersehbar wie schnell. »Super. Ich melde mich also noch mit einem Vorschlag ...«

Wimmer schien selbst den Vorschlag machen zu wollen. »Na gut, dann komm ich um 8 Uhr da hin. Ich freue mich. Bis heute Abend.«
Schmidt klang etwas dünn: »Was soll das jetzt? Ist das das erste Mal? Und dann ausgerechnet heute, wo wir wichtige Dinge in unserem Verhältnis zu klären haben, da verabreden Sie sich mit Herrn Wimmer?« Und es rutschte ihm noch heraus: »mit dieser unsäglichen Nervensäge?«
Ihre Reaktion war arktisch: »Herr Wimmer ist unser wichtigster Mandant, Herr Schmidt. Er zahlt nicht zuletzt mein Gehalt. Und er ist ein herzensguter Mann. Gebildet und feinsinnig obendrein.« Schmidt verdrehte die Augen, sie zwang ihn weiter in eine unerwünschte Richtung: »Nur waren wir gerade bei einem bestimmten Thema, das wir beide dringend klären müssen. Kruzifix.« Er hatte leise geflucht.
Sie schaute scheinbar überrascht auf: »Das sagten Sie nun schon mehrmals. Was habe ich mit Ihnen zu klären? Sie treiben mich doch in die Enge. Ich habe Ihnen alles gesagt, was gesagt werden musste. Ich wollte es für mich behalten. Aber nein, also was wollen Sie wissen?« Ihre Stimme überschlug sich fast. Sie sprang auf und rannte hinaus.
Er folgte rasch: »Wohin wollen Sie?«
»Ich muss auf die Toilette. Wenn Sie erlauben.«
Schmidt blieb stehen. Ratlos. Er hatte noch so viele

Fragen. Sie wirbelten durch seinen Kopf, während er hilflos wahrnahm, dass er sie immer weiter gegen sich aufbrachte. Er ging in die Küche und ließ rasch zwei Espresso aus der Maschine. Er brachte sie mit Zucker und Milch in ihr Zimmer, bevor sie zurück war.

»Hier ein Espresso. Mit meiner Entschuldigung.« Er lachte verlegen und stellte die Tasse vor sie hin. »Milch? Zucker?«

Sie lächelte kurz. »Das haben Sie auch nicht bemerkt? Ein wenig Milch, danke.« Sie strich sich die Haare wieder aus der Stirn: »Also, was wollen Sie noch enthüllt wissen?«

Die resolute Art, mit der sie dabei ihren Pulli gerade zog, sah nicht gerade nach Enthüllung aus, amüsierte er sich kurz. »Was hat Sie hierher geführt? Ich meine, warum haben Sie hier die Stelle angenommen?«

»Franz war meine erste Liebe.« Nach einer kurzen Pause: »Ja, so muss man es wohl nennen. Er sprach oft von Ihnen. Er beschrieb Sie als weich, als schöngeistig oder verträumt. Zu gut für diese Welt. Einer, an den die Eltern immer zu geringe Anforderungen gestellt haben. Weil Ihre Mutter genauso war wie Sie. Und weil Ihr Vater zu nachsichtig war, Ihnen einfach nichts zumutete. So blieben alle Pflichten, alles Schwierige an ihm hängen. Ich habe das oft gehört. Irgendwie habe ich mich für Sie interessiert. Er sagte, dass Sie Anwalt wären. Mit eigener Sozietät.«

Er drängte: »Und weiter?«
»Dann wurde ich schwanger, und es kam postwendend die große Enttäuschung. Franz übernahm nicht die Verantwortung. Ich weiß auch nicht. Ich war verzweifelt. Nach Hause konnte ich nicht zurück mit dem unehelichen Kind. In die Staatsverwaltung hätte ich mich nicht mehr getraut, nachdem Franz mich dort rausgeworfen hatte. Ich war ja so jung, ich hatte keine Ahnung. Da habe ich mich zur Rechtsanwaltsgehilfin ausbilden lassen. Ich dachte, vielleicht könnte ich ja in Ihrer Kanzlei arbeiten.«
»Aber warum denn das?«
»Ich hatte doch keine Vorstellung. Sie waren für mich so etwas wie ein Haltepunkt geworden.«
»Ich verstehe immer noch nicht. Sie kannten mich überhaupt nicht. Wie groß war die Chance, dass das alles klappte? Wollten Sie zu mir kommen und sagen ›Hier bin ich, Sabine Graseder, die Geliebte Ihres Bruders‹?«
»Was für schlaue Fragen«, antwortete sie gereizt. »Es war für mich in dem Moment alles gleich. Also versuchte ich das, was mir als Hoffnungsschimmer erschien. Ich wollte in Ihre Nähe kommen. Natürlich ohne dass Sie wussten, welchen Zusammenhang es ...«
Das Telefon klingelte wieder. Bevor sie abheben konnte, legte Schmidt rasch seine Hand auf die ihre und verhinderte es. Ihre Hand war kühl, angenehm. Trotzdem zog

er rasch die seine zurück, als er ihre aufsteigende Empörung spürte. »Bitte, lassen Sie uns das eine Mal weiterreden.« Seine Stimme war weich und entschuldigend. »Und wenn es Wimmer war, können Sie ihn ja zurückrufen.« Schon blinkte der Anrufbeantworter.

Die Graseder hatte ihre Hand zurückgezogen: »Es ist Ihr Geschäft«, kommentierte sie resigniert. Sie lächelte, als Shiva mit großen besorgten Augen in den Raum kam. Der Hund legte sich in die Mitte, zwischen sie beide, den wuchtigen Kopf auf den vorgestreckten Pfoten. Die Augen wanderten hin und her, von Schmidt zur Graseder und zurück, während die Augenbrauen sich gleichsam rhythmisch hoben und senkten, links, rechts und zurück.

»Ich schloss die Ausbildung ab und ging in eine kleine Kanzlei mit drei Anwälten, Verkehrsrecht. Auffahrunfälle, Stinkefinger und Geschwindigkeitsübertretungen. Über einen Fall fand ich den Kontakt mit Ihrer Sekretärin.«

»Frau Möhl?«

»Ja, Frau Möhl. Ich traf mich mit ihr auf einen Kaffee und sie erzählte mir von den Problemen mit Ihrer Frau. Dass sie recht schwierig sei und dass sie die Schikanen nicht mehr länger aushalte. Aber Sie nicht im Stich lassen wollte.«

»Mich im Stich lassen?«

»Ja, sie fühlte sich für Sie verantwortlich. Irgendwie. Sie

hatte gesehen, dass die Verhältnisse im Ganzen für Sie nicht so ... nicht so einfach waren.« Sie hatte kurz gestockt.

Schmidt schob unruhig Papier auf dem Tisch herum: »Großartig. Ein Pflegefall sozusagen. Und dann durchgereicht von einer Betreuerin an die nächste, so ähnlich, oder?«

Die Graseder beobachtete ihn nun aufmerksam: »Seien Sie doch froh, dass Sie solche Gefühle auslösen. Wohl besser, als wenn man ganz allein dasteht und keinen kümmert es.«

Das überging er lieber: »Und dann mussten Sie nur noch den Auswahlprozess meistern?«

»Ja«, sie lachte kurz auf, »Sie waren nicht so recht das Problem. Ihre Frau musste dazu gebracht werden, an Frau Möhls Empfehlung zu glauben. Die hat das echt gut hingekriegt. Endlos Bedenken geäußert: Muss ein Kind versorgen, kann sich gar nicht richtig reinhängen und so weiter. Zum Schluss hat es geklappt.« Sie seufzte, als hätte sie gerade erst die Stelle angetreten. »Aber Sie sind dann mit meiner Frau auch unglaublich umsichtig umgegangen.«

»Das fand ich nicht so schwer. Ich habe ihre Ängste verstanden. Die Beeinträchtigung ihres Privatlebens, die zu große Nähe mit der Kanzlei in der Wohnung. Eine Frau, die tagsüber fast ihre eigene Rolle spielte. Und ...«, wieder hielt sie kurz inne, »na ja, Sie sind halt so in sich gekehrt oder, wie soll ich sagen, nicht sehr gesprächig. Jedenfalls konnte Ihre Frau nicht immer ganz den Riesenunterschied feststellen.«

»Was soll das nun wieder heißen? Erklären Sie mir das bitte.«

Sie beugte sich vor und streichelte Shivas Kopf: »Dachte ich mir, dass das schwierig wird. Ist ja auch nicht wirklich mein Thema, Herr Schmidt.«

»Wenn ich Sie darum bitte?«

»Also, was ich meine, ist, dass Sie Ihre Gefühle nicht so sehr zeigen. Darum hat sie sich oft nicht beachtet gefühlt oder geliebt. Und dann will man keine andere Frau da haben, auch noch jünger, und man weiß nicht genau, was das für ein Verhältnis ist. Verstehen Sie das?«

»Irgendwie schon, ja«, sagte er betrübt. »Aber das ist nun schon lange passé. Und wie soll das nun mit uns weitergehen? Und was ist mit Franz?«

»Er hat vor kurzem herausbekommen, dass ich bei Ihnen arbeite. Was ihm überhaupt nicht passt. Er verlangt von mir, dass ich gehe. Aber das will ich nicht. Ich bin gerne hier.« Sie schaute ihn kurz an. »Natürlich ist das Ihre Entscheidung. Wenn Sie mich unter diesen Umständen nicht mehr wollen, packe ich natürlich meine Sachen. Aber wenn das für Sie in Ordnung ist, bleibt alles wie bisher. Genauso«, bekräftigte sie ihren Wunsch.

Schmidt, noch zu verblüfft über die Fülle der Enthüllungen, als dass er überlegt hätte reagieren können, lächelte sie in dem Versuch, eine gewisse Souveränität vorzutäuschen, breit an: »Wenn Sie hier keine Mandanten abschleppen, bin ich einverstanden.« Und mit einem Blick auf die hüpfenden Augenbrauen über rollenden Hundeaugen fügte er an: »Für Shiva und Fabian sollte das auch in Ordnung gehen.«
Die Graseder sprang von ihrem Bürosessel auf und machte einen unerwarteten Schritt auf ihn zu: »Danke. Und danke, dass Sie auch Fabian erwähnt haben. Er ist stolz auf die Freundschaft mit Ihnen.« Ehe er es sich versah, hatte sie ihm einen Kuss auf die runde Stirn gehaucht, sich aufgerichtet und war mit einem fröhlichen ›Bis Morgen, muss noch einiges erledigen, bevor ich den Herrn Wimmer treffe‹ aus dem Büro geeilt.
Nachdem die Tür ins Schloss gefallen war, erhob sich Schmidt, nachdenklich, für eine Flucht war das zu heiter. Wohl eher ein freudiges Davonspringen mitsamt der Beute. Sie hatte heute viel erreicht, dachte er. Ihm diese ganze verrückte Geschichte eröffnet zu haben, musste sie unendlich erleichtern. Nun war alles am Tageslicht und von ihm akzeptiert. Franz hatte auch diesen Kampf mit ihr verloren. Sie hatte sich aus ungünstigster Situation selbst neu erfunden. Er bewunderte sie, je länger er darüber nachdachte.
Derart in Gedanken versunken, nahm er erst jetzt wahr,

dass Shivas Nase an sein Knie stieß. »Ja, du hast lange ausharren müssen. Wir gehen gleich.« Er zog sich rasch eine Jacke über, nahm die Hundeleine vom Mantelhaken und wandte sich zur Tür, wo Shiva bereits schwanzwedelnd stand. Die Frühjahrsluft war kühl und klar. Keine Abgase, ein leichter Wind, den die tiefstehende Sonne vor sich herzutreiben schien. Shiva ging konzentriert bei Fuß durch die stillen Straßen zum Fluss. Hier leinte er ihn kurz an, um sicher den dichten Feierabendverkehr auf der Uferstraße zu überqueren. Das Isarwasser war metallisch grün und emsig, ohne drängende Fülle oder wildwassergleiche Gewalt. Es hatte länger nicht geregnet.

Schmidt fand schon auf den ersten Metern seines stadtauswärtsgewandten Weges seinen Wurfknüppel. Shiva lief ihm in gestrecktem Lauf nach. Aber er hatte nicht bellend den Wurf gefordert, dachte Schmidt. Der nächste Versuch gelang ihm ungewöhnlich gut. Das Holz flog sehr hoch, war ihm nicht wie so oft im letzten Moment ausgerutscht und schien sich förmlich in der Luft durch viele Überschläge noch einmal zu strecken. Das mochten 30, 35 Meter gewesen sein, dachte er mit dem Stolz eines Jungen. Shiva war rasch gefolgt. Als er den Knüppel erreicht hatte, nahm er ihn auf und stand, das große Holz im Maul, unschlüssig da.

Schmidt rief: »Was ist, Shiva?« Der kräftige Hund trabte zu ihm zurück. Er atmete schwer und speichelte stark.

Das Holzstück landete vor Schmidts Füßen. Schwanzwedelnd stand er da, ausgepumpt und mit entschuldigendem Blick. Schmidt trat einen Schritt vor und hockte sich auf seine Fersen. Der Hund legte den kräftigen Kiefer auf seine Knie. Die Nässe seines Speichels drang sofort durch die Hose. Schmidt streichelte den wuchtigen Kopf, der nun ganz auf seinem Bein ruhte. »Was ist, Großer? Du bist so schlaff. Was fehlt dir?«
Diese Augen. Nun schien der Bernstein ganz dunkel, bräunlich und undurchsichtig. Er dachte, wie sehr diese Augen strahlen konnten, golden, fast funkelnd in der Sonne. Ein leises Fiepen entrang sich seinem Maul. Schmidt ließ seine Hand von den Schulterblättern zu den Flanken und dem Unterbauch des Hundes gleiten. Er zuckte und fiepte erneut, noch heller. Schmidt hatte die deutliche Schwellung dort in der Nähe der Leisten doch schon festgestellt, sich dann aber nicht mehr mit ihr befasst. Vielleicht aus Furcht, er könnte eine Entdeckung mit fatalen Folgen gemacht haben. Feigling, dachte er, über sich selbst aufgebracht. Er machte einen erneuten zaghaften Versuch. Der Hund sprang mit einem schrillen gequälten Bellen auf.
Schmidt richtete sich auf. Ein Tierarzt musste her. Schleunigst. Die Graseder sollte den besten finden. Shiva hatte nie Beschwerden gehabt. Schmidt wusste nicht, wohin er sich wenden sollte. Nur schnell musste es sein. Schließlich hatte er schon so viel Zeit durch un-

verantwortliches Wegschauen vertan. Was konnte es sein? Hatte seine Unentschlossenheit auch mit Angst vor einer eigenen Erkrankung zu tun?
Sie trotteten zurück. Die Dunkelheit setzte langsam ein. Shiva lief hölzern. Er blieb nahe bei Schmidt, der ihm gelegentlich ermutigend zusprach. Bei dieser Beleuchtung hatte die Landschaft den Charakter einer Theaterkulisse. Wiesen, die auf der einen Seite zum Fluss steil abfielen und auf der anderen Seite brüsk anstiegen. Mächtige Laubbäume in aufgelockerter, weitflächiger Ordnung. Ihre ausladenden Kronen deckten große Flächen ab. Sie standen nun im Abenddunkel, sich auflösend, als hünenhafte Bewohner der Flusslandschaft, regungslos. Die Adern schwarzer Wege, die das grau ausbleichende Grün durchzogen, waren unbeleuchtet. Sie schufen eine ausgeglichene Geometrie, die mit den dazwischen residierenden Bäumen zu korrespondieren schien.
Bei einem Routinegriff in die Jackentasche stieß er auf drei kleine Hundekuchen, die er sehr erfolgreich an den Hund brachte. Gut so, die Krankheit hat den Appetit nicht in Mitleidenschaft gezogen, dachte er. Und er dachte an Sabine Graseder und an Franz und an Fabian. Und daran, dass sie jetzt mit Wimmer unterwegs war. Aus Mitleid? Neugierde? Ablenkung? Um etwas gutzumachen, indem sie sich für die Kanzlei als nützlich erwies? Wimmer wäre eine gute Partie, nun da er

darüber nachdachte, eine sehr gute sogar. Das war nicht mal eben so bürgerlich, das war richtig wohlhabend. Nicht die kleinen Einkünfte Schmidts oder gehobenes Beamtentum wie bei seinem Bruder, sondern ein in einer Generation kaum auszugebendes Vermögen. Nett war er auch, mit ritterlichen Manieren und breiter Allgemeinbildung. Andererseits war er groß und unförmig. Seelisch leicht zu erschüttern. Von leicht aufbrechender Melancholie, zu Depressionen neigend. Psychisch auffällig. Das Verhältnis zur Mutter krankhaft.

Er tauchte aus seinen Gedanken auf und erschrak. Was ging es ihn an? Was gab es an Wimmer so heftig zu bewerten? Außerdem konnte sie, alle Absicherungsbedürfnisse berücksichtigt, nicht ernsthaft auf diese Idee kommen. Das konnte einfach nicht sein. Mitbekommen würde er es ja sowieso.

***

Er lacht bei der Erinnerung leise auf. Ja, Sabine war ihm seit dem Tag schon sehr durch den Kopf gegangen. Er nestelt mit starren Fingern, die sich aus der Spatenumklammerung kaum mehr lösen lassen, ein Zigarillo aus dem Mantel. Er ist so erschöpft, dass er sich mit einem Lungenzug aufzuputschen versucht. Der scharfe Rauch schneidet in seine Lungen, die Zellen des Gehirns öffnen sich erschrocken und lassen ihre Tagträume verschwinden. Der anschließende kleine Hustenkrampf ist verdient. Dass er nur jetzt keine Aufmerksamkeit auf sich zieht. Aber so intensiv er auch die nun längst nachtvertrauten Augen schweifen lässt, die sich auflösenden Wege sind ebenso leer wie der von hier einsehbare Park. Schmidt zieht wieder gierig an dem Zigarillo. Die ersten beiden Züge haben ihn in einen rauschhaften Zustand versetzt. Ein Blick auf den Seesack erinnert ihn an seine traurige Aufgabe. Erneut ein Blick in das Loch vor ihm. Es muss wohl keine Spatenblattlänge mehr sein. Das sollte in einer Stunde zu schaffen sein. Offenbar kann man sich an jeden Zustand gewöhnen. Auch an Trauer. An Schmerz und ungewohnte Belastungen.

Der Tod ist so banal. Nur tatsächlich. Er ereignet sich. Alles andere geht weiter. Unmöglich, das zu verstehen. Aber das muss man auch nicht. Ihn nur akzeptieren, das ist alles. Mit dem Tod leben, bis er einen selbst erreicht. Schmidt versucht, in der kühlen Nässe der Nacht seine eigene Angst vor dem Tod zu spüren. Er denkt sich in den seelenlosen Körper in dem Seesack hinein. In die Kälte, wenn kein Blut mehr Wärme spendet. Wenn alles zerfällt, von keiner Lebenskraft mehr zusammengehalten. Es gelingt ihm nicht. Er empfindet tiefe Trauer über den Verlust. Keine Angst. Nur Alleinsein. Die immer noch unvollendete Aufgabe, das Erdloch vor ihm ist das nächste Ziel. Das Erreichen dieses Ziels wird ihm eine kleine, triviale Befriedigung verschaffen. Er schnippt das Zigarillo in den Aushub zu seiner Linken und packt erneut den immer schwerer werdenden Spaten.

***

Ungewohnt langsam legten sie den Weg zur Brücke und über den Fluss zurück. Die Lukaskirche auf der anderen Seite der Isar war nun dunkel. Unförmig und verbaut wirkte sie mit ihren gotischen Elementen, den Säulen, Türmchen und Wandeltreppen. Weiter ging es an den türkischen Änderungsschneidereien, Fair-Trade-Händlern von Tee und Gewürzen, den Yoga- und Fitnessstudios vorbei zu seiner Wohnung. Shiva bekam sofort einen halben Napf Futter. Schmidt hatte ihn an seiner Seite, als er sein Buch aufschlug. Die Sorgen um seine Gesundheit trübten seine Aufnahmefähigkeit. Und wie würde sich sein Arbeitsverhältnis mit der Graseder entwickeln? Wie sollte er mit seinem Bruder umgehen? Musste er ihn von sich aus ansprechen oder wartete er einfach auf dessen Anruf, der irgendwann erfolgen musste? Dringend allein war der Arztbesuch mit dem Hund, der zu seinen Füßen lag.
Sabine Graseder erschien am folgenden Tag in bester Laune. Ja, das Abendessen sei schön gewesen. Wimmer habe viel von sich und dem mondänen Leben der Mutter erzählt. Mehr war aus ihr nicht herauszulocken gewesen. Was hätte sie ihm auch sagen können? Schmidt

hätte bestimmt alles falsch verstanden. Und es ging ihn nichts an, ob Wimmer ihr erzählt hatte, wie sehr er sein Leben auf die Bedürfnisse seiner Mutter ausgerichtet hatte. Jedes Buch gelesen, das sie euphorisch gelobt hatte. Jede Oper besucht, mit ihr zusammen – obwohl ihm die gesellschaftlichen Auftritte schwergefallen waren. Immer wurde er vorgeführt als ihr Begleiter, wie ein Lebenspartner. Er hatte geglaubt zu spüren, wie die Leute ihn belächelten, bedauerten.

An seinem Schreibtisch sitzend, schweiften Schmidts Gedanken ab. Vielleicht hatte Wimmer sich der Graseder geöffnet, vollständig und rückhaltlos. Sie mit einem Schwung in sein Leben gezogen. Ein Leben im Glanz und doch so glanzlos vollkommen allein. Vielleicht hatte ihr nie jemand dieses Vertrauen vorher geschenkt. Schmidt, für den sie da war, hatte sie immer von sich fern gehalten. Seine ewige Bemühung, in der Arbeitssituation den richtigen Abstand zu halten.

Wimmer hatte Sabine Graseder tatsächlich einen Abend lang hofiert. Bei der Begrüßung in dem teuren Restaurant, dessen Wände mit samtigem Stoff bezogen waren, hatte er ihr einen Handkuss gegeben. Einen Handkuss. Der erste in ihrem Leben. Es fühlte sich gut an. Die Kellner kannten ihn. Sie kannten seine Vorlieben. Er hatte ihr durch die ungewohnte Menükarte geholfen und mit ihr ausgesucht. Selbst während des Dinners hatte er ihr die Gedanken von den Augen abgelesen. Als hätten die Jahre der Schulung mit seiner Mutter und die folgenden Jahre bitterster Enttäuschung eine Kraft aufgestaut. Die Kraft, eine Frau mit Aufmerksamkeit und Verehrung zu umfangen wie mit einem schmeichelnden Umhang. Immer wieder hatte er sie gefragt, ob er sie nicht langweile. Wenn sie aufstand, sprang er auf, wie auch, wenn sie an den Tisch zurückkehrte. Wenn er etwas betonte, legte er seine Hand leicht auf die ihre. Und trotz dieser Offenheit und Intensität machte er keinen Versuch, in sie zu dringen. Er ließ sie entscheiden, ob sie von sich erzählen wollte. Was sie vermied – bis auf Fabian, von dem sie berichten wollte. Er nahm Anteil, erkundigte sich. Er äußerte Ausbildungsideen – von Summer Camps in England bis zu späteren Studienideen. Sie verhielt sich vorsichtig. Sie wusste nicht, was sie davon halten sollte. Sie genoss seine Ritterlichkeit und seine entwaffnende Offenheit und Hingabe. Und während Wimmer erzählte mit all der Kraft seiner Bilder und der teure Wein seine Wirkung tat, überlegte sie, ob sie mit ihm zusammen sein könnte. Sie war sich unsicher. Natürlich würde sie mit Wimmer ein beneidenswertes Leben haben. In den schönsten Umständen. Unter Bedingungen, die ihr bisher nur aus Illustrierten bekannt waren. Und sie würde geliebt und auf Händen getragen werden. Auch das war ihr noch nie begegnet.

Während Schmidt seinen Gedanken nachhing, hatte

die Graseder einen Arzt für Shiva ausfindig gemacht und einen Soforttermin vereinbart. Der Gang mit Shiva zum Tierarzt war beschwerlich, obwohl die Praxis nur wenige Straßen entfernt war. Shiva ging wie blockiert. Er trottete, als könnte er die Läufe nicht richtig strecken. Und er war auf eine sanfte, dunkle Weise anhänglich. Der Arzt betäubte ihn leicht und tastete den Hund ab. Er konzentrierte sich bald auf seinen Unterleib. Schmidt dachte, dass so ein lebendiges, kräftiges Tier nicht auf eine solche Bahre gehörte. Es passte nicht zusammen. Noch eine Spritze. Ultraschall, Gewebeproben. Der Arzt schaute Schmidt forschend an. »Wie lange haben Sie ihn?«

»Wieso? Also ich denke neun Jahre. Er kam sehr jung aus Indien zu mir.«

»Aus Indien? Er ist immer bei Ihnen?«

»Ja sicher«, sagte Schmidt ungeduldig. »Aber warum die Fragen?«

»Nun, ich habe noch keinen klaren Befund, wir müssen die Gewebeproben abwarten. Aber es könnte sein, dass der Hund Prostatakrebs hat. Und dass die Krankheit in einem fortgeschrittenen Stadium ist. Es gibt möglicherweise Metastasen in anderen Organen.«

Schmidt hatte einen staubtrockenen Hals: »Wie wahrscheinlich ist das, was Sie sagen?«

Der freundliche grauhaarige Mann mit dem fürsorglichen Gesicht antwortete langsam. »Wie gesagt, erst die

Laborbefunde geben Klarheit. Ich wollte Sie nicht unnötig beunruhigen. Es ist nur eine erste Vermutung.«

»Und was wäre zu tun, wenn Sie mit Ihrer Vermutung recht behielten?« Eine ihm unbekannte, dumpfe Angst stieg in Schmidt auf, seine Stimme kam mechanisch wie eine Computeransage.

»Wenig. Wir können Schmerzen lindern. Operationen haben im fortgeschrittenen Stadium meist wenig Sinn.«

Schmidt wollte keine weiteren Fragen stellen. Vor allem nicht die der zu erwartenden Lebensdauer. Man musste die Untersuchungsergebnisse abwarten, dann weitersehen. Shiva lag noch auf einer Bahre, betäubt. Schmidt schaute sich hilfesuchend in dem Behandlungsraum mit seinen Geräten um: »Kann ich – soll ich warten, bis er aufwacht?«

»Natürlich, er kommt jetzt in einen Nebenraum. Setzen Sie sich ins Wartezimmer.«

Doch statt sich ins Wartezimmer zu setzen, machte Schmidt einen Spaziergang, irrte planlos durch die Stadt. Es erinnerte ihn an ihren ersten gemeinsamen Anfang, das pinkelnde Häuflein in der Straßenbahn. An die vielen Spaziergänge, die folgten. Seine übergroßen Pfoten, die sein Wachstum schon früh ankündigten. Shivas Energie schien so grenzenlos. Jahre hatte der Hund sein Alleinsein nach der Trennung von seiner Frau gestaltet. Er hatte den mitfühlendsten, warmherzigsten Blick, den er je an einem Hund gesehen hatte. Er konnte Stunden still in einer Kneipe liegen, Rowdys am Isarufer wunderbar in Schach halten. Wie er die Jahreszeiten liebte. Wie er durch bauchhohen Schnee sprang und mit ganzem Maul eine Ladung Schnee schnappte, als müsste er ihn von einem geschlossenen riesigen Stück abbeißen – und das mit einer indischen Herkunft! Wenn er zu jeder Jahreszeit in die kleinen Begleitbäche der Isar sprang. Sich danach so heftig schüttelte, dass nur ein Abstand von Metern ausreichte, um trocken zu bleiben. Frauen gegenüber verhielt er sich wenig ritterlich. Sein robustes Anspringen oder rempelndes Vorbeirasen war nicht ihre Sache. Die Graseder war die einzige, die sich Achtung verschafft hatte. Seine Versuche, sie durch enges Umkreisen und lautes Bellen einzuschüchtern, waren schnell gescheitert. Sie hatte ihn einmal so angeschrien, dass er verwirrt auf der Stelle stillstand. Damit waren hier die Spielregeln geklärt, die Shiva bei Bettina und bei seiner Mutter zu seinen Gunsten selbst gesetzt hatte.

Und all das sollte plötzlich zu Ende sein? Schmidt konnte mit dem Gedanken nicht umgehen. So wenig wie mit der Annahme, dass es eine der typischen Männerkrankheiten sein sollte, der sein Hund zum Opfer fallen sollte. Es klang wie eine Vorankündigung für Schmidts eigenes Leben. Als ginge mir mein Hund voran, als zeige er mir mein Schicksal, dachte er. Schmidt fragte sich, wie es sein konnte, dass der mögliche Tod seines Hundes so viel tiefer auf ihn einwirkte, ihm mehr Schrecken bereitete als vor Jahren der sich ankündigende Tod seines Vaters. Seines dann Stiefvaters. Der Tod Karls war traurig, ja. Aber nicht so verwirrend schmerzlich wie jetzt diese Nachricht.

Er schaute kurz in eine der typischen Biereckkneipen, die er planlos passierte. Da saßen am frühen Nachmittag alkoholzerlaufene Gesichter, wächsern und bunt flackernd im Farbenspiel der Glücksspielautomaten hinter ihren Biergläsern. Ob sie wohl alle so eine Nachricht über die Erkrankung ihres Hundes erhalten hatten? Nein, das war anders. Einfacher oder komplizierter, aber anders. Er drehte sich in der Tür um und trat wieder auf die Straße.

Shiva war noch etwas benommen, aber wieder auf den Beinen, stand breitbeinig und etwas unbeholfen da und schenkte Schmidt einen unendlich klaren, ergebenen Blick. Der Arzt gab ihm eine Plastikdose mit Tabletten: »Gegen die Schmerzen. Wenn er beim Wasserlassen Probleme hat, geben Sie ihm eine am Tag. Mit dem Futter natürlich. Rufen Sie mich ab Mitte nächster Woche wegen der Befunde an.«

»Mitte nächster Woche?«, fragte Schmidt beunruhigt.

»Ja, kann auch schon Montag sein, aber Mittwoch sind sie sicher da.«

»Verstanden. Muss ich sonst etwas beachten?«

»Bis dahin nichts. Viel Glück«, dabei klopfte er Shiva leicht lächelnd auf die kräftige Halspartie.
Sie gingen langsam zurück nach Hause. Für Schmidt hatte sich Shivas Gesichtsausdruck für immer verändert. Dieses unbedingte Vertrauen, die Hingabe, die aus dem Blick sprach, war nun untrennbar mit Schmerz verbunden. Aber auf eine Weise, als wollte er seinen Herrn nicht belästigen, nicht klagen. Und litte dabei immer. Unter Angst und Erkenntnis oder einfach nur unter einem nie weichenden Schmerz. Schmidt fragte sich, ob er das vorher nicht gesehen hatte oder ob der Ausdruck des Hundes sich durch die Krankheit wirklich verändert hatte, oder er den Schmerz hineinlas in einen Hundeblick, den zu verlieren er von dem Moment des Arztbesuchs an fürchtete.
Schmidt ging nun immer häufiger ganz früh oder ganz spät mit dem Hund aus. Das Wasserlassen war für Shiva offenbar zu einem schmerzhaften Vorgang geworden. Oft stand der Hund da und krümmte leicht den Rücken mit gehobenem Bein, ohne dass etwas passierte. Dann stellte sich Schmidt in einen günstigen Winkel zwischen Bäumen und spärlich genutzten Wegen und sagte mit unterdrückter Stimme: »So, Shiva, so«, und pinkelte in den kleinen Stadtpark. Er glaubte, er könne den Hund auf diese Weise inspirieren. Vielleicht war es aber auch nur eine Beschwörungshandlung, magisches Ritual oder Beweis männlicher Soli-

darität. Wobei Schmidt allerdings nervös nach links und rechts über seine Schulter schaute. Er vertraute nicht auf das öffentliche Verständnis für die Solidarität zwischen Herr und Hund.

Ihre gemeinsamen Spaziergänge wurden intensiver und langsamer. Die Zeiten, die Schmidt nun wählte, zwangen ihn zu einem veränderten Tagesablauf. Früheres Aufstehen, Spaziergänge nach dem Abendessen, es wurden Begegnungen mit dem ersten und dem letzten Licht. Anfang und Ende, dachte er. Und die Wege waren verwaist, es gab selten Hunde, mit denen sich Shiva messen musste. Denn wenn er seine Kräfte für einen Zweikampf anspannte, vergaß er seine Schmerzen und trat an wie früher.

So veränderten sich die Tage bis zum folgenden Mittwoch. Gewissheit ist ein Zustand. Er bedarf eben keiner äußeren Bestätigung. Und diese Gewissheit war in der Arztpraxis bereits eingetreten. Schmidt wusste um seine Gewissheit. Ihn irritierte, dass er bei Shiva dasselbe zu spüren meinte.

Dann rief er natürlich doch an. Und tatsächlich war es so, wie der Arzt in seiner ersten Diagnose andeutete, auch mit den Metastasen hatte er recht behalten. Zu spät für eine Operation. Maßnahmen zur Linderung von Schmerz, Vermeidung großer Anstrengung – aber auch ein unabänderlicher und würdevoller Weg auf ein Ende zu. Ohne Verhinderungsstrategien, die aussichts-

los waren und das verbleibende diesseitige Leben über Gebühr beeinträchtigten. So soll es sein, beschloss er.
Fabian hatte sich für einen Spaziergang mit Shiva angemeldet. Seine Mutter musste ihm von der prekären gesundheitlichen Lage seines Lieblingstiers erzählt haben. Schmidt zögerte die Begegnung hinaus. Die Spaziergänge waren mittlerweile schwer planbar und spielten sich zu Zeiten ab, die sich für den Jungen nicht eigneten. Aber Schmidt wollte vor allem jedem Gespräch über das für ihn nun, jetzt wo er die Fakten kannte, noch schwierigere Vaterthema des Jungen aus dem Weg gehen. Also spielte er auf Zeit.
Shiva hatte inzwischen für höchste Aufregung gesorgt. Eine Akte mit den Briefen von Wimmers Mutter war spurlos verschwunden. Als Wimmer auf bestimmte Briefe zu sprechen kam, musste Sabine Graseder ihn ablenken: »Die befinden sich gerade in der Archivierung«, sagte sie forsch. »In der Archivierung?«, fragte er fassungslos. »Das sind die Briefe meiner Mutter, für mich von unschätzbarem Wert. Und für das Verfahren sicher auch. Ich verlange sie zu sehen. Jetzt.« Die Graseder wusste genau, dass die Akte verschwunden war. Sie hatte fieberhaft danach gesucht, alles auf den Kopf gestellt. Schmidt hatte sie unter Druck gesetzt, panisch. Das war schon Tage her. Nun verkroch sich Schmidt, von der Druckwelle der aufgebrachten Posaune zwei Zimmer weiter getrieben, hinter seinem Schreibtisch. Er

hoffte, Wimmer würde ihn mit dieser Kalamität verschonen.

»Bitte, Mathias, wir haben die Briefe. Wir haben nur im Moment einen Studenten mit der elektronischen Archivierung beauftragt, und er muss sie dafür mitgenommen haben. Ich werde sie zurückverlangen.«

Wimmer wurde nun noch lauter: »Frau Graseder, äh Sabine, ich bin empört. Ein Student liest diese Briefe? Zur Archivierung gibt Herr Schmidt sie aus den Händen? Das Herzstück unserer Sache? Meine höchst...«, hier versagte ihm die Stimme fast »persönlichen Angelegenheiten. Taktlos.« Und nach einer Luftholpause für die mächtigen Lungen, »verantwortungslos. Unprofessionell.«

Schmidt, der geduckt hinter seinen Akten saß, war doppelt irritiert. Sabine? Mathias? Was war hier los? Ergebnis des Abends neulich? Was war passiert? Und – Archivierung? Wie konnte sie nur so einen Unsinn daherreden? Und wie kurzbeinig die Lüge war! Kein Wort wahr, noch nie hatte ein Dritter die Akten auch nur gesehen. Geschweige denn archiviert. Eigene Akten, Behördendokumente, ja, vielleicht, aber nicht höchstpersönliche, derart intime Schriftwechsel! Eine kleine Genugtuung beschlich ihn. Zwei Personen, zentral in seinem engen Universum, hatten hinter seinem Rücken Bande geknüpft, und nun stritten sie sich wie die Kesselflicker.

Die Graseder schien keine weiteren Ausflüchte zu haben. Sie schwieg. Wimmer posaunte weiter: »Wo ist Rechtsanwalt Schmidt?«
Sie klang ungewöhnlich schwach: »Ich weiß nicht, ob er in seinem Büro ist.«
Wimmer war überraschend aufgetaucht und hatte sich für sein Thema erst die Graseder ausgesucht. Schmidt hätte unentdeckt bleiben können. Aber nun stöhnten die Dielen unter der Last des heranwogenden Gewichts. Kein Entkommen, Schmidt musste sich stellen.
»Herr Rechtsanwalt. Ich höre, Sie lassen Archivierungen meiner höchstpersönlichen Dokumente durch Dritte durchführen. Indiskrete Dilettanten. Wollen Sie mir das erklären, oder muss ich Sie auf Ihre Berufspflichten hinweisen?« Schmidts Zimmer mit seinen vielen Akten, den zwei Schränken und den gerahmten Abbildungen seiner Lieblingsphilosophen schien zu schwingen von der raumgreifenden Klage. Ruhig bleiben, einfangen.
»Lieber Herr Wimmer, ich bin gerade etwas überfragt. Wir suchen eine Akte mit den bedeutsamen Briefen Ihrer Frau Mutter? Die Archivierung, die wir hier nicht zuletzt im Interesse unserer Mandanten durchführen, ist ein völlig getrennter Vorgang. Die betreffende Assistenzperson ist sehr zuverlässig, hat aber auf diese Dokumente keinen Zugriff gehabt. Diese Unterlagen verwahre ich höchstpersönlich. Ich bin allerdings nicht ganz sicher, wo ich das so wichtige Konvolut momen-

tan habe. Seine Wiederauffindung steht aber völlig außer Zweifel.«

Es schien gewirkt zu haben. Wimmer erwiderte in nun nur noch drohendem Ton: »Was Sie sagen, beruhigt mich nur oberflächlich. Ich bin nicht sicher, wie das mit Frau Graseders Erklärung zusammenpasst, aber ich vertraue Ihnen. Ich erwarte allerdings, dass Sie mir morgen die erfolgreiche Lösung dieses Problems melden können.« Er warf noch einen machtvollen Blick auf den hinter seinem Arbeitstisch zusammengesunkenen Schmidt. Dann drehte er verblüffend behände auf dem Absatz um und stürzte Richtung Ausgang. Als er das Sekretariat passierte, rief er mehr feststellend »Sabine!« in den Raum, dann fiel bereits die Tür ins Schloss.

Schmidt erhob sich aus seiner Deckung und ging in Frau Graseders Büro vor. »Was sollte das denn? Sie können mit ihm tun und lassen, was Sie wollen. Aber die Archivierungsgeschichte war ein böser Fehler. Und eine schlechte Idee obendrein. Wir würden das doch nie machen, derartige private Dokumente außer Haus zu geben!«

Das Gesicht über der lachsfarbenen Bluse war bleich. »Entschuldigung. Das war ein totaler Fehlgriff. Ich weiß auch nicht, was in mich gefahren ist. Mein Kopf ist woanders. Ich konnte ihm doch auch nicht sagen, dass ich nach drei Tagen Suchen auf allen Stapeln und in allen

Schreibtischen und Schränken ratlos bin. Tut mir leid, blöde Idee.«

Schmidt schaute sie verblüfft an. Selten war sie so schonungslos selbstkritisch. »Gut. Passiert ist passiert. Wichtiger ist, dass wir dies Text gewordene Melodram wiederfinden.«

Es dauerte zum Glück nur weitere 24 Stunden, bis die Putzfrau, die nur einmal in der Woche ganztägig kam, ihren großen Fund unter einem Bauernschrank im Wohnzimmer machte. Die Handakte mit den Briefen war angekaut, sah ziemlich mitgenommen aus, hatte an einer Ecke etwas Stoffartiges. Beim behutsamen Trennen der einzelnen Blätter der Briefe zeigte sich jedoch, dass ihre Leserlichkeit kaum gelitten hatte. Schmidt ertappte sich bei dem Gedanken, dass sie sogar als Objekte schöner geworden waren. Die herrisch aufgerichtete, altdeutsche Schrift der alten Dame, die bunten, aufgeregten Unterstreichungen und Anmerkungen ihres Sohnes und dann, am unteren Rand, eine textile Qualität – das alles hatte jetzt etwas Beruhigendes, gleichmäßig Gekautes. Schmidt war auf gewisse Weise stolz auf Shiva. Er schimpfte ihn zwar, hielt ihm die Handakte vor die Nase, aber der Hund musste spüren, wie lasch die Schelte war. Schmidt sah es ihm nach. Er hatte noch nie Akten entwendet. Diese aber verschleppt und angefressen. Kaum vorstellbar, dass er dabei wahllos vorgegangen sein sollte. Als wüsste der Hund, wie sehr

Wimmer ihm ein Gräuel war. Schmidt schrieb dem Tier nicht nur wegen seines Götternamens besondere Fähigkeiten zu. Die Disziplinlosigkeit des Hundes wog weniger schwer für Schmidt als dessen feines Gespür für den Umstand, dass diese Briefe sein Herrchen irgendwie belasteten – und das schon vor der ungeklärten Beziehung des Kernmandanten mit seiner Sekretärin.

Wimmer brauchte eine Weile, bis er die Fassung wiedererlangte. So erleichtert er nach dem Fund der Briefe war, so empört war er, dass Sabine Graseder ihm nicht die Wahrheit gesagt hatte. Zwei Wochen kostete es die beiden, bis das Thema aus ihren Gesprächen mit Wimmer gestrichen war. Sie hatten ihm nun garantiert, dass seine Dokumente von nun an permanent unter Verschluss in Schmidts Tresor waren.

Schmidt war darüber nicht unglücklich. Für ihn hatten die verwirrten, um bizarre Emotionen flatternden Schriftstücke schwarzmagischen Charakter. Sie waren zum Menetekel für den hinterbliebenen Sohn geworden und ihre Kraft schien durch den jahrelangen Abstand und den Tod der Autorin nur unwesentlich geschwächt. Wer sich ihnen zu weit näherte, sich auf sie einließ, mochte mit der Trübung seines Verstandes bezahlen – wie es der Autorin scheinbar selbst ergangen war. Im Stahlschrank, in für das Auge undurchdringlicher Dunkelheit, mochten sie unschädlich sein. Das jedenfalls hoffte der sonst so intellektuell distanzierte Schmidt.

Shiva trug sein zunehmend schweres Schicksal mit großer Würde. Die Tabletten schienen zu helfen. Er konnte sich bewegen, aber er rannte nur, wenn er sich vergaß. Meist blieb er stehen, wenn er der Apportieraufgabe nicht mehr gewachsen war. Dann schaute er Schmidt nur melancholisch an, wedelte entschuldigend mit dem aufgerichteten Schwanz und atmete hechelnd. Schmidt klopfte ihm beschwichtigend auf die Halspartie. Die Krankheit musste ihn ungeheuer viel Kraft kosten. Shiva ging steifbeinig, als fehlte ihm der Gleichgewichtssinn. Schmidt übersah das und ermunterte ihn zum Laufen. Mit gemischtem Erfolg. Wille und Kraft schienen gleichzeitig und gleichermaßen zurückzugehen trotz der mittlerweile fast ständigen Gabe von Stärkungs- und Schmerzmitteln.
Darum entwickelte sich der nächste Spaziergang mit Fabian zu einem Planungsproblem. Endlich gab es einen Tag, an dem Schmidt den Hund am Nachmittag für fit genug hielt für den langen Weg vorbei am Deutschen Museum. Er hatte die Graseder gebeten, ihren Sohn anzurufen. Kurz darauf tauchte er auf. Seine Mutter hatte ihren Arbeitstag beendet. Shiva begrüßte ihn freudig. Er konnte nicht mehr an dem großen Jungen hochspringen. So bellte er, wedelte heftig und drückte den mächtigen Schädel an seinen Schenkel, Fabian kraulte wie wild sein Fell. Schwerfällig glitt der Hund zur Seite, um sich den Bauch streicheln zu lassen. Fa-

bian erschrak, als er den geschwollenen Unterbauch sah. Verstohlen musterte er den Körper des Hundes, als könnte ihn Shiva dabei ertappen. Seine Hand strich behutsam über den spitzen Brustkorb und glitt zu den Flanken mit ihrer unförmigen Verdickung herunter. Shiva zuckte nur kurz und winselte leise, ohne sich jedoch zu entziehen. Er hob den Kopf und versuchte, die Hand zu lecken, als wollte er Fabian ermuntern, sich nicht abbringen zu lassen. Mit einem Lächeln, traurig verzerrt, wiederholte der Junge die Bewegung. Er murmelte ein ums andere Mal »Shiva, Shiva, Shiva«.

Schmidt hatte schweigend am Ende der Diele gestanden, vor seinem Arbeitszimmer, wie abwesend, als wollte er sich wieder umwenden und zu seinen Akten zurückkehren. Nun trat er rasch an den Knienden heran, strich ihm über die Haare und sagte leise: »Komm, wir gehen.« Fabian blickte zu ihm auf, die kräftig blauen Augen schwammen.

Schmidt nahm die Leine und öffnete die Tür. Shiva erhob sich schwerfällig und trottete voran. Die zwei Stockwerke treppab bereiteten ihm sichtlich Mühe. Er versuchte, den Körper längs der Stufen zu bewegen, um den Unterleib nicht einknicken zu müssen. Fabian schaute auf den unbeholfenen Gang seines Lieblingsgefährten. Nie hatte er ihn auch nur zögern gesehen, eine körperliche Herausforderung meiden. Es war der

Zusammenbruch eines Weltbilds. Und es war die erste Begegnung mit dem Tod. Fabian betrachtete den Hund mit einem mitleidig weichen Blick. In seinem Gesicht stand aber auch Abwehr und Angst. Als sehe er eine unbekannte Naturgewalt im Körper des Tieres. So beunruhigt und entfremdet tappte der Junge hinter dem Hund her. Er suchte kurz den Blickkontakt mit Schmidt: »Soll ich ihn runtertragen?«

Schmidt versuchte, unbefangen zu antworten: »Lass nur, Fabian, er ist eine Nummer zu schwer für dich. Er wiegt über zwanzig Kilo. Und solange er sich so bewegen kann, ist es ihm bestimmt auch lieber, auf den eigenen Beinen zu stehen.« Er wollte nicht hinzufügen, dass es unmöglich war, den schweren Hund zu tragen, ohne Druck auf den Unterleib auszuüben, was zu heftigen Schmerzen führte. Dann strampelte sich der Gequälte unter noch größeren Schmerzen frei oder schnappte in seiner Verzweiflung gar zu. Er musste extreme Qualen leiden. Schmidt hatte schon an einen Korb gedacht, in dem er Shiva die Treppen hinunter zum Spaziergang transportieren konnte.

Fabian hatte genickt, und sie waren schweigend die Treppenstufen hinuntergegangen, bis sie endlich die Haustür erreichten. Nun ging es leichter, Shiva trottete den gewohnten Weg zur Isar herunter. Schmidt musste ihn nicht anleinen, zu schwerfällig war der Schritt des einstigen Kraftpakets geworden.

Fabian konnte nicht länger an sich halten: »Was genau hat Shiva?«
»Er hat Prostatakrebs.«
»Ist das sehr schlimm?«
Verrückt, dachte Schmidt. Wie der Bub heute zurückgekehrt ist zu seinem wahren Alter. Nicht mehr jenes altkluge Schwadronieren, das dem Leben mit der alleinerziehenden Mutter geschuldet war. Die vorlauten Spekulationen, die dem Alter unangemessenen Kommentare – das alles war auf einmal abgefallen wie ein unpassendes Kostüm. Zum Vorschein kam das bange, von den unerbittlichen Mühlsteinen des Lebens bisher unberührte Wesen eines Heranwachsenden. Und dieses Wesen schaute entsetzt erstmals auf das Ende eines Lebens.
Wie ein Schauspieler auf der Bühne, der plötzlich die Schlussszene spielen muss, ging es Schmidt durch den Kopf. Wir stehen in jeder Lebensphase auf einer für uns errichteten Bühne und spielen das Stück, das unserem Reifegrad und der Kulisse angemessen ist. In bestimmten Momenten überschlägt sich alles und wir sehen die Kulisse des folgenden Lebensabschnitts. Meist geschieht dies in Situationen der Krise, Not oder Bedrohung. Es tritt auch in großen Glücksmomenten ein, wenn wir aus uns heraustreten, dachte Schmidt weiter. Fabian lebte eng mit seiner Mutter, ohne Geschwister und vor allem auf Erwachsene bezogen. So war für ihn der Zu-

gang zur Erwachsenenwelt viel zu früh geöffnet. Was er da sah, zog ihn an und er imitierte das Verhalten derer auf der nächsten Bühne. Da befand sich seine Mutter, und er versuchte, wie sie zu sprechen, sich so zu geben. Sah keinen Reiz an der Bühne der Heranwachsenden, noch viel weniger der der Kinder. Nein, er stand dort, wo man Dinge verstand und nur noch kluge Fragen stellte. Und nun bekam er einen Blick auf die letzten Szenen. Dahinter musste alles schwarz sein. Keine Orientierung, keine Anhaltspunkte im Vergehen, nur dunkle Leere.

Von dem, was sich da abspielte, konnte der Junge keine Ahnung haben. Schmidt hatte viel über den Tod nachgedacht. Er hatte eine Vorstellung. Und jetzt, da Shiva in den Sog der Krankheit geraten war, hatte er wieder gelesen. Kübler-Ross, tibetisches Totenbuch. Er hatte Halt gesucht in seiner Ratlosigkeit. Im Zentrum des Sterbens ein heller, gleißender Lichtpunkt. Strahlend hell und magnetisch. Dort würden sich die Augen hinwenden im Moment der Loslösung, verharrend im Licht. War es sein Wesen, das vom Leben nicht das beste Ergebnis erwartete, oder eine sichere Ahnung – er fühlte, dass er nicht einmal viel Zeit hatte, die bevorstehende Trennung von seinem Lebensgefährten anzunehmen. Shiva hingegen, so glaubte er, hatte die andere Seite schon gesehen, führte einen mannhaften Kampf um jede Bewegung, jede vitale Äußerung. Ob er die Spazier-

gänge nur noch unternahm, um Schmidt zu beruhigen?
Der Junge, der so tief erschrocken war beim Anblick des letzten Akts, riss ihn aus seinen Gedanken: »Ich wollte wissen, wie schlimm das ist.«
»Oh Gott, ja, Fabian. Entschuldige. Es ist sehr schlimm. Weil es sich ausbreitet in seinem Körper.« Er legte ihm leicht die Hand auf die Schulter.
»Wird er ...«, die Stimme war nun kaum vernehmbar, »wird er wieder gesund?«
»Das wünsche ich mir sehr. Sehr. Aber es steht nicht gut. Ich erspare ihm alle grausamen Behandlungen. Die Natur soll entscheiden.« Als wollte er es kommentieren, setzte sich Shiva noch vor Erreichen der Straße, die sie vom Flussufer trennte, erschöpft hin. Schmidt streichelte den breiten Schädel, da fragte Fabian ihn erneut: »Du meinst, Shiva ...« die leisen Worte versiegten.
»Ich meine gar nichts. Wir werden noch lange mit Shiva an der Isar wandern oder bald nicht mehr, Fabian. Mehr weiß ich auch nicht. Ich genieße jeden Tag mit ihm.« Das sollte abschließend klingen. Shiva hatte nun, auf der Parkseite des Flusses, einen armdicken Ast angeschleppt. Er warf ihn förmlich vor Fabian ab, die Augen fest auf den Jungen gerichtet. Der wandte sich fragend zu Schmidt um. Schmidt nickte nur. Fabian warf halbherzig, keine zehn Meter. Shiva versuchte zu rennen. Er erreichte den Knüppel und stand kurz vor ihm, den

Kopf gesenkt, Schwanz zur Seite abgebogen. Die beiden beobachteten ihn gespannt. Dann schien er zu Kräften gekommen. Er nahm das Holz auf und trottete langsam zurück. Kurz vor den schweigend Wartenden erhöhte er das Tempo. Sie gingen langsam weiter, um ihm Zeit zur Erholung zu geben.

Erneut brach Fabian das Schweigen: »Du wirst nicht weg sein?«

»Wie meinst du das? Ich bin hier, ich bleibe hier.«

»Ich will dich nicht verlieren.« Der Junge schaute auf den Kiesweg, nur seine Hand legte sich kurz unbeholfen auf Schmidts Arm.

»Natürlich nicht. Wieso solltest du mich verlieren?«

»Du gehst auch nicht nach Südamerika.«

»Nein. Ich gehe nicht nach Südamerika.«

Die Stimmung des Jungen, der zum ersten Mal vor einem bitteren Abschied stand, rührte ihn zutiefst. Er sieht nun die letzte Szene, dachte Schmidt. Er wollte das Thema wechseln, fühlte sich selbst den Tränen nahe. Das ging nun gar nicht. »Lass uns umkehren.« Aufmunternd sollte es klingen.

»Und was ist mit dem Herrn Wimmer?«

Fabians Frage traf Schmidt unvorbereitet: »Mit Herrn Wimmer? Du kennst ihn?« Die Beiläufigkeit der Gegenfrage war gründlich misslungen.

»Mama hat ihn mir vorgestellt. Er wollte, dass ich ihn duze.«

Schmidt nahm Shiva den mitgeschleppten Stock ab. Zeit gewinnen. Er warf ihn mit halber Kraft. Shiva lief los, mit aller ihm zu Gebote stehenden Energie, als bewegte er sich durch tiefen Schnee. »Und du, was hast du gesagt?«

»Er gehört nicht zu meiner Familie.«

Schmidt verkniff sich den Sarkasmus eines trockenen ›Stimmt‹, es lag ihm auf der Zunge: »Nun, er ist ein sehr netter Mann!«

»Aber was will er von Mama?«

»Keine Ahnung. Sie kennt ihn aus der Arbeit. Bestimmt findet sie ihn nett.«

Was sollte das? War da doch was mit Wimmer? Schmidt spürte etwas heiß in sich aufsteigen. Wie konnte sie das tun? Sie war doch auch bei ihm abgesichert. Klar, nicht so. Aber diesen neurotischen Muttersohn? Der vielleicht homosexuell war? Das musste sie doch spüren. Er, Schmidt, war doch ihre emotionale Heimat. Das hatte sie ihm schließlich selbst gesagt! Konnte sie so berechnend sein? Konnte er sie in seiner Kanzlei behalten, als zukünftige Frau des Kernmandanten? Schmidt schüttelte sich. In diesem Fall müsste er die Kündigung aussprechen. Hatte er die Karten in diesem Spiel in der Hand? Würde sie gar ihm kündigen? Herrgott, gehörte sie nicht einfach zu ihm? Sie war jung, dachte klar und war ihm so sehr vertraut. Und er hatte erst in den letzten Monaten festgestellt, dass sie richtig attraktiv war.

Er wischte die Gedanken beiseite, sie halfen ihm jetzt gar nicht weiter. Und er hatte offenbar mit seiner unklaren Art alle Chancen, sie für sich zu gewinnen, vertan. Wenn er das denn überhaupt gewollt hatte. Genug davon.

Fabian schien auch nachgedacht zu haben: »Ich weiß ehrlich nicht, was Mama an ihm so nett finden kann.«

Schmidt schämte sich für den Satz, den er eher zu sich selbst gesagt hatte. Dem Jungen, der zu allem Überfluss nicht einmal wusste, dass er sein Neffe war, war mit diesem Satz schlecht gedient. Aber was sollte er sagen, fragte sich Schmidt.

Fabian schaute auf Shiva, der angestrengt neben ihm her trottete. Plötzlich brach er in Tränen aus. »Mama weiß doch, dass ich nur sie habe.« Er drehte den Kopf weg, die Stimme ertrank in seiner plötzlichen Verzweiflung.

***

Schmidt meint, in der Stille der Nacht einen Automotor zu hören. Er blickt von seiner verbissenen Grabung auf. Tatsächlich, nicht weit entfernt kriechen zwei Scheinwerfer den Uferweg entlang. Durch den schwachen Regen sieht er sie verschwommen näher kommen. Ein rascher Blick zur Seite, nein, hinter den Baum zu springen, könnte zu spät sein. Er sinkt auf die Knie und lässt sich nach vorn in die Grube fallen. Mit den Händen, die in das nasse Erd- und Steingemisch greifen, fängt er seinen Oberkörper ab. Den Kopf hatte er geistesgegenwärtig zur Schulter gedreht, sonst wäre er an der Böschung des Aushubs aufgeschlagen. Die Nase in der feuchten Erde, versucht er, sich mit seiner Lage vertraut zu machen. Die kleinen Steine unter seinen Händen drücken in die Handflächen, die Beine ragen aus dem Loch heraus. Rasch zieht er die Knie an und dreht sich halb auf die Seite. Nun liegt er vollständig, wenn auch verkrümmt, in Shivas Grab. Den Spaten hatte er zur Seite geworfen, wenigstens der stellt kein weiteres Hindernis dar. Wie verdreckt mochte er aussehen? Wie bizarr, im Grab des Hundes zu liegen, hier mitten in Münchens Stadtpark.

Vorsichtig hebt er den Kopf. Das Geräusch des Fahrzeugs ist näher gekommen, der Wagen muss nun fast auf seiner Höhe, nur fünfzig Meter weiter Richtung Fluss sein. Er muss Kurven gefahren sein, denn Schmidt hat wahrgenommen, dass die Scheinwerfer kurz über den mächtigen Stamm des Baumes neben ihm leckten. Eine Tür öffnet sich, Schmidt hält den Atem an. Jemand betritt knirschend den Weg am Fluss. Schmidt hört Stimmen.

Eine Streife, um diese Uhrzeit! Schmidt presst seinen ganzen Körper nach unten in die feuchte Erde, aus dem Augenwinkel sieht er den nassen Seesack. Er kann ihn nicht heranziehen, ohne sich aufzurichten. Also bleibt

er reglos liegen. Sein Herz rast, er wagt kaum Luft zu holen. Nur nicht hier entdeckt werden, über die Konsequenzen will sich Schmidt keine Gedanken machen. Welch unsägliche Blamage für einen Anwalt und das sichere Ende der Bestattung für Shiva. Er kommt ihm vor wie Ewigkeit, dieser Moment, als der Polizist zu dem Erdaushub mit dem glänzenden Etwas daneben herüberspäht.
Er blinzelt. Die schlammige Erde um ihn herum, der leise Regen. Nässe bald überall. Von unten, von oben, seine zu dicke Kleidung verschwitzt. Nur der Hund liegt kalt neben ihm. Schmidt hat seinen Platz im Grab eingenommen und mit etwas Anstrengung passt es ihm sogar. Höckergräber nannten sie das in der Frühgeschichte, denkt Schmidt. Seitlich, die Knie zur Brust angezogen. So schnell liegt man in einem Grab. Und fiele nun Erde darauf, würde die Welt nicht stillstehen. Keinen Moment.
In seiner Angst, entdeckt zu werden, atmet Schmidt schnell und flach. Nun leert er seine Lungen, so gut er kann. Er will das Herz beruhigen. Bis zum Stillstand müsste man das können, wie die Geheimorden im Mittelalter, denkt er, um sich abzulenken. Er hört wieder Stimmen, dann zwei, drei Schritte im Kies, ein Wagenschlag geht. Das Fahrzeug setzt sich langsam wieder in Gang, fährt im Schritttempo davon, der Innenstadt entgegen. Vorsichtig hebt Schmidt den Kopf. Er sieht

die Rückleuchten der Polizeistreife davonfahren. Damit hat er nicht gerechnet. Auf diese Weise missglücken so viele Straftaten, denkt er. Das kleine, nicht beachtete Detail. Er blickt zu dem Seesack herüber. Nicht auszudenken, das Ganze. Er dreht sich schwerfällig, stützt sich auf Knie und Hände und steht langsam auf. Sein Aussehen ist wenig erfreulich, Erdbrocken kleben bis hinunter zu den Stiefeln an dem ehrwürdigen Jagdmantel seines Stiefvaters, kleine Steine, nasses Erdreich. Er klopft den Mantel behelfsmäßig von der Schulter herab ab, bemüht, die schmierige Erde nicht noch tiefer in den Stoff zu reiben. Dabei stellt er fest, wie nass er schon überall ist. Schmutzig, nass, dem Untergrund nahe. Er riecht noch die würzige, muffige und modernde Erde. Er betrachtet das Loch vor sich. Er kann seine eigene Kontur nicht darin erkennen. Wohl aber sieht er, wie platt gedrückt die Oberfläche in dem Aushub ist. Eingelegen. Er ist wie benommen. Langsam reibt er die Handflächen aneinander. Der Dreck fällt zwischen den pulsierenden Händen herunter. Er kann nichts denken, so verbunden ist er nun mit dem Regen, dem Erdreich, der Nacht und dem Leichnam seines Gefährten. Er bückt sich und greift nun den Spaten. Er setzt ihn erneut an. Lange kann es nicht mehr dauern, dann muss es vollbracht sein. Sicher, bevor der Tag anbricht.

***

Die Treppe hinauf in die Wohnung war Shiva schleppend gegangen, aber ohne die Schmerzen des Abstiegs. Fabian registrierte es erleichtert. Oben angekommen, grub der Junge umständlich einen Hundekuchen aus der Tasche. Er kniete vor dem Hund und legte das Geschenk zwischen sich und ihn. Shiva senkte den Kopf, um zu fressen. Da beugte sich Fabian herunter, umarmte den Hund bei den Schulterblättern und vergrub sein Gesicht in den kurzen sandfarbenen Haaren. Nur ein leises Geräusch war zu hören, wenn er die Nase hochzog, und ein fiependes Wimmern. Schmidt war hilflos. Der stumme Ausbruch strengte ihn an. Er musste die Fassung bewahren. Er wusste nicht, wie er Trost spenden sollte. Der Hund hatte aufgehört zu kauen und den Kopf auf die Pfoten sinken lassen. Schmidt stand schweigend da. Dann fasste er den Jungen vorsichtig bei den Schultern. »Komm jetzt, Fabian, komm. Vielleicht wird es ja gut. Wenn irgendetwas sich ereignen sollte, rufe ich dich. Heute kannst du nichts mehr für ihn tun. Shiva hat sich riesig gefreut. Nun muss er bestimmt ruhen.« Er hatte es leise und sanft gesagt.

»Du sagst es mir, wenn etwas passiert? Wann kann ich ihn wiedersehen?«

»Das weiß ich nicht, lass es uns abwarten. Ich bleibe sicher mit dir in Kontakt.« Das klang viel zu endgültig. »Wenn es geht, wiederholen wir den Spaziergang ganz

bald.« Das war positiver, dachte er, wenn auch nicht ehrlich.
Fabian schaute ihn mutlos aus seinem tränennassen Gesicht an. Die Augen waren gerötet, der Blick nicht mehr so forsch und fordernd wie sonst: »Danke, Ulrich«, murmelte er. Er stand auf, umarmte Schmidt flüchtig und wandte sich zum Ausgang. Das »Ruf bitte an« war kaum zu hören. In der Tür blickte er kurz zurück. Shiva war ihm langsam nachgegangen und stand breitbeinig mit unter die Schulterblätter gesenktem Kopf im Gang. Das Schloss klappte, Schmidt war allein.
Shiva musste sein Fressen bekommen. Es war nicht leicht, die Schmerztabletten so in das Futter zu mengen, dass er sie nicht aufspürte. Oft schob er das Futter mit der Zunge im Maul hin und her, bis er schließlich den Fremdkörper fand, den er dann elegant ausspie. Da auch sein Appetit gelitten hatte und er bedächtiger fraß, war das Untermischen der Medizin in einen Fleischbrocken eine richtige Aufgabe. Schmidt dachte währenddessen, dass das doch seltsam war, wie stark Krebs nicht nur beim Menschen, sondern auch bei Haustieren zunahm. Er hatte gelesen, dass die Verbreitung von Giften in der Umwelt, Chemikalien, die es vor Jahren noch gar nicht gab, und die Veränderung der Ernährung die Hauptrolle beim Siegeszug des Tumors spielten. Zu viele Fette, falsche Fette, Zunahme von

Omega-VI- gegen Omega-III-Fettsäuren in der Nahrung, der Einsatz von Herbiziden und Pestiziden, zu viel Zucker und so fort – alles nachweisbare Ursachen von Krebserkrankungen. Das galt im selben Maße natürlich für unsere Haustiere. Sie waren in unserem direkten Umfeld nicht nur allen chemischen und sonstigen Risikosubstanzen ausgesetzt, denen auch wir ausgesetzt waren. Auch das Tierfutter wies dieselben Zusatzstoffe auf wie unsere Ernährung, einschließlich des Dosenfleischs, das Shiva immer bekommen hatte. Gleiche Bedingungen, gleiches Schicksal, dachte er. Viel zu spät hatte er sich für das Thema interessiert. Es ist so wichtig, aber relevant wird es wohl erst, wenn man selbst von den brutalen Folgen erfasst wird. Aber an diesem Abend fraß Shiva mit Lust, offenbar hungrig von dem für ihn langen Ausflug. Schmidt schaute befriedigt zu, als das Telefon läutete. »Schmidt.«
»Hier auch. Franz!« Die tiefe, leicht metallische Stimme war unverkennbar die seines Bruders. Schmidt brauchte einen Moment: »Franz, das ist ja eine Überraschung.«
»Ich hoffe, keine unangenehme. Wie geht's?«
»Wenn du es ehrlich wissen willst: gar nicht gut. Meinem Hund geht es sehr schlecht.«
»Dem ...«, Franz suchte nach dem Namen, »... den du schon seit Jahren hast, mit dem indischen Namen?«
»Genau, Shiva.« Die Pause war lang genug, sich zur Aussage zu entfalten.

»Ja. Das tut mir leid. Was hat er denn?«
»Prostatakrebs«, sagte Schmidt einsilbig. Er wollte den gleichgültigen Bruder mit der knappen Härte seines Befundes erschüttern.
»Schrecklich. Tut mir leid, Uli.« Noch so eine Pause. Diesmal als bewusstes Stilmittel. Schmidt hielt den Dank zurück, bis das Bedauern endgültig verklungen war. Erst dann, kurz bevor es hätte beleidigend werden können für den ihm so fremden Bruder, reagierte er: »Ja. Danke. Aber um mir das zu sagen, hast du doch nicht angerufen.« Er wunderte sich über seine eigene Härte.
»Nein. Habe ich nicht. Ich wollte mit dir über Sabine reden.«
»Über Frau Graseder, meinst du, was haben wir da zu bereden?«
»Uli, das ist nicht richtig so ...«
Schmidt fiel ihm scharf ins Wort: »Nicht richtig, sagst du?«
Die sonore Stimme wurde heller: »Ja. Du weißt ja offenbar jetzt Bescheid über die Sache. Und ich will darüber mit dir reden. Ich habe eh zu lange gewartet. Ich wusste aber auch jahrelang nicht, wo sie arbeitet.«
Wieder unterbrach ihn Schmidt: »Hat dich ja auch nicht besonders interessiert.«
»Jetzt will ich einiges mit dir klären. Darum frage ich, ob du mit mir reden willst.«

Schmidt war überrascht. Er hatte erwartet, sein Bruder würde seinen Kopf nur einfach tiefer in den Sand stecken. Ablehnen konnte er die Aussprache jetzt sicher nicht. Nur wusste er kaum mehr, wie er sich bei einer solchen Aussprache verhalten sollte. Sein Bedürfnis, mit dem Bruder abrechnen zu müssen, war wenige Tage nach der Enthüllung der Graseder verflogen. Alles war so festgefahren. Nicht einmal für Fabian wäre es eine Verbesserung, wenn er diesen Vater kennenlernen würde, dachte Schmidt. »Wenn das dein Wunsch ist, klar. Wann wollen wir uns treffen?«

»Wie? Ich habe um das Gespräch gebeten. Du wählst die Umstände, gut?«

Schmidt hatte eine verrückte Idee. Zu dramatisch, dachte er sofort. Aber da war es schon heraus. »Lass uns einen Spaziergang machen. Zu Papas Grab. Am Ostfriedhof. Ich weiß nicht, wie oft du da warst, aber es ist sehr schön.«

»Einverstanden. Wann?«

»Übermorgen. Ich muss Shiva zum Arzt bringen, dann haben wir ein paar Stunden am Nachmittag. Geht das?«

»Ich werde es möglich machen.«

»16 Uhr, Eingang Friedhof, der Haupteingang.«

»Ich werde da sein. Danke Uli. Und viel Glück für Shiva.« Da hatte er schon aufgelegt. Schmidt war perplex. So befremdlich. So offen. Sogar den Namen des

Hundes hatte er sich gemerkt. Das würde ein interessantes Gespräch werden.
Shiva war am nächsten Tag schwächer als an den vorangegangenen Tagen. Er musste sich überanstrengt haben aus Freude, Fabian gesehen zu haben. Der morgendliche Ausgang war ein Kampf um jeden Schritt, und das Wasserlassen schien eine schwer überwindliche Anstrengung zu sein. Da sie etwas spät dran waren und die ersten Radfahrer durch den Park sausten, unterließ es Schmidt, ihm mit gutem Beispiel voranzugehen, ein Ritual, an dem er sonst größte Freude hatte.
Als Sabine Graseder die Wohnung betrat, saß Schmidt schon an seinem Schreibtisch. Die Akten mit dem Kündigungsschutzverfahren einer Familie aus der Nachbarschaft konnten seine Aufmerksamkeit nicht fesseln. Sie hatte nur kurz den Kopf hereingestreckt und ein helles Hallo gerufen, dann war sie verschwunden, um für beide Kaffee zu machen. Er folgte ihr in die Küche. Sie sieht hübsch aus, dachte er. Sie machte sich an der Kaffeemaschine zu schaffen, das kräftige Haar war ihr ins Gesicht gefallen. Sie schien das Gespräch nicht zu suchen.
Schmidt räusperte sich: »Shiva hat sich sehr gefreut über den Besuch von Fabian gestern. Aber er hat mir leid getan. Er hat geweint.«
»Ja«, sagte sie und strich sich eine Strähne aus dem Gesicht, um ihn gerade anzuschauen, »er war so traurig,

als er zurückkam. Wir haben uns vielleicht schon mehr daran gewöhnt.«

»Das sicher nicht«, erwiderte Schmidt distanziert.

»So habe ich es nicht gemeint, Ulrich, das wissen Sie«, verteidigte sie sich rasch. War es ein plötzliches Gefühl der Nähe wegen Shivas Zustand und der intensiven Verbindung, die sich inzwischen zwischen Schmidt und Fabian aufgebaut hatte, oder warum nannte sie ihn beim Vornamen?

Er platzte mitten in die kurze Stille: »Morgen treffe ich meinen Bruder.«

Sie setzte das Milchkännchen hart auf: »So? Für was?«

»Er war es, der mich um ein Gespräch gebeten hat. Es geht wohl auch um Sie dabei.«

Sie schien sich von innen zu krümmen und ihr Blick bekam etwas Lauerndes, was er noch nie an ihr gesehen hatte. »Was heißt, ›es geht *auch* um mich‹?«

Irgendwie genoss er das Gefühl, sie derart angespannt zu sehen. Denn in letzter Zeit hatte er sich ihr gegenüber zu oft schwach, unterlegen gefühlt. Sie beherrschte das Verhältnis zu Wimmer und, so kam es ihm vor, damit auch ihn. »Was weiß ich? Franz war sehr freundlich und bat um eine Aussprache. Dabei nannte er Sie als Thema. Ohne weitere Erklärung.« Es sollte so neutral klingen, wie von einem Nachrichtensprecher.

»Aber Ulrich, ich meine, Herr Schmidt, was wollen Sie beide denn über mich reden? Franz kann nicht viel über mich sagen. Er kennt mich eigentlich nicht näher. Wenn er mich überhaupt je kannte. Und Sie sollten nichts mit ihm über mich reden. Gar nichts. Ich will nicht, dass er jetzt über Sie wieder in mein Leben eindringt.« Sie stand aufgebracht vor ihm mit blitzenden Augen, deren goldenen Kranz um die Pupille er zuvor noch nie gesehen hatte.

Schmidt wich einen Schritt zurück und erwiderte: »Immerhin ist er mein Bruder. Sie können darauf vertrauen, dass ich nicht indiskret sein werde. Ihre Privatsphäre bleibt völlig geschützt. Und ebenso das«, setzte er nach kurzem Überlegen fort »was wir hier als Kanzlei zusammen machen. So weit müssten Sie mich doch kennen, oder? Und bisher war ich es ja, der immer nur die Hälfte wusste.«

Sie war noch immer beunruhigt: »Das hat mit meiner Entscheidung, für Sie zu arbeiten, gar nichts zu tun. Das ist eine völlig andere Sache. Ich habe mich von Franz für immer getrennt, er hat nicht einmal seinen Sohn kennenlernen wollen. Das ist nun alles so und soll sich auch nicht ändern. Sonst kann ich hier nicht bleiben!« Sie hatte es herausgeschleudert. Wie die Luft vor einem drohenden Gewitter stand ihr Satz in der beschaulichen Altbauküche.

Schmidt war erschrocken. Er machte einen Schritt auf sie zu: »Sabine, das ist doch alles Unfug. Mein Bruder will sich mit mir aussprechen. Das ist auch nötig, nach

all den Heimlichkeiten, die schließlich auch meine Familie betreffen. Aber ich werde ihm keinen Einblick geben in ...«, er stockte, »... in unser Verhältnis hier. Genügt Ihnen das als Versprechen?«
»Auch nichts über Mathias Wimmer?«
Schmidt war augenblicklich hellwach: »Wieso über Wimmer? Was gibt es da zu sagen?«
»Eben nichts«, erwiderte sie trotzig.
Er setzte nach: »Dazu könnte ich jedenfalls nichts beitragen. Übrigens hat auch Fabian mich nach Wimmer gefragt.« Böser Trick, dachte er im selben Moment.
»Und was wollte er wissen?«
»Nicht viel, er hat wohl ihre Beziehung zu Wimmer nicht verstanden.«
»Ulrich, ist das eine Frage? Ja, Mathias Wimmer wünscht sich eine engere Beziehung.«
»Na dann! Toll, danke.« Schmidt drehte sich um, verließ die Küche und ging in sein Büro. Das hatte er gar nicht gut gemacht, dachte er. Einen Kaffee bekam er auch nicht.
Am folgenden Tag war Schmidt richtig nervös. Die Aussicht auf ein schwieriges Gespräch mit Franz strengte ihn an. Auch der Gang mit Shiva fiel ihm besonders schwer. Schmidt litt mit seinem vierbeinigen Freund. Er lockte ihn mit einem Hundekuchen auf eine kurze Strecke am Fluss. Kaum zurück, rief seine Mutter unerwartet an. Ob er Zeit hätte für »Eugen Onegin« am

morgigen Abend. Sie habe noch eine Karte. Und da sie sich länger nicht gesehen hätten ... Er willigte ein, Staatsoper um 19 Uhr. Die Frage war nur noch, wer sich um Shiva kümmern würde. So wie es ihm ging, waren vier Stunden nachts allein für den Hund kaum zumutbar. Er würde eine Lösung finden. Vielleicht Sabine Graseder.

Sie trafen sich am Haupteingang des Friedhofs. Ein blau-weiß bewölkter Abend, warm, einladend. Der Friedhof war gut besucht. Franz war mit dem Auto gekommen. Sein einst dichtes dunkles Haar wies weiße Einsprengsel auf. Er kam rasch auf ihn zu. Ihr Handschlag war staatsmännisch, um die gegenseitige Befangenheit zu überspielen.

»Wie geht es deinem Hund?«, stellte Franz als Frage in den weiten Raum zwischen ihnen beiden. »Hatte ich dir schon gesagt, meine ich. Ist zu krank, um ihn mitzunehmen. Gehen wir los.« Schmidt war in Freizeithose mit Sakko, sein Bruder im grauen Anzug. So durchquerten sie den Eingang mit seinen Vergänglichkeitsmahnungen. Schmidt führte. Er dachte, dass er hier viel öfter war als sein Bruder, der das Familiengrab ausgesucht und alles so sorgsam arrangiert hatte bei Karls Bestattung.

Franz schien Gedanken zu lesen: »Du warst oft hier?«

»Ja, oft. Abschied nehmen dauert.«

»Hast du Mama in letzter Zeit gesehen?«

»Erstaunlich, dass du das fragst. Sie hat mich heute angerufen und in die Oper eingeladen.«
»Dann gratuliere ich dir, das hat sie bei mir noch nie gemacht.«
Schmidt schaute an dem weit größeren jüngeren Bruder aufmerksam hoch: »Hast du dich je dafür interessiert? Für ihre Bühnenhobbys?«
Sein Bruder klang genervt: »Uli, ich habe es ja nie entwickeln können. Du warst ja der Denker und Künstler der Familie. Ich war der Einfache, der Praktische. Richtig?«
Schmidt dachte nach, während die Grabsteine in der Abendsonne zu leuchten begannen: »Wir sind verschieden, Franz. Du warst und bist anders veranlagt. Sicher praktischer als ich. Aber deswegen nicht einfacher, es war dir nicht verboten, Interesse für darstellende Künste und Musik zu entwickeln. Dafür kannst du doch unsere Eltern nicht verantwortlich machen.«
Franz ignorierte den Hinweis und wiederholte sein Argument: »Wir sind nicht gleich erzogen worden. Ich musste büffeln und Papas Laufbahn einschlagen. Du durftest träumen, dich gehen lassen, trödeln.«
Schmidt begann sich zu ärgern: »So ein Quatsch. Geschwister sind letztlich immer verschieden, und Eltern behandeln jedes Kind jeweils nach seinen Bedürfnissen und seinen Möglichkeiten. Mama hat sich vielleicht mehr mit mir beschäftigt, weil ich, na ja, weil ich mu-

sischer war als du. Du hast ja auch keine Gedichte geschrieben und kein Klavier gespielt. Aber wenn du ehrlich mit dir bist, Papa hat doch nur dich gelobt. Auf seine Veranstaltungen hat er dich schon als Kind mitgenommen. Wie einen Beamtenanwärter im Stimmbruch. Dem Kaiser Franz Josef Strauß einen Nachwuchs heranziehen. Was soll ich denn dazu sagen? Mich so beklagen wie du?«

Sie waren nun an dem schwarzen Grabstein mit dem Namen seines Stiefvaters angekommen. Schmidt vermisste etwas, noch nie war er ohne Shiva hierhergekommen. Und jetzt stand er auch noch mit seinem Bruder hier, mit dem ihn keine einfache Beziehung verband. Er schaute auf die Bepflanzung und sagte leise: »Du erinnerst dich? Das hattest du mir doch aufgetragen, die Grabbepflanzung aussuchen. Du den Stein mit der Inschrift. Gefällt dir alles zusammen?«

Franz sah ihn misstrauisch an: »Was soll denn das jetzt schon wieder?« Franz vermutete immer Hintersinn bei seinen Bemerkungen. Ironie war ihm fremd, also witterte er sie immer, wenn Ulrich etwas sagte.

»Nichts. So wie ich es sage. Ein gutes Gemeinschaftswerk von uns beiden. Von dir in Auftrag gegeben.«

»Irgendjemand musste sich drum kümmern. Du hättest es ja doch nicht von alleine gemacht. Genau das meinte ich vorhin. Du hast wie immer gewartet, bis jemand die Verantwortung übernahm. Wie in all den Jahren davor. Papa hat dich geschont, mich dagegen ständig gefordert.«

»Franz, jetzt reicht es!« Seine Stimme war nun schon zu laut für den Friedhof. »Du hast doch förmlich deine Thronfolge in der bayerischen Beamtenhierarchie inszeniert. Für mich war es recht grässlich.«

Sie hatten nebeneinander vor dem glatten schwarzen Stein gestanden. Nun wandten sie sich einander zu, aufgewühlt von angestauten Erinnerungen und Vorwürfen, die sich in bitteren Worten entluden. Franz packte seinen kleineren rundlichen Bruder am Revers des Sakkos und schüttelte ihn. Er schrie: »Schlaue Sprüche, wie immer. Spott. Inthronisierung!« Er schüttelte ihn heftiger in wachsender Erregung: »Du hättest doch nicht einmal die Liste mit den Trauergästen zusammenstellen können. Aber mich verhöhnen, das kannst du!«

Schmidt riss sich los. Nun funkelten auch seine Augen: »Bist du wirklich so selbstgefällig, dass du nicht erkennst, wie du dich als einziger rechtschaffener Sohn deines Vaters produziert hast?« Schmidt, der einen Schritt zurückgetreten war, um aus der Reichweite seines Bruders herauszukommen, schrie.

Franz brüllte zurück: »Was willst du von mir? Was soll der ...«

In dem Moment machte sich eine alte Frau zwei Nebengassen entfernt an einem Grab arbeitend lautstark be-

merkbar: »Hören Sie sofort auf zu schreien. Das ist ein Friedhof. Schämen sollten Sie sich!« Die weißhaarige Frau kniete an einem Blumenbeet.
Franz hatte sich erschrocken umgedreht und rief: »Verzeihung. Entschuldigen Sie bitte die Störung.« Sofort drehte er sich wieder zu Ulrich um: »Also«, sagte er mit unterdrückter Wut, »was sollte das mit dem einzigen rechtschaffenen Sohn *meines* Vaters?«
Schmidt antwortete leise: »Damit wollte ich dir nur sagen, dass du dir über deine angeblich so schlechte Behandlung keine Gedanken machen musst. Papa ist nur dein Vater.«
Franz stand wie angewurzelt, der große knochige Mann schien in sich zusammenzusacken: »Was? Was sagst du da?« Nun war auch er leise. Kaum vernehmbar. Schmidt hatte durch die laute Ermahnung Zeit gehabt, seine Enthüllung zu überdenken, sie zurückzuziehen. Aber es trieb ihn an diesem Ort, mit allem aufzuräumen.
»Was ich gerade gesagt habe. Ich bin nicht Karls Sohn, nicht so wie du. Ich stamme aus einer früheren Beziehung von Mama.«
Franz rang nach Worten: »Aber – ich verstehe immer noch nicht. Woher weißt du das, oder besser, seit wann weißt du das? Hast du mit Mama darüber geredet? Wusste Papa das alles?«, sprudelten seine Fragen.
»Offenbar hat dir Mama nichts erzählt. Ich habe davon erst bei seinem Begräbnis erfahren. Nicht gerade der

perfekte Moment für eine solche Eröffnung. Ich weiß nicht, was Papa wusste. Ich habe jedenfalls viel nachgedacht. Über alles. Und genau hier an dieser Stelle«, er blickte auf das Grab, »habe ich mit Papa Zwiesprache gehalten. Viele Stunden, Tage. Und eines habe ich bestimmt daraus gelernt. Ich bin nicht benachteiligt worden von Karl. Er war immer mein Vater, was auch immer er wusste. Aber er war dir näher. Er hat dich von Natur aus einfach besser verstanden als mich. Er hat zwar alle gleich behandeln wollen, aber am Ende gab es für dich andere Regeln als für mich. Nichts ist eben gleich.«
Sie standen eine Weile schweigend vor dem schwarzen Stein. Nur die Geräusche von Gartenarbeit, irgendwo verborgen hinter Bäumen und Grabsteinen, drangen zu ihnen herüber. Zwei in sich versunkene Männer. Es war, als schlösse sich hier ein Kreis. Als hätte Karl lange nach seinem Tod an seiner letzten Ruhestätte vollbracht, wonach Eltern ab einem gewissen Moment trachten: das Verständnis, die Versöhnung ihrer Kinder untereinander. Eben durch gegenseitiges Anerkennen der persönlichen Unterschiede und der Anstrengungen, die Eltern unternommen haben, um genau diesem Umstand gerecht zu werden. Franz und Ulrich hingen ihren Gedanken nach; Kindheitserinnerungen, Tränen, Momente der Freude. Ulrichs Worte hatten nichts grundlegend verändert. Aber sie hatten die Bedeutung so vieler ge-

meinsamer Jahre, diesen riesigen familiären Fundus beschworen. Und die Bedeutung der Mühen, die ihre Eltern dafür unternommen hatten.

Franz war betreten. Sein Vergleich der ihnen zuteil gewordenen Liebe und Aufmerksamkeit kam ihm wohl nicht mehr besonders wichtig vor. Er schaute seinen Bruder mit dem zurückweichenden Lockenschopf und dem weichen Gesicht an: »Und wer ist dann dein leiblicher Vater?«

Ulrich winkte nur kurz ab: »Das ist eine andere Geschichte. Das gehört jetzt nicht hierher.«

Franz nickte mit hochgezogenen Augenbrauen. Er schaute wieder auf den Grabstein. Einen Schritt vor, und er berührte mit der rechten Hand leicht den Stein. Er senkte den Kopf wie zur Andacht und verharrte einen Moment in dieser Haltung. Schmidt beobachtete ihn aufmerksam. Sein Bruder hatte sich schon wieder dem Weg zugewandt. »Ja, wir gehen weiter«, sagte er, »deine anderen Themen willst du sicher nicht in Karls Gegenwart diskutieren.« Sie gingen eine Weile schweigend, bedächtig. Die wenigen alten Menschen, die hier mit ihrer Vergangenheit und Zukunft gärtnerisch tätig waren, nahmen nun keinerlei Notiz von den beiden. Ihr lautstarker Auftritt zuvor war von der Stille des Ortes verschluckt worden.

Franz unterbrach die Konzentration des ziellosen Ganges durch so viele mit einem Zierstein abgeschlossene

Lebensgeschichten, gab sich einen Ruck: »Ich habe in der Tat ein anderes Thema, das ich mit dir besprechen muss. Dumm, dass wir uns dann über unsere Kindheit und so gestritten haben.«

»Egal«, murmelte Schmidt trocken, der seinen Bruder noch nie so nah an einer Entschuldigung hatte vorbeischleichen sehen.

»Es ist wegen Sabine. Sie arbeitet ja bei dir.«

»Ja, und das seit vielen Jahren. Davor hat sie für dich gearbeitet, richtig?«, stichelte er.

»Eine ganze Zeit, ja. Aber wieso hast du mir in all den Jahren nie etwas davon erzählt, dass sie bei dir arbeitet?«

Schmidt musste den erneut aufsteigenden Ärger unterdrücken: »Jetzt hör zu, Franz. Erstens wusste ich bis vor einigen Tagen nichts von eurer Geschichte und zweitens wolltest doch du mir etwas erzählen und nicht umgekehrt, oder?«

»Du hast natürlich recht. Aber du behältst das für dich. Also ich war damals in der Landesplanung und sie so eine fesche junge Sekretärin. Ich jung verheiratet, die Kinder noch ganz klein, zwei und drei, glaube ich. Sie war so unverdorben, kam aus Niederbayern. Aber sie hatte etwas – ich weiß nicht. Sie war so positiv und fröhlich. Du weißt, ich bin nicht so. Aber ich merkte bald, dass sie sich für mich interessierte. Ihre Art war so ansteckend.«

Schmidt konnte nicht an sich halten: »Und da hast du dich eben mal anstecken lassen.«
»Lass das bitte, Ulrich. Ich glaube, ich war einfach sehr verliebt. Ich versteh das auch nicht, wie sich das dann halt in die Richtung entwickelt hat. Aber Martha war nach der Geburt der Kinder immer mit sich beschäftigt und dauernd müde wegen Benedikt und Veronika. Und Sabine war immer frisch und strahlend und für mich da. Na ja, was soll ich groß sagen, da ist es halt passiert. Wir haben uns gesehen ...«
Schmidt fiel ihm ins Wort. Zu sehr hatte sich die Schilderung der Graseder und ihre Verzweiflung in seinem Kopf festgesetzt: »Gesehen nennst du das? Wie ich das verstanden habe, sehr regelmäßig und auch ziemlich ausgiebig.«
»Ulrich, willst du mich lächerlich machen oder mir erst einfach zuhören?«
»Entschuldige.«
»Ich gebe ja zu, wir hatten ein Verhältnis. Und dann wurde Sabine schwanger. Ich geriet in Panik. Es ging nicht. Wegen meiner beruflichen Stellung nicht und noch weniger wegen meiner Familie. Im Amt hätte mich wohl ein Disziplinarverfahren erwartet, und Martha hätte das Ganze seelisch nicht verkraftet. Ich wusste nicht, was ich tun sollte, ich wusste nur eines: Ich hatte nur die Wahl zwischen dem einen und dem anderen. Ich hätte alles verloren, wenn ich mich für Sabine ent-

schieden hätte. Damit war die Entscheidung klar. Also habe ich einen Schlussstrich gezogen. Ich habe ihr gesagt, dass sie gehen muss. Weil sonst alles aufgeflogen wäre. Und dass sie das Kind alleine aufziehen müsse, wenn sie es je zur Welt kommen lassen wollte. Aber dass ich natürlich für den Unterhalt aufkommen würde.«

»Ohne dein Kind je zu sehen?«

»Ja, anders hätte ich die strikte Trennung, die ich herstellen musste, ja nicht hinbekommen. Natürlich habe ich oft gedacht, dass da mein Kind ohne mich aufwächst. Aber ich hatte keine andere Wahl.« Er hielt kurz inne: »Jedenfalls sah ich damals für mich keinen anderen Weg.«

Sie waren wieder auf der Hauptachse des Friedhofs angekommen und gingen auf der breiten Platanenallee zurück zum Ausgang. Dort schauten sie kurz die Straße herunter und beschlossen, die gegenüberliegende Gaststätte aufzusuchen. Sie konnten sich draußen hinsetzen, die wenigen Tische an der Straße waren frei. Es war bald achtzehn Uhr, die Bewölkung hatte zum Abend hin zugenommen. Schmidt versuchte ein Lächeln, um die Stimmung zu heben: »Spät genug für ein Weißbier oder verbietet das die beamtete Stellung?«

Franz schien erleichtert, seine Beichte so weit hinter sich gebracht zu haben. »Die Einnahme von Weizenbier ist Teilerfüllung der bayerischen Beamtenpflichten.«

»Wusste nicht, dass du so witzig sein kannst – aber, was

dachtest du macht sie in all den Jahren? Hast du nur Geld überwiesen oder auch versucht, dich zu kümmern? Wenigstens Nachforschungen anzustellen?«

Das Bier kam, sie stießen an, Franz nickte ihm zu, und sie lächelten beide etwas schief. Trotzdem war ihnen bewusst, dass ihnen so ein Gespräch noch nie gelungen war.

»Nun, ich zahlte. Wir sprachen nur sehr selten. Sie wollte nicht von mir angerufen werden. Sie wollte auch keinen sonstigen Kontakt und untersagte mir Annäherungen jeglicher Art.«

»Was du, folgsam, wie du erzogen bist, auch so gemacht hast?«

»So dumm es klingen mag, ja. Ich wollte einerseits wissen, wie es den beiden geht. Aber ich wollte auf keinen Fall, dass man davon Wind bekommt. Darum habe ich auch nichts gemacht.«

Schmidt bot seinem Bruder ein Zigarillo an. Der lehnte ab. »Ich weiß nicht, ob ich deine Entscheidung verstehen kann. Völlige Trennung von deinem Kind. Aber zugegeben, ich selbst war nie in so einer Situation. Wie hast du dann aber erfahren, dass sie für mich arbeitet? Und warum wolltest du dich gegen ihren Willen in ihr Leben drängen?«

»Ja, das ist die nächste Katastrophe. Sie kommt mir bald wie die folgenschwerste vor. Ein mir bekannter Anwalt, der auch viel öffentliches Recht bearbeitet, hatte mir von deinem Fall mit Mama erzählt. Der mit den Schüsseln. Und so kamen wir bei der Gelegenheit auf dich zu sprechen und dass er meinte, er habe den Namen meiner früheren Sekretärin jetzt bei dir gesehen. Er wollte einen Spaß daraus machen, fragte mich, ob wir auch sonst alles teilten. Furchtbar gelacht hat er. Und ich habe auf der Stelle eine Heidenangst bekommen, habe es nachgeprüft und dann all meinen Mut zusammengenommen, bevor ich sie auf dem Handy angerufen habe.«

Er trank einen hastigen Schluck. Schmidt schaute ihn irritiert an: »Und warum hast du sie so bedrängt? Warum wolltest du, dass sie bei mir aufhört? Was sollte das denn, du hältst dich doch auch sonst aus ihrem Leben heraus?«

»Ich glaube, ich habe in meiner panischen Angst einfach überreagiert. Ich wollte, dass sie um Himmels willen weiterzieht und hoffte, dass du noch nichts erfahren hast von der ganzen Geschichte. Ich traute ihr schon zu, dass sie das für sich behalten hatte. Aber ich war nicht sicher. Es ist doch kein Zufall, dass sie bei dir ist. Das willst du mir doch nicht erzählen. Warum, wenn nicht um mich in eine miese Position zu bringen, sollte sie den Job bei dir angenommen haben? Du bist ja nicht die einzige Kanzlei in der Stadt. Nein, sie hat genau dich ausgesucht. Aber ich hatte von dir in den Jahren zuvor ja nicht einmal eine Andeutung gehört.

Das beruhigte mich einerseits. Vielleicht wusstest du ja wirklich nichts. Darum habe ich sie gebeten, bei dir zu kündigen und sich eine andere Stelle zu suchen.«

»Also am Telefon klang das anders. Sabine hat mir übrigens nichts erzählt, nicht von sich aus. Aber da ich bei dem Telefonat ungewollt zugegen war, schien es mir so, als hättest du sie mit dem Druckmittel deiner Unterhaltszahlungen zwingen wollen, sich einen neuen Job zu suchen?« Schmidt bemühte sich, nicht aggressiv oder vorwurfsvoll zu klingen. Sabines Verzweiflung war ihm noch in diesem Moment in aller Heftigkeit vor Augen.

Franz lief rot an: »Das stimmt so nicht. Ich habe sie nicht erpresst, wenn du darauf anspielen solltest. Ich habe nur erwähnt, dass ich immerhin seit vielen Jahren Wort halte und pünktlich zahle.«

Schmidt musste sofort nachsetzen: »Wozu du gesetzlich verpflichtet bist. Gleichgültig, wo sie wohnt oder arbeitet.«

Franz blickte ihn mit erhöhter Wachsamkeit an: »Völlig richtig, Ulrich, aber ich habe Sabine nicht gezwungen. Ich wollte nur unbedingt verhindern, dass du von meinem unehelichen Kind erfährst. Und meine ganze Konstruktion zusammenbricht.«

»Und nun sitzen wir hier. Warum hast du mich dann doch angerufen?«

»Weil ich nachgedacht habe. Und mir dabei einiges aufgegangen ist. Worüber ich mit dir reden muss.«

»Ah, das klingt wie noch ein Weißbier?« Schmidt winkte der Bedienung, die gelangweilt in der Eingangstür stand.

Als sein Telefon klingelte, würgte er den Anruf schnell ab: »Entschuldige, aber ich sitze hier noch mit einem Kollegen. Ich komme gegen acht Uhr nach Hause. Versprochen.« Und nach kurzer Pause: »Nein, kennst du nicht, also bis nachher.« Er verzog das Gesicht. Die Kellnerin setzte die beiden Gläser lautstark ab und stellte unaufgefordert einen Korb mit Brezen zwischen die beiden. Franz wartete, ehe er fortfuhr: »Ich weiß nicht, wo ich anfangen soll. Ich habe nach dem blöden Anruf bei Sabine Depressionen bekommen. Alpträume hatte ich schon seit Jahren, seit der Trennung von ihr immer wieder. Sie waren furchtbar: Manchmal verlor ich Sabine und meinen Sohn. Am schlimmsten war der Traum, in dem beide Frauen sich trafen und gegen mich verbündeten und mich verstießen. Martha hat es gemerkt, wie ich seither schlecht beieinander bin. Darum ruft sie jetzt dauernd an. Aber sie kann mir nicht helfen.«

»Was soll das heißen?«, fragte Schmidt hellhörig.

»Ist nicht leicht zu sagen. Ich habe das Gefühl, dass ich Jahre verschenkt habe. Jahre, die ich mit Sabine hätte verbringen müssen. Und mit Fabian. Ich vermisse sie. Aber im anderen Falle hätte ich meine Kinder vermisst – und Martha.«

»Franz, jetzt hör aber auf, deine ausgewachsene Midlife-crisis vor mir auszubreiten. Du kannst mir doch nicht im Ernst weismachen, dass du als verheirateter Mann mit zwei Kindern eine andere Frau schwängern und verstoßen kannst und dann nach 15 Jahren, wenn deine Frau dir die Kinder zu fast erwachsenen Menschen erzogen hat, die Verstoßene zurückholen willst? Weil du jetzt etwa herausgefunden hast, dass du sie liebst? Und zwischendurch hast du ihr noch einmal kurz die Pistole auf die Brust gesetzt? Ich kann es nicht fassen.«

»Ulrich, hör auf, mich pharisäerhaft bekehren zu wollen. Ich bin nicht wegen einer Midlife-crisis zu dir gekommen, sondern weil ich ein konkretes Problem habe und deinen Rat brauche.«

»Meinen Rat willst du? Was soll ich dir raten? Meinst du, ich bin dafür der Richtige? Nein, du bist deswegen gekommen, weil du befürchten musstest, dass ich mittlerweile Bescheid weiß. Und weil ich eine positive Beziehung zu Sabine Graseder habe. Wo du die deine gerade mal wieder auf den Nullpunkt gebracht hast. Eigentlich müsstest du dich ja fragen, wie du Sabine deinen plötzlichen Sinneswandel verkaufen willst.«

»Das sind unfaire Unterstellungen. Du scheinst mich für durch und durch berechnend zu halten. Und sprichst mir dabei jedes Gefühl ab. Findest du das nicht sehr einseitig? Aber du hast recht, mit der Einstellung kannst du mir jedenfalls keinen brauchbaren Rat erteilen.«

Schmidt stöhnte: »Mann, Franz, ich bitte dich, es klingt nur alles so – so konstruiert. Dass du jetzt deine Liebe zu ihr entdeckst, dass du nun deinen Sohn sehen willst. Deine Familie aufgeben – denn das heißt es ja wohl auch? Oder?«

»Wenn es nach mir ginge, würde alles sehr friedlich verlaufen. Ich habe Martha ja nichts vorzuwerfen. Im Gegenteil. Und zu den Kindern würde ich engsten Kontakt halten.«

»Das ist doch alles verrückt. Du warst doch so ein – ein unerschütterlicher bayerischer Beamter und in den Fußstapfen deines Vaters. Was ist nur in dich gefahren?«

»Du hast mich immer als spießigen Aufgabenerfüller gesehen. Mama bestimmt auch. Und Papa hat das ja gerade an mir geschätzt. Aber es wird mir nicht gerecht.« Das hölzerne Gesicht hatte eine theatralische Lebendigkeit entfaltet.

»Sieht ganz so aus, Franz. Dein Ausflug aus dem Eheleben vor fünfzehn Jahren hat mich auch schon vollkommen überrascht. Trotzdem. Das kannst du jetzt nicht machen. Deine Familie hat diesen sinnlosen Ausbruchsversuch nicht verdient. Das hättest du damals machen müssen. Jetzt ist es zu spät. Sabine ist älter geworden, sie würde niemals wieder zu dir Vertrauen fassen. Das muss ich dir leider so direkt sagen. Ausgeschlossen. Und Fabian, dein Sohn, ist von seinem angeblich nach Lateinamerika ausgewanderten Vater derart enttäuscht, dass du auch hier schlechte Karten hast. Es wäre ein Totalausfall. Ich kenne den Jungen ganz gut, gehe mit ihm gelegentlich spazieren. Wir sprechen viel miteinander. Er hat sich eine eigene, neue Welt gebaut. Ohne den flüchtigen Vater. Bizarrerweise komme ich darin auch vor. Als stabilisierender Faktor. Auch ihn würdest du in eine schlimme Krise stürzen.« Schmidt legte die Hand auf Franz' knochige Schulter, eine brüderliche Geste, die für ihn selbst so ungewohnt war, dass er überrascht die zwei Weißbier dafür verantwortlich machte. »Also lass davon ab. Bleib bei deiner Familie. Wenn du unbedingt Sabine gegenüber eine Zuneigungsbekundung loswerden musst, tu das. Aber ich rate dir nicht dazu. Sie ist eine erwachsene Frau, nicht mehr das Mädchen von damals, das du einmal kanntest, sie ist auf anderen Pfaden unterwegs.«

Franz richtete sich brüsk auf und fixierte seinen Halbbruder scharf: »Was erzählt du mir da eigentlich? Rede ich hier womöglich mit einem Konkurrenten? Du orakelst über dein Verhältnis zu Fabian, immerhin meinem Sohn.« Er wurde lauter: »Du rätst mir von Sabine ab und gibst den Schutz meiner Familie als Grund vor. Als hättest du dich je für die Frau auch nur eine Sekunde interessiert. Wenn es so wäre, wärt ihr doch schon lange zusammen. Oder bastelst du etwa an ihr herum? Und bist noch nicht zum Zuge gekommen? Und jetzt willst du mir die Lust aus eigenem Interesse verderben?«

Schmidt blieb betont ruhig: »Schau Franz, mach, was du willst, okay? Du bist zu mir gekommen mit einer wichtigen Angelegenheit, die unsere Familie tangiert. Ich habe reagiert und meine Sicht dazu angeboten. Weil ich jeder Familie den Erhalt wünsche. Ich selbst habe eine Familie schließlich nicht hingekriegt. Basta. Sabine ist meine geschätzte Mitarbeiterin. Fabian ist mir – ja, ich muss sagen, zugelaufen, wenn ich an sein enges Verhältnis mit Shiva denke. Und das ist alles, verstanden? Der Rest ist deine Sache. Du musst alleine entscheiden, welchen Weg du gehst. Ich rate dir nur, dir Zeit zu lassen und gut nachzudenken. Was du einmal richtig beschädigt hast, kriegst du so schnell nicht wieder repariert.«

Schmidt winkte der Kellnerin: »Zahlen bitte.«

»Ist schon in Ordnung, Uli. 'Tschuldige, wenn ich dich eben angegriffen habe. Ich bin mit der ganzen Situation überfordert. Und weiß nicht, was ich wirklich tun soll. Ich will nur raus aus dem Versteckspiel. Hab verstanden, was du mir gesagt hast. Nur eins: Das hier bleibt absolut zwischen uns beiden. Kein Wort zu Mama, auch nicht zu Sabine. Versprochen?«

»Nur zu gern versprochen. Hoch und heilig.«

Schmidt überlegte schon beim Abschiednehmen, wie er sich bei Sabine würde rausreden können, die schließlich von diesem Gespräch wusste. Franz hatte ihm die Rechnung abgerungen. Dann trennten sie sich mit einem festen Handschlag. »War gut, dich gesehen zu haben, Franz. Pass auf dich auf.«

»Wir reden, bestimmt bald. Servus Uli.«

In der Wohnung erwartete ihn Shiva an der Tür. Er wollte raus. Also gingen sie sofort los. Kurz nach zwanzig Uhr. Es wurde langsam dunkler. Shiva wirkte beweglicher als am Morgen. Ob er wohl in die Oper gehen konnte? Er musste noch die Graseder fragen, ob sie einspringen würde für ein paar Stunden abends. Mit Unbehagen dachte Schmidt an das nächste Aufeinandertreffen mit der Graseder. Hatte Franz recht und er war nicht nur Wimmers, sondern jetzt auch Franz' Konkurrent? Wollte Franz denn wirklich noch etwas von Sabine? Und wollte sie wirklich etwas von Wimmer? Und was ging es ihn eigentlich an, außer der Regelung der Verhältnisse der Kanzlei? Ob sie ihn mit der Wimmer-Geschichte aus seinem Bau locken wollte? Er hatte sie über Jahre hinweg, und auf engstem Raum, ignoriert. Was also durfte er jetzt von ihr erwarten? Sie ging ihm nicht mehr aus dem Kopf. Aber das war doch alles aus einer amerikanischen Familiensaga. Die Bedeutung, die Schmidt ihr zumaß, schien mit jedem ungeeigneten Aspiranten weiter zu steigen. Franz! Was war nur in den gefahren? Als hätte er das unfehlbare Rezept für ein familiäres Mehrfachdesaster entdeckt. Was war nur in seiner Familie los, die von außen so klar geführt und bürgerlich daherkam? Oder war im innersten Kern jede

Familie so zerklüftet? Eine Festung mit verschlossenen Kammern, unentdeckten Kellern und unsichtbaren Verliesen. In denen sich Dinge abspielten, die das ganze Gebäude zum Einsturz bringen konnten. Und das aus geheimnisvollen Gründen in den meisten Fällen nicht taten. Weil die Gravitation einer solchen Konstruktion erst einmal bestandserhaltend wirkt.

Am folgenden Morgen nahm Schmidt seinen Mut zusammen und ging rüber in das Zimmer der Graseder. Doch sie machte keine Miene, ihn auf sein gestriges Treffen mit Franz anzusprechen. Darüber erleichtert, fragte er sie, ob sie heute vielleicht bis Mitternacht bei Shiva bleiben könnte. Er sei in die Oper eingeladen. Von seiner Mutter. Ja, richtig, erstmalig seit langer Zeit. Die Graseder zögerte, antwortete dann, dass sie sehr gern diese Aufgabe übernommen hätte, aber an diesem Abend bereits selbst eine Verabredung habe. Ob er es Fabian erlauben würde? Er würde sich so freuen. Das wisse sie. An Fabian hatte Schmidt nicht gedacht. Vielleicht, weil er so gelitten hatte, Shiva so zu sehen. Die Graseder meinte, Fabian sei doch sehr erwachsen. Und er hänge so sehr an Shiva. Sie würde es ihm zutrauen. Es sei auch sehr gut für ihn. Denn es könnte – sie suchte dabei nach den richtigen Worten – es könnte für ihn ein Abschied sein. Schmidt konnte sich diesen Argumenten nicht entziehen. Nur was das wieder für eine Einladung sein sollte, wichtiger als Shiva, der ihr doch

auch viel bedeutete? Er ärgerte sich über diesen Gedanken.
Was Schmidt nicht wissen konnte, war, dass Sabine Graseder ihm um ein Haar nachgegeben hätte. Sie hatte sich mit ihrer Freundin zum Schwimmen sowie anschließendem Saunen und Drinks im Müller'schen Volksbad verabredet. Das wunderbare Jugendstilbad mit seinem elegischen Ambiente war ritueller Begegnungsort für ihre langen Frauengespräche, die sie in unregelmäßigen Abständen mit ihrer Freundin abhielt. Als vielbeschäftigte Managerin in einer sehr guten Werbeagentur war Petra fast nie da. Wenn es einmal klappte, dann ging es meist um deren irrlichternde Liebesbeziehungen mit Männern, die fast immer verheiratet waren und mindestens zwei Kinder hatten. Irgendwie toll, aber gebunden. Dann war sie, Sabine Graseder, für Petra die Ratgeberin, der Fels in der Brandung. Nun aber sehnte sie sich nach der raren Begegnung, weil sie selber erzählen musste. Ihre gelegentlichen Bettgeschichten hatte sie der anderen nie mitgeteilt, da ihnen im Vergleich zu Petra die Dramatik der existenziellen Missgriffe mit nicht besonders geradlinigen Helden fehlte. Aber nun hatte sie ein richtiges Dilemma. Das Drama eines Antrags, den sie unverhofft, blumig und umwunden erhalten hatte. Und die Tragik eines weiteren Antrags, der ihr allerdings nicht einmal gemacht worden war. Den sie aber seit Jahren

eher unbewusst erhofft hatte, tief vergraben in ihrem Herzen.

Schmidt beließ es dabei: Keine weitere Diskussion, dachte er und machte sich mit Shiva auf den schweren Weg zum Arzt. Der schüttelte den Kopf, nachdem er den Hund überall abgetastet hatte. Dafür musste er ihn mit einer Spritze beruhigen. Die Schmerzen des intensiven Betastens hatte der Hund nicht ausgehalten. Er schaute mit weichen, flehentlichen Bernsteinaugen sein Herrchen an. Seine Nase war nass.

Der Arzt richtete sich auf: »Das ist gegen meine Erwartung nun sehr schnell vorangeschritten. Den Gewebebefund kennen Sie ja. Die Metastasen haben sich über seinen ganzen Körper ausgebreitet. Der Hund muss sehr leiden. Schläft er ruhig?«

»Zwischendurch winselt er immer und zuckt heftig. Ich habe ihm schon länger abends mehr von dem Schmerzmittel ins Futter gegeben, als Sie verschrieben haben.«

»Aber er läuft noch, er verrichtet seine Notdurft?«

»Alles angestrengt, manchmal extrem beschwerlich. Aber generell ja.«

»Das kann nun ganz schnell gehen. Wenn ich ehrlich bin, es ist ihm fast zu wünschen.« Der Arzt streichelte dem Hund anteilnehmend über den Kopf. »Sollte es zu schwer werden, müssen Sie auch daran denken, ihn einschläfern zu lassen.«

Schmidt wünschte sich aus diesem Zimmer, mit staub-

trockener Kehle krächzte er: »Das habe ich schon. Haben Sie noch etwas, was ihm etwas Lebensenergie gibt oder die Schmerzen dämpft?«
»Ich kann Ihnen noch etwas Schmerzlinderndes geben. Aber viel Hoffnung kann ich Ihnen nicht machen, mehr als Sie schon haben, geht fast nicht.«
Schmidt räusperte sich verlegen: »Danke. Die Spritze würden Sie ihm dann geben, wenn es soweit ist?«
»Ja, jetzt aber warten Sie noch ein wenig mit ihm im Wartezimmer, bis er wieder ganz da ist, okay?«
Ein schwer lastender Tag. Schmidt hatte nichts wirklich Überraschendes erwartet, dennoch traf ihn die Unabänderlichkeit der medizinischen Diagnose. Wieder zu Hause, stand er immer wieder von seinem Schreibtisch auf, um den Hund zu streicheln oder mit ihm zu reden. Sabine hatte inzwischen Fabian verständigt. Er kam vor der vereinbarten Zeit und wurde von Shiva mit einem heiseren Bellen und heftigem Schwanzwedeln begrüßt. Schmidt zeigte Fabian Fernseher, Küche und Telefon und ermunterte ihn, wenn er das wolle, auf der Couch im Wohnzimmer zu schlafen.
Fabian lächelte nur und sagte: »Schon gut, ich spiel mit Shiva, wenn er nicht schläft. Darf ich mit ihm Gassi gehen?«
»Klar, kannst du. Du weißt ja, die Treppe, vielleicht musst du ihm da helfen. Du siehst mich auf jeden Fall wieder vor Mitternacht.«

»Lass dir Zeit«, erwiderte der Junge in seiner gewohnten Abgeklärtheit.
Der Frühsommerabend war schwül. Schmidt war zur Oper gelaufen, etwas überhastet. Vor den Stufen des imposanten Aufgangs angekommen, bemühte er sich, in seinem dunklen Anzug etwas abzukühlen. Am Eingang spähte er durch die aufgeregt parlierende Ansammlung der herausgeputzten Operngäste. Bald hatte er gefunden, was er gesucht hatte. In einem eleganten schwarzen Kostüm stand dort seine Mutter. Allein, die freudige Stimmung, sie nach Wochen wiederzusehen, trübte sich sofort wieder ein. Das konnte sie ihm doch nicht antun: Neben ihr stand Tomaś. Sein Vater. Schmidt erstarrte innerlich, blieb regungslos stehen, überlegte, ob er kehrtmachen sollte, wieder nach Hause gehen. Ein Anruf morgen würde wohl reichen, Shivas Zustand würde ihn entschuldigen.
Aber es war zu spät. Tomaś hatte ihn gesichtet und winkte ihm mit ausladender Geste zu. Schmidt winkte halbherzig zurück. Durch die schnatternde Menge, vibrierend in Erwartung auf den Abend, suchte Schmidt sich seinen plötzlich schwer gewordenen Weg. Seine Mutter begrüßte ihn herzlich, küsste ihn und sagte: »Ich dachte, es wurde Zeit dafür.«
Dabei schaute sie Tomaś an. Der lächelte offen und hielt ihm die Hand hin. Schmidt ergriff sie zögerlich: »Hallo Tomaś. Ich habe dich heute Abend hier nicht erwartet.«

Das Lächeln blieb: »Das könnte ich auch sagen. Es war eine Idee deiner Mutter.«
Sie schaute ihn aus dunklen Augen an: »Ja, Ulrich, es war meine Idee. Es ist Zeit, dass ihr einander kennenlernt. Ich meine, anders kennenlernt. Jetzt, wo ihr voneinander wisst. Aber ihr wisst noch nicht genug voneinander. Von eurer Nähe.« Sie musste die Abwehr in Schmidts Gesicht sehen, fuhr dennoch ungerührt fort: »Aber nun sollten wir uns auf eine wunderschöne Oper freuen. Die Besetzung ist fabelhaft. Die Musik ist bezaubernd.« Sie lächelte aufmunternd: »Und Tomaś kennt die Oper so gut, er hat mehrfach die Hauptrolle gesungen.«
Er schaute kurz an seinem Vater herunter, musterte ihn mit einem Blick, er war eher untersetzt wie er selber, korpulent, etwas behäbig. Der schwarze Anzug saß nicht richtig, wirkte behelfsmäßig. Das Gesicht breit und mit mindestens 75 Jahren erschlafft, für den Ausdruck von Lebendigkeit sorgte allein eine kühne große Nase und ein flinkes blaues Augenpaar.
Tomaś fing Schmidts fragenden Blick auf: »Du fragst dich sicher wie, oder? Denkst, du sähst mich eher in Schneewittchen und die sieben Zwerge als in einer großen Oper?«
Schmidt errötete.
»Schon gut, es ist viele Jahre her. Das heißt, ich habe den Eugen Onegin vor bald vierzig Jahren das letzte

Mal gesungen. Zwar nicht mit mehr Körpergröße, aber mit weniger Gewicht. Es ist eine wunderbare Rolle.« Er strahlte, jetzt in seiner Erinnerung gefangen.
Schmidt nickte: »War auch leichter, weil du Russisch sprichst, oder?«
»Wir alle aus dem Osten sprechen ein wenig Russisch. Nicht so gern allerdings. Aber sicher, hilft ein wenig.«
Schmidt war sich nicht sicher, ob das Zustimmung bedeutete oder Diplomatie.
»Lasst uns später reden und jetzt hineingehen«, schlug seine Mutter resolut vor. Sie drängten sich mit den festlich gekleideten Leuten durch die Tür zum Parkett, wo sie gute Mittelplätze hatten. Schmidt war vorangegangen, seine Mutter folgte ihm unmittelbar. So war sie von den beiden Männern, die so viel für ihr Leben bedeuteten, eingerahmt. Die Befriedigung war ihr anzusehen. Eine immer noch attraktive Frau, mit kerzengerader Haltung, einem schmalen Körper und einer Blässe, die von ihrem schwarzen Haar unterstrichen wurde. Sie legte ihre beringte Hand kurz auf die seine. Er schielte herunter. Sie trug den Ehering noch. Sein Auge wanderte weiter, er lehnte sich etwas vor, um ihre rechte Hand zu sehen. Sie ruhte auf der kurzen Lehne. Hätte sie mit der anderen Hand die Reihe zu Tomaś geschlossen, er hätte ihr seine Hand entzogen.
Die Ouvertüre war wunderschön: erzählerisch und voller musikalischer Vitalität. Doch Schmidts Gedanken

waren woanders, wanderten zwischen Shiva und dem Opernsaal hin und her. Es war nicht leicht, diese reichhaltige Musik zu genießen. Hätte er bei seinem Hund bleiben sollen? Und was machte er hier, in der von seiner Mutter so schlau aufgebauten Falle? Der Zwangszusammenführung mit seinem Vater. Zudem auf dessen Territorium, der Oper. Er wusste, er musste sich irgendwann mit ihm befassen. Aber nicht jetzt. Und nicht in dieser peinlichen Weise, initiiert und beobachtet durch seine Mutter. Er spürte, wie sehr ihn diese Inszenierung gegen Tomaś aufbrachte. Er wollte gleichwohl diesem Reflex nicht erliegen.
Das Russische klang harmonisch. Das Gespräch zwischen den Frauen vor dem Gut in der Provinz, der Wechselgesang mit seinen ineinandergeflochtenen Überlagerungen lenkte ihn wieder ab von seinem Groll. Wie aufgeblasen und selbstverliebt Eugen Onegin prahlte. Und doch ging ihm die feingeistige, introvertierte Tatjana ins Netz, ein Mädchen vom Lande, voller Phantasien von anderen, größeren Welten. Sie gab sich schließlich dem weitgereisten Gesellschaftshelden hin. Ihr Brief, in nächtlichem Fieber ihrem Sehnen abgerungen, ihr nach außen gekehrtes filigranes und verletzliches Inneres würde der Überlegene mitleidslos verwerfen. Schmidt war berührt, auch weil er wusste, dass im dritten Akt Onegin es sein würde, der um Liebe und Beachtung flehen würde.

Plötzlich schoss ihm Franz durch den Kopf. Nein, Franz war kein polyglotter, dandyhafter Jetsetter gewesen, als er Sabine kennenlernte. Eher der biedere Prototyp des bayerischen Jungkarrieristen. Aber seine Wirkung auf das niederbayerische Provinzmädel musste dem von Onegin auf Tatjana geglichen haben. Und dann passte alles: Die Zurückweisung, wie Franz sie mit dem Kind verstieß. Die Jahre der Distanz. Bis er sie wieder zu entdecken meinte. Weil sie inzwischen ein eigenes, gereiftes Leben hatte. Was ihn nun beeindruckte.
Schmidt versuchte sich von den sich aufdrängenden Gedanken zu lösen. Und doch war da noch etwas: eine Endlosschleife seines Gehirns, die nicht aufhörte, sich mit Sabine zu befassen.
Die Musik erreichte ihn in Intervallen, zwischen denen er seinen Gedanken nachhing. Es schien ihm nicht lange gewesen zu sein, und der Vorhang fiel unter großem Beifall. Es gelang den dreien mit Mühe, sich zur Bar der Oper im Untergeschoss durchzuschlängeln. Schmidt kam es nicht ungelegen, dass sie sich für den Kampf um einen Platz an den Stehtischen und der langen Schanktheke trennen mussten.
Aber schließlich standen sie zusammen und prosteten einander zu. Schmidt, um die Initiative zu ergreifen, fragte Tomaś, wie es ihm als größtem Kenner am Tisch gefallen habe?
»Ich will niemandem vorgreifen, aber die Musik ist

wunderbar klar und rein gespielt. Eugen Onegin ist eine große Stimme. Nur Lenski überzeugt mich nicht so.«
Schmidt grinste: »Das kostet ihn ja schon im nächsten Akt das Leben, oder?«
Tomaś schaute ihn leicht indigniert an: »So kann man das natürlich auch sehen. Hast du noch so witzige Anmerkungen?« Seine Verärgerung war hörbar.
Schmidt drehte sich weg von ihm und sagte deutlich hörbar, soweit das im Lärm und der Menschentraube möglich war: »Regine, wie findest du es bisher?«
Seine Mutter verzog etwas das Gesicht und erwiderte: »Du kannst mich auch heute wie seit fünfzig Jahren Mama nennen.«
Er tat unschuldig: »Verzeih. Ist mir so rausgerutscht.«
Kaum hatte er es gesagt, errötete er vor Scham über den feigen Satz. Rausgerutscht? Nichts war ihm rausgerutscht. Seine Mutter hatte die absurde Situation hergestellt, ihn ohne Vorwarnung in ein gesellschaftliches Ereignis mit dem Mann gelockt, der Grund für eine Entwurzelung nie gekannten Ausmaßes war. Sein leiblicher, während eines Leichenmahls aus dem Hut gezogener Vater. Seine Mutter hatte wirklich ein Talent für absurde Inszenierungen. Hatte es wohl in Jahrzehnten der Begegnung mit den dramatischen Künsten gelernt. Das wäre weiter nicht schlimm, wenn sie ihn nicht als wehrlos überrumpelten Hauptdarsteller für ihre Aufführungen ausgewählt hätte. Sie beobachtete

ihn scharf, sah den Schweiß auf seiner Stirn. »Schon gut. Nur, du bemerkst sicher, dass ich mich bemühe, unsere Familie so zusammenzufügen, wie sie heute nun mal ist. Darum täte es mir sehr weh, wenn du jetzt Distanz zu mir herstellen wolltest.«

Schmidt fühlte, wie die Augen seiner Mutter und seines Vaters ihn abtasteten. Als wollten sie die Schweißperlen auf seiner Stirn abtupfen. Die wuchsen jedoch zusehends, verbanden sich und bildeten kleine Rinnsale, die sich ihren Weg über seine Schläfen und in die Augenbrauen suchten. Er war in die Enge getrieben. Das Taschentuch, das er in fahrigen Bewegungen über sein rotes pochendes Gesicht wischte, kühlte angenehm. Die Decke so niedrig, zu viele Menschen auf engstem Raum. Schmidt kämpfte mit einer Panik. »Mama, ich kann mit all dem nichts anfangen. Familie, Distanz – alles nur Wörter. Du kannst doch nicht so viele Geschehnisse aus Jahrzehnten einfach in einer neuen Komposition abfackeln.«

Er hielt inne, da seine unterdrückt herausgeschleuderten Sätze das beliebige Gelächter im Opernkeller übertönt hatten. Die Umstehenden schauten sich nach ihm um, für einen Moment hatte sein Ausbruch die festliche Stimmung verscheucht. Seine Mutter war erschrocken, unfähig zu reagieren. Tomaś versuchte, die Situation zu entkrampfen. »Ich verstehe deine Reaktion. Aber ich habe mich nie in dein oder euer Leben gedrängt. Du hattest eine intakte Familie. Wenn jemand dabei gelitten hat, dann wohl ich. Und auf andere Weise deine Mutter. Sei nicht zu selbstgerecht. Ich werde meine Gefühle und Gedanken schriftlich dir gegenüber äußern. Dann kannst du werten, was du wem vorzuwerfen hast. Oder eben auch nicht.« Schmidt fühlte keine Neugier auf eine schriftliche Erklärung dessen, was er in den Grundzügen kannte. Er nickte vage und leerte sein Glas, um sich zu beruhigen. Der erste Gong, seine Mutter sagte: »Lasst uns gehen, aber ihr müsst da vorn kurz auf mich warten.« Sie drängten sich durch die ausgelassene Menschentraube. Vor der Damentoilette blieben die beiden Männer stehen. Tomaś fragte: »Meinst du nicht, wir sollten einmal einen Abend haben, wie du ihn mit Regine verbracht hast? Wo alles zur Sprache kommt. Wo du deine Zweifel an mir äußern kannst und ich mich erkläre?«

Schmidt erwiderte den Blick nicht, sondern ließ die Augen auf den zu den Plätzen Strömenden ruhen. »Weißt du, wie viele Jahre es für diese Aussprache zwischen meiner Mutter und mir gebraucht hat?«

Tomaś murmelte betrübt: »Verstehe. Ja, irgendwann halt.«

»Entschuldige mich für einen Moment.« Schmidt stürzte davon, suchte die Herrentoilette. Eine Treppe, er rempelte ihm Entgegengehende an. Auf der Toilette richteten viele ältere Männer ihre Anzüge wieder nach beschwerlicher Verrichtung, wuschen mit erwartungslosem Blick in den Spiegel ihre Hände. Schmidt fand ein freies Waschbecken und schöpfte kaltes Wasser, das er sich förmlich ins Gesicht warf. Es tat ihm gut. Er spürte, er war auf dem Gipfel einer hysterischen Woge. Er musste verhindern, dass sie ihn noch an diesem Abend unter sich begrub.

Er richtete sich auf, sah in das runde rote Gesicht, die stieren Augen in ihrem roten Hof. Hoffentlich schaffte er es bis zum Ende der Aufführung. Er wollte seine Mutter nicht zu sehr enttäuschen. Sie hatte diese quälende Begegnung gutgemeint.

Der zweite Gong war verklungen. Schmidt hastete nach oben, wo die beiden leise miteinander sprechend standen. »Sorry«, murmelte er, und sie betraten wieder den prächtigen Opernsaal.

Schmidt verfolgte den zweiten Akt mit Mühe. Zu viele Gedanken zerrten an seiner Aufmerksamkeit. Da war Lenskis Enttäuschung über den kalten Freund und seine Verlobte, die ihn verriet. Bis er den hilflosesten aller Auswege suchte und im Duell starb. Schmidt dachte an den Abend mit seiner Mutter. Nein, Tomaś konnte das nicht von ihm erwarten. Er hätte nicht einmal davon wissen sollen. Schmidt spürte, dass der heiße Druck in ihm abnahm, aber er fühlte sich schlecht. Er atmete tief, um den krampfenden Magen zu entspannen. Wie es wohl um Fabian und Shiva stand? Man kann Jahrzehnte nicht in Tagen tilgen. Die Musik war schön, doch er konnte nur in Intervallen folgen.

Der in der Dunkelheit aufbrausende Applaus riss ihn aus seinen Gedanken. Schmidt hätte so gern seinen Platz in dem sich rasch leerenden Saal beibehalten, sich nicht bewegt. Und wenn überhaupt, allenfalls um das Gebäude ganz zu verlassen.

Seine Mutter jedoch hatte ihm seinen Auftritt in der letzten Pause nachgesehen. Sie schien sich nicht einmal mehr daran zu erinnern. Ihr Gesicht leuchtete, erfüllt von der Musik. Ihre Hand bewegte sich leicht auf seinem Unterarm. »Ulrich, lass uns in die Opernbar gehen. Die Leute warten, dass du aufstehst.« Ja, sie saßen recht weit außen, und das Publikum in ihrer Reihe schaute ihn, der sich nun erst erhob, vorwurfsvoll an. Also wieder im schwarzen Strom die Treppe hinunter. Tomaś hielt mit seiner Mutter die Stellung an einem der Stehtische, während sich Schmidt dankbar in die Reihe am Ausschank gestellt hatte. Zeit allein, Zeit ohne bedrängende Gespräche. Aber die Abfertigung war unerfreulich zügig.

Zurück am Stehtisch ging es um die Rollenbesetzung, die Musik, die Inszenierung. Seine Mutter und sein Vater – er spürte wieder die Schwäche in sich aufsteigen, wenn er daran dachte – hier standen seine Eltern – schwelgten in der frischen Erinnerung.

Da sah Schmidt, wie sich ein Fels durch die Menge bewegte. Wie ein Seelöwenbulle, schwerfällig und schwankend durch seine aneinandergedrängte Herde. Es war Wimmer. Er mochte noch mehr schwitzen als Schmidt selbst. »Hallo Herr Schmidt. Was für eine Überraschung. Sie habe ich hier gar nicht erwartet! Sie haben aber Sabine – äh, Frau Graseder – nicht dabei?«

Schmidt spürte die nächste Hitzewelle. Was für ein Herz-Kreislauf-Abend. Schmidt versuchte sich in Gelassenheit: »Herr Wimmer, das ist ja eine Freude. Nein, Frau Graseder ist nicht mit dabei. Aber ich darf Ihnen meine Mutter vorstellen und ...«, nach ungewollt langem Innehalten, »... einen langjährigen Freund unseres Hauses.«

Seine Eltern lächelten freundlich genug, dass Wimmer den Konflikt des Abends nicht sofort erraten konnte. Seine Mutter ergänzte rasch: »Es freut mich, Sie kennenzulernen. Mein Sohn hat mir viel von Ihnen erzählt.«

Wimmer grunzte befriedigt über diese Würdigung. »Was für eine fulminante Aufführung. Ich kann mich nicht entsinnen, Eugen Onegin je so gut aufgeführt gesehen zu haben. Ich will nicht weiter stören. Einen schönen restlichen Abend.« Er bewegte sich kurz nach vorn, dann entschwand er verblüffend behände in der formlosen Menge. Eben ein Seelöwenbulle, dachte Schmidt.

»Ein netter Mann. Dein wichtigster Mandant, stimmt's?

Sabine ist wohl deine Kanzleihilfe?« Sie hatte die letzte Frage mit einer unterschwelligen Betonung gestellt. Schmidt beeilte sich darum mit der Antwort. »Alles richtig. Du passt gut auf und kombinierst ebenso gut. Nun bist du in wenigen Minuten mit meinem Kanzleiökosystem vertraut geworden.« Besser als eine weitere Familienstrecke, dachte er voller Schrecken. Er entschuldigte sich erneut. »Mir ist nicht gut.« Die Frage seiner Mutter erreichte ihn nicht mehr. Sein Kreislauf war unrund. Der Weißwein hatte es verschlimmert. Diesmal musste er auf ein Waschbecken warten. Alle waren besetzt. Er betäubte die aufkommende Unruhe mit tiefen Atemzügen. Das kalte Wasser half ihm dann sehr. Er wurde ruhiger, die Übelkeit wich einer tiefsitzenden Erschöpfung. Er zwinkerte sich im Spiegel ermunternd zu und ging mit der allgemeinen Bewegung zurück. Der Gong war so viel Erlösung wie Drohung. Zurück in den Stuhl für eine weitere Stunde, aber wenigstens der Konversation über kritische Themen entronnen. Es gab an diesem Abend ein problematisches Leitmotiv. Als er die beiden wieder erreichte, lächelte er tapfer, wie seine Mutter und sein Vater. Mittlerweile war ihnen seine innere Abwesenheit bewusst geworden.

Im dritten Akt ergossen sich die Sinnesreize im Überfluss auf das Publikum. Die auftrumpfende Musik und die funkelnde, sprühende Party in St. Petersburg, in der

Tatjana Eugen Onegin förmlich blendet. Schmidts Kraftreserven schmolzen beschleunigt dahin in dem Strudel der Klänge, Lichter, Farben auf der Bühne. Sein Magen stellte sich auf, ihm wurde schwindlig und er spürte Brechreiz. Er konnte seine so bevorzugte Unauffälligkeit nicht mehr wahren. Er musste sofort weg von hier. Er flüsterte seiner Mutter ins Ohr: »Ich muss raus, mir ist schlecht. Melde mich.« Dann richtete er sich halb auf und wandte sich dem Nachbarn zu. »Bitte«. Es war leise gesprochen, aber doch unüberhörbar. Fünf oder sechs Personen mochten es sein bis zum äußeren Aufgang. Schmidt zwang sie mit hektischer Dringlichkeit, sich zu erheben oder die Beine auf die Seite zu zwängen. Das wütende Tuscheln und Raunen um ihn herum nahm er nicht wahr, so wenig wie den sorgenvollen Blick seiner Mutter, die ihm bis zur Tür nachschaute. Tomaś Hand ruhte beruhigend auf der ihren. Schmidt hastete währenddessen zur Toilette. Er erbrach sich gleich. Er empfand Erleichterung, als hätte er auch alle Gedanken zu seiner Vergangenheit ausgeworfen. Schwer atmend richtete er sich auf.

Er war allein, er konnte ungestört seinen Mund ausspülen von allem Bitteren, das aus seiner aufgescheuchten Seele gekommen zu sein schien. Er trank einen Schluck und rieb mit kaltem Wasser das fiebrige und gleichwohl kalte Gesicht. Dann sah er auf. Die Augäpfel rot gesäumt, das Gesicht rund und ausgezehrt zugleich.

Er ging rasch, um wie ein gehetztes Tier den Ausgang aus der Oper zu suchen.
Das war geschafft, er trat durch die hohen Türen in die warme Frühlingsluft. Er atmete tief ein, was für eine Erleichterung. Allein, vor ihm der menschenleere Platz. Die Dunkelheit mochte gerade eingesetzt haben. Sie kam ihm sehr recht. Die Sterne nahe, der Mond eine Sichel, zunehmend. Ein gutes Zeichen. Es ging schon besser. Er würde eine solche Situation in Zukunft meiden. Nicht die beiden zusammen, nicht die Mutter, nicht diesen Vater. Den brauchte Schmidt erst einmal gar nicht mehr. Aussprache wozu, worüber? Und mit welchem Ziel? Er musste seiner Mutter erklären, dass er einfach keinen Bedarf hatte an Familiendramen und neuen Familienmitgliedern. Sicher nicht jetzt.
Er hatte sich an eine der mächtigen Steinsäulen am Operneingang gelehnt und durchgeatmet. Nun stieß er sich ab und ging langsam die Maximilianstraße Richtung Isar hinauf. Die bizarr hohen Preise der wie Sakralgegenstände in den zahllosen Boutiquen präsentierten Kleidungsstücke und Accessoires erregten die Aufmerksamkeit flanierender Betrachter. Leicht zu erkennen, denn sie mussten sich bücken, um die verschwindend kleinen Preisauszeichnungen am Boden des jeweiligen Ausstellungsraums erkennen zu können. Nein, da war es weit besser, nur die angestrahlten Kultgegenstände der großen Marken der Welt anzuschauen. Leichter, er-

füllender und weniger irritierend. Schmidt war das alles einerlei. Er hastete dem Fluss entgegen. Die Leute, die ihre Augen von den hypnotisierenden Auslagen abwenden konnten, musterten ihn befremdet. Es war nicht die Zeit für einen gehetzten Gang, ein Gesicht mit aufgerissenen Augen, glänzend in der nachts hell erleuchteten Straße. Schmidt verließ die Prachtstraße flussaufwärts. Er schlug die Richtung zu seiner Wohnung ein, obwohl er planlos war. Nun war er wieder in seinem Revier, sein Schritt verlangsamte sich. Er gewann seine Selbstwahrnehmung zurück. Nein, so wollte er nicht in die Wohnung platzen. Und innerlich hatte er auch noch nicht die Ruhe zurückgewonnen, mit der er dem Jungen und seinem Hund begegnen wollte. Er sah die bayerische Kneipe, in der seine Zeit mit Shiva ihren Ausgang genommen hatte. Ja, perfekt.

Er trat ein. Wochenendpublikum. Gäste, die zum Essen gekommen waren. Der Geruch von billigem, ermüdetem Fett von Schweinefleisch ließ ihn im Eingang zögern. Doch, er wusste schon, wie er der aufkeimenden Übelkeit begegnen würde. Ein Obstler und ein Bier. Der scharfe Schnaps bahnte sich brennend seinen Weg durch Schmidts Körper und lenkte ihn von Übelkeit und klebrigen Gerüchen ab. Er erlebte den Abend noch einmal. Wieder überfiel ihn hilflose Wut und Peinlichkeit im Gedanken an die Konstellation und seine Unfähigkeit, mit dem umzugehen. Am besten würde es sein, wenn der Kontakt sporadisch bliebe. Und bis auf weiteres zu beiden. Seine Mutter hatte eine Mission, die er leerlaufen lassen musste. Er hatte genug eigene Themen. Shiva vor allem, aber auch mit Sabine Grasseder musste er Entscheidungen fällen. Mit Franz die zweite. Absurd. Wimmer. Nicht mal komisch. Für all das brauchte er Ruhe statt schwer entwirrbarer Familienknäuel. Die gewohnte Umgebung, der Schnaps und die Abwesenheit von Stressmomenten halfen ihm, wieder klar zu werden.

Er zahlte und ging nach Hause.

Die Wohnung lag im Halbdunkel. Schmidt ging auf Zehenspitzen mit bis zum Hals schlagendem Herzen den Flur entlang bis zum beleuchteten Wohnzimmer. An das große Sitzkissen angelehnt saß der Junge, die Schultern nach vorn gefallen, der Kopf auf die Brust gesunken. Auf seinem Schoß lag halb der Hund. Hals und Kopf bedeckten seinen Unterleib. Shivas Kopf war seltsam überdehnt, das Maul schaute nach oben. Sein Rumpf war an Fabians Oberkörper geschmiegt, die Wirbelsäule zeichnete seinen Brustkorb nach. Die Beine hatte er ausgestreckt wie Fabian die seinen, ein sechsbeiniges Wesen. Fabians eine Hand ruhte auf dem Teppichboden, die linke lag wie beschützend auf Shivas aufgedunsenem Unterbauch. Schmidt fasste den Hund nur selten da an. Er hatte Angst, ihm Schmerzen zu bereiten. Aber mehr noch fürchtete er sich vor den Beulen des Bösen. Er wollte sie verdrängen. Sie anzufassen hieß, sie anzuerkennen. Und ihr zerstörerisches Wachstum zu bezeugen. Beides konnte Schmidt nicht. Also schaute er nur jeden Tag kurz, ob er eine Veränderung sehen konnte. Aber er vermied den haptischen Kontakt. Als ob ein tödlicher Infekt von diesen bösartigen Geschwülsten ausginge. Hier stand er nun und sah Fabian eben dieses Zentrum der Zerstörung wie ein handauflegender Heiler bedecken. Ohne Furcht und Hemmung. Und der Hund schlief, trotz der Hand auf seinem druckempfindlichsten Punkt. Schmidt stand wie angewurzelt.

Als er zurückweichen wollte in den Flur, schlug der Junge die Augen auf und hob langsam den Kopf. »Hallo Ulrich«, murmelte er schlaftrunken. Der erwiderte leise: »Willst du hierbleiben? Sonst ruf ich dir ein Taxi. Kannst aber auch auf der Couch schlafen. Dann gehst du halt morgen später in die Schule.« Fabian schaute auf den ergeben über ihn hingegossenen Hund und sagte leise: »Ich würde gerne hierbleiben. Die Couch reicht, brauchst nichts machen.« Ganz vorsichtig begann er, den Hund zu streicheln. Der stöhnte wie mit einem Stoßseufzer, bevor er langsam zur Seite abrollte. »Wie war es?«, fragte Schmidt. »Schön. Wir waren Gassi. Das hat lange gedauert. Dann haben wir hier gespielt. Er hat nur einen Teil vom Futter genommen. Er ist schrecklich krank.« Nun war die Stimme des Jungen dunkel vor Schmerz.

»Danke dir. Das hast du toll gemacht. Du gehst jetzt gleich schlafen. Sollen wir deine Mama anrufen, wenn du hierbleibst?«

»Hab ich vorhin schon gemacht.«

»Gut.« Sie trugen den großen Hundekorb neben die Couch und gingen zu Bett. Als Schmidt das Licht im Wohnzimmer löschte, hing Fabians Hand von der Couch herunter. Die Finger ruhten auf Shivas wuchtigem Schädel.

Die Verabschiedung am folgenden Tag nach einem kurzen Spaziergang zu dritt war lang. Der Junge hatte alle Schutzmechanismen abgelegt und weinte, den Hundekopf im Schoß. Shiva schaute ihn an, als wollte er ihn beschwichtigen.

Die folgenden Tage gehörten nur noch dem Hund. Schmidt sagte die Termine ab, soweit das möglich war, vertröstete auch Wimmer. Sabine Graseder schirmte ihn ab. Sie traf sich mit Wimmer zu Besprechungen außerhalb der Wohnung. Die Themen stimmte sie vorher mit Schmidt ab. Er spürte seine Assistentin nun so eng an seiner Seite, dass er nicht einmal Anstoß daran nahm, dass sie sich fast täglich mit Wimmer in Cafés traf. Die neue Vertrautheit bedurfte keiner Gesten und Signale.

Er selbst versuchte, sich mit Aktenstudium und Schriftsätzen abzulenken. Aber er war ständig bei Shiva, der oft im Schmerz leise winselte. Dann versuchte Schmidt

ihn mit Schmerztabletten ruhig zustellen. Der Hund verlor jedoch zusehends Appetit. Es kam ihm so vor, als wäre nun auch die Maske eingefallen und fahl. Nur die Geschwülste am Bauch und Unterleib wuchsen ungehemmt. Sie schienen die Muskeln auf dem Rücken, an den kraftvollen Läufen und dem unbeugsamen Nacken auszuzehren. Als vereinnahmte die wütende Krankheit sein Vitalkapital, als risse sie seine Muskeln langsam herunter vom Skelett, um sie der boshaft triumphierenden Missbildung einzuverleiben.
Der Hund spürte die Veränderung und ergab sich ihr. Schmidt wusste, Shiva hatte aufgegeben. Er wollte ihm nicht zur Last fallen, das nahm er ständig wahr. Er wollte die Treppen gehen. Als er dafür zu schwach wurde, versuchte Schmidt, ihn mit einer großen Sporttasche, die er nie brauchte, auf und ab zu tragen. Schon zwei Tage später machte auch das keinen Sinn mehr. Allein das Hineinschieben in die Tasche geriet zur Tortur für den schmerzempfindlichen Hund. Immer wieder dachte er über den Tierarzt und die Spritze nach. Aber es schien ihm, dass das nicht zu ihm gepasst hätte. Er hatte ihn nicht behandelt, um der Natur ihren Lauf zu lassen. Das musste auch jetzt gelten. Der Tod würde bald kommen, und Schmidt würde bis zuletzt bei seinem Hund sein.
Schmidt konnte nicht mehr schlafen. Er lag Stunden wach im Bett und war er einmal eingeschlafen, schreckte

er plötzlich in tiefer Nacht auf. Alpträume verfolgten ihn. Dann lief er in der Wohnung auf und ab, gefangen in seinem sorgsam aufgebauten Schutzraum. Nur das röchelnde Atmen des Hundes begleitete seine ruhelosen Nächte.

Einer plötzlichen Eingebung folgend suchte er das Roulettespiel wieder heraus, das seit frühen Ehejahren ungenutzt im Spieleschrank vergammelte. Er breitete das Filztuch mit den Zahlenfeldern auf seinem Schreibtisch aus. Beschwert mit Gesetzeskompendien, um die in Jahren erstarrten Falten zu glätten. Er gab sich Jetons und legte sie auf die bevorzugten Zahlenfeldkreuzungen.

Die Befriedigung lag dann im Drehen des Kreuzes, um die Platte mit dem Zahlenkranz zu beschleunigen, und dem Schnippen der schweren silbernen Kugel gegen die Laufrichtung der sich ebenfalls drehenden Zahlenplattform. Wie leicht und ungehindert sich die beweglich gelagerte Platte auf dem Dorn bewegte! Dann neigte sich die Kreisbewegung der Kugel im abfallenden Rund, bis sie auf die sich gegendrehende Platte fiel. Sie fand sofort ihre Zahlenmulde oder hüpfte, bevor sie sich entschied. Eine Zahl aus 36 und 0, unbeirrbar ausgewählt als Ruheort der Kugel, während die Platte sich weiter drehte. Unmerklich langsam werdend. Es war ein Moment des Schreckens und der Genugtuung, wenn die Möglichkeit zu einer einzigen Gewissheit erstarrte.

Schmidt ließ die lautlose Kreiselbewegung auslaufen,

endlos lang, während er die Zahl in einer Kolonne notierte. Das so viele Jahre alte Spiel war von wertvoller Machart, die Scheibe schwer und doch so frei gelagert auf dem Teller, glänzend wie die Armaturen eines edlen alten Holzbootes. Holz, Metall, Bakelit, ein Meisterstück. Ohne Unwucht, so dass das Schicksal sich lange in seiner Kreisbewegung unentschieden geben konnte, bevor es mit einem Klacken der Kugel Gestalt annahm.

Schmidt hörte Sibelius dazu, die Symphonien beruhigten ihn. Sie glitten dahin ohne eine Zuspitzung und ohne eine Entscheidung. Wie ein Schlitten in heller verschneiter Winterlandschaft, das Land flach und still, kein Ton, allenfalls ein in allen Dingen widerhallender Klang. So fühlte es sich an, wenn er, hatte die Kugel ihre Wahl getroffen, die Augen schloss, um nur noch der Musik zuzuhören. Manchmal tobte ihm dann Shiva durch den Schnee entgegen, begeistert in seinem Lieblingselement. Dann riss Schmidt die Augen auf und fixierte irritiert den auslaufenden Teller.

Seine Zahlenkolonnen wurden im Laufe der Nacht länger. Er betrachtete sie nachdenklich. Wiesen sie eine Zahlentendenz auf im Wiederkehren bestimmter Zahlen oder einer Kombination, eben jenes Muster, nach dem die Berufsspieler suchen, so verfiel er in Unruhe und Bedrängnis. Folgten die Zahlen eine Nacht lang keinem vermeintlichen Schema, waren sie ihrer Abfolge nach vollkommen ungeordnet, so fühlte er Befreiung und Erleichterung. Nichts sollte so sein müssen, dachte er. Und nichts sich erklären lassen. Wie die häufige Erscheinung der Null, der japanischen Todeszahl. Wahrscheinlich kam sie tatsächlich gar nicht häufiger vor, dachte er. Sie war nur auffälliger. Grüne Nichtzahl, Schrecken des ganzen Spiels, Schicksalskönigin. Sie war wichtiger und mächtiger als alle anderen Zahlen. Schmidt versuchte, neutral zu sein als Diener des Schicksals. Es geschah, und er war der Chronist für die Kugel.

In diesen Tagen erreichte ihn ein Brief von Tomaś, den die Graseder ihm ungeöffnet hingelegt hatte. Er betrachtete den Umschlag, die kleine Schrift mit den steilen Buchstaben und wog ihn in der Hand. Schwer, mehrere Blätter mussten es sein. Schmidt dachte an die Briefe zwischen Wimmers Mutter und ihrer Haushälterin. Lang, wortreich und in der Wirkung unauslöschlich. Briefe wurden geschrieben, um das Gesagte dem Vergessen zu entreißen und für immer zu bewahren. Wie ein Fluch, eine Weissagung, ein Gelübde. Sie entfalteten ihre Kraft oft nicht beim ersten Lesen, sondern durch die Zeit, die die Sätze mit neuem Sinn auflud. Für Wimmer waren sie zu einer lebensbestimmenden Kraft geworden. Und da sie keine Erwiderung erlaubten, schufen sie eine eigene, unverrückbare Realität. Das war die Absicht des Autors, bewusst oder unbewusst. Ein einseitiger Akt der Einflussnahme. Schmidt fasste den Briefumschlag mit beiden Händen und zerriss ihn. Langsam und gründlich. Er musste Kraft dafür aufwenden, es mochten drei oder vier gefaltete Blätter sein. Er genoss die Anstrengung, die es ihm bereitete, das handschriftliche Werk – denn das erkannte er an den sich auf dem Schreibtisch ausbreitenden Schnipseln – zu häckseln, ungelesen. Er hatte sich jedenfalls intensiv mit dem Papier befasst, dachte er mit grimmiger Befriedigung.

Er betrachtete die vielen Fetzen. Sie hatten sich beide bemüht, jeder auf seine Weise. Er sammelte die Schnipsel zusammen, schob sie in einen großen Umschlag und warf ihn in seinen Papierkorb. Bearbeitet, so gut er konnte. Er blickte leer auf die ausladende Schreibtischplatte. Vor ihm, am oberen Rand, die Körbe mit den eingegangenen Schriftsätzen, sortiert von der allgegenwärtigen Sabine Graseder, und die mit seinen Entwürfen sowie sonstiger Korrespondenz. Rechts von ihm das zur Seite geschobene Roulettespiel, wie er es in der letzten Nacht hatte stehen lassen, mit Block und Zahlenreihen, dem Teller, Harke, der Kasse für die Jetons. Nein, dafür war es zu früh, nicht schon am Tag. Für Aktenstudium war er aber auch nicht geeignet in diesem Moment. Er fühlte sich kraftlos nach einer Roulettenacht mit wenig Schlaf. Der Kopf sank widerstandslos auf die verschränkten Arme. Schmidt schlief sofort ein.

Plötzlich richtete er sich so schnell mit hochruckendem Kopf auf, dass ein heißer Schmerz durch seinen Nacken blitzte. Der Hund kam hereingewankt, leise winselnd. Der Kopf hing tief, die Nase lief, der Körper schwankte wie bei einem Passgänger. Kurz vor dem Schreibtisch knickten seine Beine ein. Er fiel wie gefällt zur Seite und Schmidt sprang mit einem Schrei auf. Er sah, dass der Hund den Kopf in den Nacken warf, die Beine von sich gestreckt. Sie zitterten libellenschnell in heftigem Muskelkrampf. Schmidt hatte sich nun hinter dem Hund niedergekniet. Eine Hand hatte er beruhigend auf den Brustkorb gelegt, die andere auf den zurückgerissenen Schädel. Vorgebeugt suchte er Shivas Blick. Doch dessen Augen hatten sich unter den Lidern nach oben gedreht. Blutunterlaufenes Weiß blinkte ihm entgegen. Er brabbelte immer wieder Shivas Namen, dann ging ein Ruck durch den großen Hundekörper und alle Spannung wich in einem Moment. Schmidt senkte seinen Oberkörper auf den Leichnam, als wollte er die verbliebene Lebenswärme empfangen und halten. Es war still in dem Zimmer, alle Spannung entwichen. Er hatte nicht gehört, dass Sabine Graseder eingetreten war. Sie hatte eine Weile gewartet, das Schlussbild vieler Jahre mit dem engsten Gefährten von Schmidt in sich aufgenommen.

Nun machte sie einen Schritt nach vorne und legte ihre Hand auf Schmidts Schulter. Er zuckte nur, ohne sich aufzurichten. Sie ließ ihre Hand eine Weile ruhen, eine leise Kraftübertragung, die er bewegungslos empfing. Dann sagte sie »Ulrich«. Er sprach tonlos. »Danke. Geht schon.« Und nach kurzer Pause: »Ich muss jetzt allein sein.« Ihre Stimme war weich. »Sicher. Ich komme dann morgen nach dem Rechten sehen.« »Danke, Sabine.« Er lächelte schief, als er zu ihr hochschaute. Sie fuhr kurz mit der Hand über seinen Kopf, dann verließ sie den Raum.

Stunden später rief er Fabian zu Hause an. Der Junge war sofort am Apparat. Seine Stimme war fest: »Mama hat es mir gesagt. Was soll nun geschehen?«

Schmidt war heiser. »Geschehen? Ich werde ihn begraben.«

»Bin ich dabei?«

»Nein, Fabian, aber wir werden ihn zusammen besuchen.«

»Dann lässt du mich nicht allein?« »Bestimmt nicht.«

In dem Moment war es ihm klar. Es müsste eine der Kastanien an der Isar sein. Und es würde nachts passieren. Er hatte die Spritze vermieden, er würde auch die vorgeschriebene Beseitigung vermeiden. Die nächtliche Kastanie und nur er und der Hund.

Der Seesack war schnell gefunden, ebenso das Eisenwarengeschäft mit dem Spaten.

***

In dieser Mainacht fällt der Regen wie ein Vorhang. Unablässig, dicht und so heftig, dass man die Tropfen kaum mehr unterscheiden kann. Auch die Geräusche der Stadt hat er erstickt mit seinem leisen monotonen Rauschen, wie im Winter der Schnee. Ein mittelgroßer Mann geht schweren Schrittes auf den menschenleeren Straßen zur Isar. Er hat sich gut vorbereitet. Auch wenn sein bayerischer Filzhut schon durchweicht ist, leitet er das Regenwasser, das sich in der Krempe sammelt, in einem kleinen Bach auf das leichte Nyloncape über seinen Schultern ab. Von dort läuft es in dünnen Rinnsalen in die Falten des Überwurfs hinunter. Sein grüner Mantel, wie der Hut ein Erbstück seines Vaters und darum etwas zu groß, saugt das Wasser auf. Nicht ein Tropfen läuft in die Gummistiefel, die kaum unter dem knöchellangen Mantel hervorschauen. Einen Tag hatte es Schmidt gekostet, alles vorzubereiten. Auch den Gang zu machen, mit dem er sein Vorgehen im Einzelnen sondierte. Große Wolken zogen sich zu einer mächtigen Wand zusammen. Umso sicherer, wenn es regnet, nur, dass ich unentdeckt bleibe. Als die Grube zu seiner Zufriedenheit ausgehoben ist, richtet sich Schmidt langsam auf. Es kommt ihm vor, als ob das ihn umgebende Schwarz inzwischen einem dunklen Grau gewichen ist. Ein Blick auf die Uhr sagt ihm, dass es bald fünf Uhr ist. Nun steht er aufgerichtet vor der leeren Grube. Er blickt um sich. Ja, hier wird niemand Shiva stören. Er blickt entschlossen auf den Seesack. Bei Morgengrauen ist der Stadtpark öde, denkt er erschöpft. Das Loch vor ihm ist tief genug. Den Spaten wirft er beiseite. Er steigt aus dem Loch und hebt vorsichtig den schweren Seesack an. Ordnet, glättet den Sack. Er fühlt den großen Schädel, die Beine. Er kommt ihm noch schwerer vor. Er tritt mit einem Fuß in das Loch. Dann hebt er den Sack herein. Die Wirbelsäule müsste jetzt an seinem Fuß liegen. Er faltet das restliche Stoffmaterial über dem Körper, als wollte er den Sack schließen. Mit dem Handrücken wischt er eine Träne von der Wange. Er steigt aus dem Loch. Bleibt einen Moment in stiller Andacht reglos stehen. Dann legt er, einer Eingebung folgend, das Regencape ab. Er fischt Schlüssel, Zigarillos und Feuerzeug aus der Manteltasche, verstaut alles in der Hose. Er nimmt den regenschweren grünen Mantel von den Schultern, hält ihn mit beiden Händen vor sich. Der große Mantel. Das Erkennungszeichen seines Stiefvaters. Er schaut ihn lange an. Dann faltet er ihn und legt ihn sorgsam auf den Seesack. Nun verlässt er die Grube zum zweiten Mal. Er hängt sich das Nyloncape wieder um.

Der Spaten sticht in den aufgeworfenen Erdhaufen. Die erste Ladung landet langsam geworfen auf dem Mantel, als könnte er etwas verletzen. Auch die zweite Spatenfracht wirft Schmidt behutsam in das Loch. Dann treibt ihn der Anblick der riesigen Menge Erde zur Eile. Er denkt nicht mehr, er rackert in einer letzten großen Anspannung seiner erschöpften Kräfte. Nun schiebt er das Erdreich zurück in Shivas Grab. Bald sind Mantel und Seesack bedeckt, Schmidt will beides nicht mehr sehen. Tief gebückt schaufelt er weiter, schließt, was er geöffnet hat. Rasch füllt sich das Loch. Doch Schmidt sieht, dass der Erdhügel nicht im selben Maß abnimmt. Während er atemlos schaufelt, überlegt er, wie er die locker in die Vertiefung geworfene Erde verdichten kann, um seinen Aushub zu beseitigen. Er kann unmöglich hineinsteigen und alles auf dem Hundeleichnam festtrampeln. Er drückt mit dem flachen Spaten auf die wieder eingefüllte Erde. Das hilft kaum. Weiter schippt er Erde, bis das Niveau des Waldbodens fast erreicht ist. Das Grau wird heller. Mit einem leisen Fluch tritt er schließlich die gerade zurückgeschobene, dunkle Masse fest. Ein leises Knirschen meint er zu vernehmen. Nein. Das kann nicht aus dem verschütteten Seesack kommen. Es muss der lehmige Matsch sein, durchsetzt mit Steinen.

Viel Platz ist damit nicht geschaffen. Er schiebt noch Erde nach. Dann packt er einen nach dem anderen die ausgestochenen Placken der Grasnarbe und legt sie auf, bis das Grab bedeckt ist. Er tritt alles fest und verteilt die übriggebliebene Erde weitläufig um sich herum. Schwer atmend tritt er zwei Schritte zurück und betrachtet sein Werk. Fast unauffällig hat er den Boden

vor dem großen Baum wiederhergestellt. Er muss an Karls Grab denken. Der ausladende Baum, der ihn in dieser Nacht geschützt hat, ist würdiger als ein Grabstein, aber ein Teil von Karl ist nun hier bestattet. Und statt Trauermusik hört er nun morgendliches Vogelgezwitscher aus vielen Bäumen.
Schmidt nimmt den Hut von dem Aststumpf und drückt ihn sich auf den Kopf. Kühl und nass, beruhigend. Er schaut hoch in den konturlos grauen Himmel, dessen Helligkeit den Morgen schon angekündigt hat. Vögel überall, ein Konzert der Lebensfreude. Kein Komponist, kein Publikum. Jam Session. Er blickt zum Fluss, auf- und abwärts. Noch keine Passanten, Hundegänger. Nur ein früher Läufer. Er nimmt keine Notiz von dem kleinen Mann mit dem Jägerhut und dem Cape, der da versunken in seinem Konzerterlebnis steht.
Schmidt schaut an sich herunter. Erdhörnchen, denkt er. Den Spaten und das dreckverschmierte Cape muss er noch loswerden. Er schaut auf das Grab. Es ist, als habe sich alles geschlossen. Die Prachtkastanie, Shivas Baum, soll an ihn erinnern. Ihre Wurzeln ihn umfangen.
Er nimmt den Spaten auf. Ein ihm fremdes Werkzeug in müden Händen. Langsam tappt er zum nächsten Weg Richtung Brücke. Er hält den Spaten mit einer Hand waagrecht kurz unter dem Blatt. Zwei Radfahrer,

pfeilschnell und ohne Rücksicht zielgerichtet, fahren ihn fast um. Rasch biegt er vom Weg ab und zwängt sich durch das Unterholz. Nach wenigen Metern auf rutschigem, abschüssigem Gelände steht er auf dem betonierten Brückenfundament. Er reißt das Cape herunter und wirft es unter den Pfeiler. Den Spaten legt er darauf. Dann wendet er sich um. Es fröstelt ihn in seinem Hemd. Er erklimmt schwerfällig die kleine Böschung mit den Hindernissen aus Buschwerk. Auf dem Weg erst blickt er sich um.

Nun tauchen vermehrt Radfahrer auf. Leute, die ihre Hunde ausführen. Die ersten Fußgänger in Geschäftskleidung, den Blick vor sich auf den Boden oder auf ein Handy gerichtet. Erste Nachrichten, Ereignisse der letzten Nacht. Dann der Fluss, neu gefüllt mit Regenwasser aus tausend Zuflüssen, grün-bräunlich und schnell. Dahinter der frühe Berufsverkehr, noch fließend. Er kann die Vögel hier im Park nicht übertönen bis auf eine Hupe, Misston aus belangloser Empörung. Was jetzt? Einen kleinen Hund vom Tierheim? Nein, nicht jetzt, irgendwann einmal vielleicht. Wenn Shiva seinen endgültigen Platz gefunden hat.

Und Sabine Graseder, Fabian? Soll er sie fragen? Wie wird sie reagieren? Nach so langer Zeit ohne einen einzigen Annäherungsversuch. Würde Wimmer die Kanzlei verlassen, wenn er von einer Beziehung zwischen den beiden erführe? Franz, was müsste der denken?

Schmidts Gehirn ist so erschöpft wie sein Körper. Er friert nun heftig in seiner feuchten dünnen Kleidung. Nichts zu entscheiden, nichts zu tun. Leer. Erst einmal nach Hause. Ob Sabine heute da sein würde? Gut, wenn sie nach dem Rechten sehen würde.

In eine heiße Badewanne, schlafen. Viel schlafen. Etwas essen. Der untersetzte Mann trottet über die Brücke. Mit seinem grünen Hut und dem langen grünen Mantel war er in dieser Nacht angepasst an die Kulisse, die er gerade mit dem Morgenlicht gleichsam entkleidet und erleichtert verlässt. Der Wald, der Fluss, das gedämpfte Licht eines bedeckten Frühsommerhimmels. Diesseits des Flusses muss er ein neues Kapitel aufschlagen. Seine Schritte sind langsam, jedoch unbeirrt.

1. Auflage

Herstellung und Umschlaggestaltung: Laura J Gerlach
Umschlagmotiv: Courtesy Sammlung Goetz, © Hans-Peter Feldmann, VG Bild-Kunst, Bonn
Fotograf: Martin Kohl, München
Satz: psb, Berlin
Druck und Bindung: GGP Media GmbH, Pößneck
Printed in Germany
ISBN 978-3-627-00201-5